Claudia Lütje

Ein Stück vom Himmel

Claudia Lütje

Ein Stück vom Himmel

Roman

édition el!es
www.elles.de
info@elles.de
Umschlaggestaltung und Satz: graphik.text Antje Küchler
Umschlagillustration: © steve ball – Fotolia.com
ISBN 978-3-95609-206-0

1

Verflixt nochmal, können Sie nicht aufpassen, wo Sie hinlaufen?« Erbost bückte Marie sich nach ihren Einkäufen, die sich eben auf dem Boden verteilt hatten.

So ein Mist! Da hatte sie ohnehin schon keine Lust gehabt, einkaufen zu gehen, dann regnete es auch noch in Strömen, sie hatte mit dem Schirm und ihren Einkaufstaschen gekämpft, und zu allem Überfluss rempelte sie noch irgend so ein Idiot an!

»Sie könnten mir wenigstens helfen, statt nur dumm herumzustehen!«, fügte sie schnaubend hinzu, während sie Spaghetti und Bananen zusammenklaubte. Trotz ihres scharfen Tons erfolgte jedoch keinerlei Reaktion. Das machte sie nur noch wütender, und sie richtete sich mit einer heftigen Bewegung auf. »Also hören Sie mal –«

Zwei weit aufgerissene blaue Augen starrten sie erschrocken an.

Obwohl sie eben noch so wütend gewesen war, konnte sie auf einmal nicht mehr weiterschimpfen. Irgendetwas in diesen Augen besänftigte sie.

Die junge Frau vor ihr ließ ihren Koffer los, jagte ein paar Äpfeln nach, die vom Wind abgetrieben worden waren, fing sie ein, kam zu Marie zurück und hielt ihr das Obst entgegen. »Es tut mir so leid, ich habe Sie nicht gesehen.«

Maries Blick wanderte von den sanften Augen hinunter auf die schmalen, gepflegten Hände mit dem fast unsichtbaren Nagellack. Schöne Hände, die bestimmt – Sie rief sich selbst zur Ordnung, riss sich zusammen und lächelte schief. »Bei dem Wetter sieht man auch schlecht. Kann jedem passieren. Ich habe wohl auch nicht aufgepasst.« Obwohl das Obst triefte und sie sich über sich selbst wunderte, weil sie eben noch so wütend gewesen war und nun plötzlich alles verraucht schien, kam es ihr auf einmal so vor, als wäre die Sonne aufgegangen.

Die junge Frau war in eine Uniform gekleidet, doch wie eine Polizistin sah sie nicht aus. Maries Blick schweifte weiter zu dem großen Koffer, der hinter ihr auf dem Bürgersteig stand, dem kleineren Rollenkoffer und der Handtasche, die darauf befestigt war. Jetzt erst erkannte sie die Uniform einer Stewardess.

Allerdings sah die mittlerweile ziemlich durchnässt aus, ebenso wie Haare und Gesicht der jungen Frau. Sie schaute sich um, dann kehrten ihre blauen Augen zu Marie zurück. »Sie kennen nicht zufällig Saskia Winter?« Sie seufzte. »Ich kann bei ihr übernachten, aber ich finde die Adresse nicht. Es müsste eigentlich hier irgendwo sein.« Sie streckte Marie einen durchweichten Zettel entgegen.

Marie schüttelte den Kopf. »Nein, tut mir leid. Eine Saskia kenne ich nicht. Und die Straße gibt es hier in der Gegend auch nicht. Sind Sie sicher, dass Sie in der richtigen Stadt sind?«

Etwas resigniert lachte die junge Frau auf. »Sie haben Recht. In meinem Beruf kann man da schon einmal durcheinanderkommen.«

»Oh, ich wollte nicht Ihren Orientierungssinn in Frage stellen.« Marie schmunzelte. »Aber ich glaube, wir sollten das nicht hier auf der Straße diskutieren. Viel nasser können wir zwar nicht werden«, sie verzog leidend das Gesicht, »aber ich würde vorschlagen, Sie kommen erst einmal mit zu mir hoch. Dann setzen wir das Gespräch in einem etwas trockneren Zustand fort, und vielleicht können wir gemeinsam Ihre Freundin finden.«

Die junge Frau schaute sie zweifelnd an. »Eigentlich habe ich Ihnen ja schon genug Ärger gemacht. Ich möchte Sie nicht belästigen.«

»Ich möchte vor allen Dingen nicht mehr länger im Regen stehen.« Marie steckte ihren Schlüssel ins Schloss der schweren Haustür und schob sie auf. »Kommen Sie?«

Etwas zögernd zog die blonde Stewardess ihre Koffer ins Haus hinein und folgte Marie den Gang entlang zum Aufzug.

Sie fuhren in den sechsten Stock, und Marie war froh, als sie endlich in ihrer Wohnung waren und sie die Einkaufstaschen abstellen konnte. Sie zog ihre nasse Jacke aus und hängte sie auf einen Bügel an der Garderobe. »Geben Sie mir Ihre?« Sie streckte den Arm aus.

Die junge Frau stand etwas verloren neben ihren Koffern, aber bei Maries Aufforderung kam doch Leben in sie. Sie schlüpfte aus ihrer Jacke, und Marie konnte nicht umhin, ihre eleganten und fließenden Bewegungen zu bewundern. Sie griff nach der Jacke, wandte sich schnell ab und hängte sie neben ihre eigene. Eine Uniform hatte dort noch nie gehangen, das war etwas Neues.

»Ich ziehe mir schnell etwas Trockenes an.« Sie drehte sich zu ihrer Besucherin um. »Sie können gern meine Dusche benutzen, wenn Sie wollen.« Einladend wies sie nach rechts. »Das Bad ist hier.« Sie lächelte. »Wenn Sie fertig sind, können wir dann zusammen Tee trinken. Ich glaube, etwas Warmes tut uns beiden gut.«

Ein schüchternes Lächeln antwortete ihr. »Ich mache Ihnen wirklich viel zu viel Mühe.«

»Gar nicht«, widersprach Marie. *Du kannst mir gar keine Mühe machen,* dachte sie. *Schon dein Anblick entschädigt mich dafür.* »Frische Handtücher liegen im Regal. Fühlen Sie sich wie zu Hause.« Sie lächelte noch einmal, drehte sich um und ging ins Schlafzimmer, um sich umzuziehen.

Schnell entledigte sie sich der nassen Kleidung und nahm trockene aus dem Schrank. Für einen Moment verharrte sie. *Was für eine wunderschöne Frau,* dachte sie lächelnd. *Und das an einem so hässlichen Tag. Das Leben hält doch immer wieder Überraschungen bereit.*

Immer noch lächelnd zog sie sich an, ging in die Küche, verstaute ihre Einkäufe und setzte Teewasser auf.

»Es tut mir wirklich leid, dass ich Ihnen so viele Umstände mache.« Die weiche Stimme in ihrem Rücken ließ Marie zu der jungen Frau herumfahren, die in der Tür stand und sie freundlich lächelnd beobachtete. Sie trug nun keine Uniform mehr, sondern ein T-Shirt und eine schlichte Hose.

»Tun Sie nicht, das sagte ich doch schon.« Marie lächelte zurück, sie konnte gar nicht anders. Das Lächeln der blondgelockten Schönheit rief automatisch diese Reaktion in ihr hervor.

Sie war es sicherlich gewöhnt zu lächeln, das gehörte zu ihrem Beruf, aber dieses Lächeln hier hatte nichts Professionelles, es war ganz persönlich.

»Setzen Sie sich.« Marie stellte zwei Tassen auf den Tisch. »Leider nur Beuteltee, ich hoffe, das macht nichts.«

Wenn das überhaupt möglich war, wurde das Lächeln der charmanten Besucherin noch bezaubernder. »Den serviere ich jeden Tag ungefähr tausendmal. Gibt es auch noch anderen?« Das Blitzen in ihren Augen zeigte an, dass das keine ernsthafte Frage war.

Marie lachte. »Ja, ich vergaß. In Flugzeugen gibt es wohl nichts anderes.«

»Entschuldigung«, sagte die junge Frau plötzlich. »Sie laden mich so einfach in Ihre Wohnung ein, und ich habe mich noch nicht einmal vorgestellt.« Sie streckte die Hand aus. »Sarah Hartmann.«

»Ja, wir sind so plötzlich zusammengestoßen, dass dafür keine Zeit blieb.« Marie lachte erneut und nahm die Hand. »Marie Petersen.« Sie setzte sich Sarah gegenüber und hob ihre Tasse. »Dann wollen wir uns mal aufwärmen, bevor der nächste Sturm kommt.«

»Ach, die Dusche war schon herrlich warm.« Sarahs Gesicht bekam einen fast schwärmerischen Ausdruck. »Das ist eins vom Schönsten nach einem langen Flug: endlich unter die Dusche.«

Die Vorstellung von Sarah unter der Dusche machte Marie etwas unruhig. Denn sicherlich hatte sie nicht in Uniform geduscht. Sie versuchte das Bild aus ihren Gedanken zu vertreiben. »Fliegen Sie schon lange?«, fragte sie hastig, um Sarah die Uniform in Gedanken wieder anzuziehen.

»Ein Leben lang.« Sarah winkte leicht lachend ab. »So kommt es mir jedenfalls vor.«

Marie konnte nicht anders, sie musste einfach schmunzeln. »So sehen Sie aber gar nicht aus. Oder werden Stewardessen zu Beginn der Dienstzeit eingefroren?«

Diesmal lachte Sarah laut. »Nicht, dass ich wüsste.« Ihre himmelblauen Augen hielten Maries einen kurzen Augenblick fest. »Du hast nicht zufällig einen Trockner? Für meine Uniform.«

Marie schluckte. Nicht die Frage nach dem Trockner irritierte sie, sondern das unvermittelte Du. »Kann man die einfach so da reinstecken?«, fragte sie.

Sarah nickte. »Ja, das geht schon. Leider muss ich morgen früh sehr früh wieder los, und ich befürchte, dass ich sie anders nicht so schnell trocken bekomme.«

In Maries Kopf begann sich einiges zu drehen. Hatte Sarah gerade angedeutet, dass sie hier übernachten wollte? Sie traute sich kaum, Sarah direkt anzuschauen. Vor dem Duschen hatte sie noch Make-up getragen, aber jetzt trug sie keins mehr, und es kam Marie so vor, als wirkten ihre Augen dadurch noch intensiver.

»Und?« Sarah hob die Augenbrauen.

»Was … und?« Marie hörte, dass ihre Stimme fast krächzend klang. Sie räusperte sich.

»Hast du einen Trockner?«

Fast fiel Marie ein Stein vom Herzen, dass sich Sarahs Frage nur auf den Trockner bezogen hatte. »Ja.« Sie nickte. »Habe ich.« Sie wies auf eine Ecke in der Küche. Ein schiefes Lächeln schlich sich in ihre Mundwinkel. »Leider habe ich keinerlei Erfahrung mit Uniformen.«

»Das mache ich schon.« Sarah stand auf, holte ihre Uniform und packte sie in den Trockner, schaute kurz auf die Bedienelemente und schaltete ihn an. Sie lachte leicht, als sie sich zu Marie umdrehte. »Ich weiß nicht, in wie vielen Ländern ich das schon gemacht habe.«

»In erster Linie in den nassen vermutlich«, erwiderte Marie unvermutet keck. Es war ihr einfach so in den Sinn gekommen. Sie konnte sich kaum von Sarahs lachenden Augen lösen, von ihrem schönen Gesicht, von ihrer zauberhaften Ausstrahlung.

Wieder lachte Sarah, und Marie ging dieses Lachen durch und durch, ebenso wie ihr ganzer Anblick, ihre Gegenwart, einfach nur, dass sie hier war. »Du siehst fast zu ernst aus für so eine Bemerkung«, sagte sie, und eine kleine Frage klang in ihrem Satz mit.

Marie zuckte die Schultern. »Ich bin Anwältin, also sollte ich wohl ernst sein, das ist wahr, aber ich glaube, du –« Es war so ungewohnt, dass sie abbrach, aber beinah überhastet sprach sie weiter. »Du bringst mich anscheinend dazu.« Sie stand auf und ging zum Wasserkocher, was ihr erlaubte, Sarah den Rücken zuzukehren. »Was ist nun mit deiner Freundin?«, fragte sie und versuchte sich einen lockeren Anschein zu geben.

»Saskia ist nicht meine Freundin.«

Marie spürte die Erleichterung, die sich fast wie elektrischer Strom von ihren Füßen bis in ihren Kopf hocharbeitete. *Warum?* dachte sie. *Warum bin ich erleichtert? Ich kenne sie doch gar nicht.*

»Sie ist eine Kollegin von mir«, fuhr Sarah fort, »und hat mir angeboten, in ihrer Wohnung zu übernachten, wenn ich mal in Frankfurt bleiben muss. Ich wohne eigentlich in Hamburg.« Etwas resigniert atmete sie durch. »Aber nun scheint die Adresse nicht zu stimmen.«

»Telefonbuch?«, fragte Marie, hängte einen neuen Beutel in die Tasse und übergoss ihn mit Wasser.

Sarah schüttelte den Kopf. »Keine Chance. Sie hatte schon ein paar sehr unangenehme Stalker am Hals, die Stewardessen für Freiwild halten. Seitdem steht sie nicht mehr im Telefonbuch.«

»So ein paar Fälle hatte ich auch schon.« Marie nickte. »Da kann man leider nicht viel machen. Wir könnten die Straße online suchen. Falls sie tatsächlich in Frankfurt ist, könnte ich dich hinfahren, und wir schauen, ob wir das Haus finden.«

»Könnten wir«, sagte Sarah.

Marie spürte, wie etwas ihren Rücken heraufkroch und sich wie ein fremder Geist in ihrem Kopf festsetzte. »Aber eigentlich ...«, fuhr sie zögernd fort, »ist das alles doch viel zu viel Aufwand. Wo du schon mal hier bist. Ich habe ein Gästezimmer.«

»Oh nein, nein.« Sarah hob abwehrend die Hände. »Das kann ich dir nicht zumuten, nach allem, was du schon für mich getan hast. Ich muss morgen um zehn nach fünf auf der Basis sein. Das ist viel zu früh. Ich würde dich wecken, wenn ich aufstehe und gehe. Das möchte ich nicht.«

»Ist doch nicht schlimm.« Marie winkte ab. »Ich habe eine Menge zu tun. Es macht gar nichts, wenn ich mal früher im Büro bin. Ich kann dich auch zum Flugplatz fahren.«

»Nein, wirklich nicht. Ich nehme mir ein Taxi.«

Marie stutzte. »Das heißt, du bleibst hier?«

Ein leichtes Lächeln hob Sarahs Mundwinkel. »Das habe ich nicht gesagt.«

»Okay.« Marie breitete leicht die Hände aus. »Es ist deine Entscheidung. Ich will dich zu nichts zwingen, aber mein Gästezimmer steht dir jederzeit zur Verfügung.« Sie lächelte und stand auf. »Und jetzt werde ich mir auch noch eine Dusche gönnen. Irgendwie wird mir nicht warm.«

Das war eine glatte Lüge, denn ihr war warm genug, mehr als das, wenn sie Sarah ansah, aber genau deshalb wollte sie sich von ihr entfernen.

Vielleicht beruhigte sich dann ihr rasendes Herz wieder.

Obwohl sie nicht viel Hoffnung hatte.

Als sie nach einiger Zeit wieder aus dem Bad trat, empfing sie Stille, die nur vom gleichmäßigen Brummen des Trockners unterbrochen wurde. Ein kurzer Blick in die Küche, doch da war niemand.

Das Ungetüm von Koffer stand immer noch im Flur, also gegangen war Sarah wohl nicht. Warum sollte sie auch? Ihre Uniform musste ja erst trocken werden.

Ein wenig zögernd begab Marie sich durch den Flur ins Wohnzimmer. Dort fand sie Sarah auf dem Sofa. Die Beine unter sich angezogen und mit den Armen ihre Knie umschlingend saß sie da und starrte vor sich ins Dunkel der Nacht.

Als Marie den Lichtschalter betätigte, fuhr sie erschrocken zu ihr herum. »Ich hoffe, du nimmst es mir nicht übel, dass ich mich ins Wohnzimmer gesetzt habe.«

Erneut ließ die sanfte Stimme einen Schauer über Maries Rücken laufen. »Natürlich nicht. Ich sagte ja, fühl dich wie zu Hause.« Sie lächelte Sarah an. »Ein Glas Wein vielleicht?«

Sarah nickte. »Gern.«

»Chardonnay?«, fragte Marie. Dann lachte sie. »Das ist eigentlich keine Frage. Ich habe gar nichts anderes da.«

»Kein sehr gut bestückter Weinkeller«, erwiderte Sarah schmunzelnd. »Wer hätte das gedacht?«

»Gar kein Weinkeller.« Marie zuckte die Schultern. »Mein Weinkeller ist der Kühlschrank.«

»Für Weißwein geht das ja«, sagte Sarah. »Irgendwie ...«, sie lehnte sich leicht zurück und musterte Maries Gesicht, »dachte ich immer, dass Anwälte ein ganzes Haus voller Wein haben, um ihre Klienten zu beeindrucken.«

Sarahs eindringlicher Blick ließ Marie peinlich berührt zur Seite schauen. Nicht der Blick war ihr peinlich, aber ihre Reaktion darauf. Ihr ganzer Körper kribbelte. »So viele Klienten, die ich beeindrucken muss, habe ich nicht«, sagte sie. »Ganz zu schweigen von einem Haus. Ich hole den Wein.« Sie ging schnell in die Küche.

Dort stützte sie sich kurz am Kühlschrank ab, bevor sie ihn öffnete. Sarahs Anwesenheit machte sie fertig. Sie strahlte etwas aus, das in Marie wie in einer Glocke anschlug, sie in nicht enden wollende Vibrationen versetzte.

Ihr Arm zitterte, als sie die Tür des Kühlschranks aufzog und die Weinflasche herausnahm. Vielleicht war es doch am besten, Sarah rief sich ein Taxi, wenn ihre Uniform trocken war. Gleichzeitig wünschte sie sich, dass sie hierbleiben würde. Die ganze Nacht.

Sie schloss die Augen, weil Bilder in ihr aufstiegen, was in dieser Nacht geschehen würde. Sarahs wundervolle Lippen öffneten sich leicht –

»Kann ich dir helfen?«

Marie zuckte schwer zusammen, riss die Augen auf und blickte Sarah etwas schuldbewusst an, aber sie wusste ja nicht, was Marie eben durch den Sinn gegangen war. »Nein, nein«, antwortete sie so locker wie möglich. »Hab den Wein schon gefunden.« Sie hob die Flasche an. »Die Gläser sind im Wohnzimmer.«

Sarah blieb in der Küchentür stehen, und so hatte Marie keine andere Wahl, als ganz eng an ihr vorbeizugehen, was unweigerlich dazu führte, dass ihre Körper sich berührten. Sie blieb wie vom Blitz getroffen stehen. Auf einmal konnte sie sich nicht mehr rühren.

Sie standen sich gegenüber, ihre Augen versanken ineinander, und selbst das Rumpeln des Trockners schien auf einmal verschwunden. Es sangen nur noch Geigen.

Die Bilder, die Marie zuvor gerade mühsam aus ihren Gedanken verbannt hatte, kehrten zurück, sie fühlte sich magnetisch von Sarahs Lippen angezogen, und sie konnte sich nicht dagegen wehren, sie beugte sich vor.

Als ihre Lippen sich berührten, war es wie eine Explosion. Ihr wäre fast die Weinflasche aus der Hand gefallen. Sie krampfte ihre Finger um den Hals, nicht nur, um die Flasche festzuhalten, sondern weil sie sich gegen all das wehren wollte, was sie in einem Sekundenbruchteil überschwemmte.

Sie taten nichts weiter, ihre Hände blieben stumm, aber dafür sprachen ihre Lippen umso lauter. Mund verschweißte sich mit Mund, sie küssten sich mit solcher Inbrunst, dass Marie das Gefühl hatte, der Boden würde sich unter ihr öffnen, und sie hätte keinen Halt mehr.

Endlich lösten ihre Lippen sich voneinander, und sie atmeten beide tief durch. »Ich … tut mir leid. Das wollte ich nicht.« Marie stürmte geradezu ins Wohnzimmer und zu der Vitrine mit den Gläsern. *Oh Gott, was habe ich getan?* dachte sie verwirrt. *Warum konnte ich mich nicht zurückhalten?*

Sie war üblicherweise in jeder Situation Herrin der Lage, selbst wenn Klienten vor ihr in Tränen ausbrachen. Die kühle Anwältin, die immer den Überblick behielt, aber das hier – das war nicht gerade kühl gewesen. Sie hörte, wie Sarah hinter ihr ins Zimmer kam. »Tut mir leid«, wiederholte sie, ohne sich umzudrehen. »Wenn du jetzt gehen willst …«

»Ich will nicht gehen.« Sarahs Stimme klang tatsächlich kühl. Ganz anders, als Marie sich fühlte. »Ich hätte gern ein Glas Wein. Wie versprochen.«

Marie atmete mehrmals tief durch, dann öffnete sie die Vitrine, nahm zwei Gläser heraus, schloss kurz die Augen, um sich auf den Anblick vorzubereiten, und drehte sich um. Trotz dieser Vorbereitung erschlug sie Sarahs Anblick fast. Sie straffte ihre Schultern, ging zum Tisch, stellte die Gläser darauf ab und zog den Korken der Flasche heraus. Sie war schon offen gewesen, da sie gestern bereits ein Glas davon getrunken hatte.

Sorgfältig schenkte sie ein, konzentrierte sich ganz auf die Gläser, um Sarah nicht anschauen zu müssen. Statt ihr das Glas zu reichen, schob sie es auf dem Glastisch zur Seite der Couch hinüber und setzte sich selbst auf der anderen Seite des Tisches in einen Sessel. »Na dann«, sagte sie und hob lächelnd ihr Glas. »Auf Regen und Uniformen.«

Sarah setzte sich auf die Couch, nahm ihr Glas und prostete zurück. »Die Uniformen sind aus einem sehr schlechten Material, sonst hätte meine den Regen locker überstanden, also lohnt es sich nicht, darauf zu trinken.« Sie nahm einen Schluck. »Aber dieser Wein braucht keinen Trinkspruch. Er ist gut.«

»Freut mich«, sagte Marie und versuchte sich durch den kühlen Wein selbst abzukühlen, indem sie einen großen Schluck nahm. »Ich gebe mir Mühe.«

»Das tust du«, erwiderte Sarah fast etwas nachdenklich. »In jeder Beziehung. Du musst eine gute Anwältin sein.«

»Ziemlich«, sagte Marie. Den Fokus zurück auf ihren Beruf zu lenken war eine gute Idee, das kühlte auf jeden Fall ab. Sie wusste, dass sie gut war, von falscher Bescheidenheit hielt sie nichts. Das hätte sie im Gerichtssaal nur angreifbar gemacht. »Allerdings«, sie lachte leicht, »sind viele Anwälte so schlecht, dass ich mir manchmal gar nicht so viel Mühe geben muss. Ich komme immer gut vorbereitet in Verhandlungen, und es ist erschreckend, wie schlecht vorbereitet oft die anderen sind.«

»Ja, Vorbereitung ist alles«, stimmte Sarah zu, nippte an ihrem Wein, lehnte sich auf der Couch zurück und zog ihre Beine unter sich. »In meinem Beruf auch. Wenn uns bei einem Langstreckenflug irgendetwas ausgeht, sind die Passagiere verärgert. Das können wir uns nicht leisten.«

Langsam fühlte Marie, wie ihr Puls sich beruhigte. Nicht ganz, aber doch ein bisschen. »Hast du einen Langstreckenflug morgen?«

»Nein.« Sarah schüttelte den Kopf. »Das ist eine Frühaufstehertour.«

»Bei Langstreckenflügen muss man nicht früh aufstehen?« Marie hob verwundert die Augenbrauen.

»Doch, doch.« Sarah lachte. »Manchmal schon. Entschuldige, das ist Fliegerjargon. Eine Frühaustehertour bezeichnet eine Kurzstreckentour, die eben extrem früh beginnt. Deshalb konnte ich nicht morgen von Hamburg anreisen, sondern musste schon heute Abend kommen.«

»Und wohin fliegst du morgen?«

»Barcelona.« Sarah nippte erneut an ihrem Wein. »Es ist eine Fünftagestour quer durch Europa. Nach Barcelona übernachte ich dann in London, Moskau und Birmingham.«

»Jeden Tag woanders.« Marie holte tief Luft. »Und jede Nacht. Das muss anstrengend sein.«

»Ist es.« Sarah nickte. »Viel Arbeit.«

Marie schmunzelte. »Und ich dachte immer, Stewardess ist ein Traumjob.«

»Es ist meiner«, sagte Sarah. »Aber bei Kurzstrecken geht es ja immer hin und her, und die Flieger sind auch meistens voll. Vor Ort hat man dann nur die Minimum-Ruhezeit, und die braucht man auch, um mal ein wenig runterzukommen. Tja, und dann geht es schon weiter.«

»Hart«, sagte Marie. »So was stellt man sich nicht vor, wenn man selbst im Flieger sitzt.«

»Es gibt ja zum Glück nicht nur diese Touren.« Sarah lächelte wieder ihr bezauberndes Lächeln, und Maries Herz begann erneut zu rasen.

Ich wünschte, sie würde das lassen, dachte sie, aber vermutlich war es für Sarah das Selbstverständlichste auf der Welt, wenn sie dieses Lächeln jeden Tag von morgens bis abends auf dem Gesicht tragen musste, jedem fremden Menschen gegenüber, ob sie ihn mochte oder nicht.

»Ich fliege auch oft genug Langstrecke«, fuhr sie fort, »und da hat man doch mal Zeit, sich etwas anzusehen. Dann kann ich auch ganz normal von Hamburg aus anreisen und brauche mir keine Übernachtung hier in Frankfurt zu suchen.«

»Was ist denn mit Hotels, davon gibt es hier doch genug, oder?« Marie hob fragend die Augenbrauen.

»Ja, schon.« Sarah seufzte. »Aber im Moment ist gerade Messe, und da ist es extrem schwer, an ein Zimmer zu kommen, das auch noch bezahlbar ist.«

Erstaunt blickte Marie sie an. »Zahlt das nicht deine Firma?«

Sarah lachte belustigt auf. »Oh nein, warum sollte sie? Es ist mein Privatvergnügen, dass ich nicht in Frankfurt wohne, sondern in Hamburg. Eigentlich sollte ich hier in der Gegend eine Wohnung haben oder zumindest eine Wohnmöglichkeit. Daher war das Angebot von Saskia auch meine Rettung, denn auf der Basis darf man nicht übernachten.«

»Das hätte ich nicht gedacht.« Marie schüttelte den Kopf. »Dass ihr nicht auf der Basis übernachten dürft, wenn ihr so früh antreten müsst.«

»Ist eben so.« Sarah zuckte die Schultern.

»Nach Frankfurt zu ziehen wäre keine Alternative für dich?« Marie versuchte sich zu entspannen, lehnte sich im Sessel zurück und schlug die Beine übereinander.

Sarahs Gesicht verschloss sich. »Nein«, entgegnete sie knapp. »Meistens klappt es ja auch ganz gut. Auch wenn ich so oft shutteln muss.«

Marie spürte, dass da irgendetwas war, worüber Sarah nicht sprechen wollte, aber sie war wohl kaum in der Position, da nachzuhaken, wie sie es bei einer Zeugin vor Gericht getan hätte.

»Ich muss morgen zu einem Termin nach Wiesbaden«, bemerkte sie kopfschüttelnd. »Und das ist mir manchmal schon zu viel.« Sie lächelte ungläubig. »So ein Leben wie deins könnte ich mir gar nicht vorstellen. Ich muss abends in meinem eigenen Bett liegen, sonst kann ich nicht schlafen.«

»Fährst du nie in Urlaub?«

»Urlaub? Was ist das?« Marie lachte leicht. »Ja, in der Tat. Wenn du so fragst ... Ich mache eigentlich nie Urlaub. Habe einfach zu viel zu tun.«

»Da bist du wohl so wie diese Anwältinnen aus dem Fernsehen, vielbeschäftigt mit deiner ganz persönlichen Assistentin, die dir morgens den Kaffee bringt, wenn du ins Büro kommst.«

»So ähnlich.« Marie lachte. »Sie bringt mir Tee. Und oft arbeite ich auch hier zuhause. Neben dem Gästezimmer habe ich noch ein Arbeitszimmer. Das war mit ein Grund, warum ich diese Wohnung gekauft habe. Sie hat genau die richtige Aufteilung. Und ist«, sie hob leicht eine Hand, um die Richtung anzuzeigen, »nicht weit von meiner Kanzlei entfernt.«

»Beeindruckend«, sagte Sarah. »Wie es scheint, bist du richtig erfolgreich. Eine Eigentumswohnung in dieser Gegend hier ...«

»Ich kann nicht klagen«, entgegnete Marie. *Nein, beruflich nicht,* fügte sie in Gedanken hinzu. Mit ihrem Privatleben sah es da ganz anders aus.

Dass sie nie Urlaub machte, lag zwar einerseits durchaus daran, dass sie sehr beschäftigt war, aber ein wenig trug auch dazu bei, dass sie gar nicht wusste, mit wem sie hätte in Urlaub fahren sollen. Allein? Dann arbeitete sie lieber.

Sie warf einen versteckten Blick auf Sarah. Mit ihr morgen nach Barcelona zu fliegen, das wäre ein Traum gewesen.

Selbst wenn sie sie nur bei der Arbeit hätte beobachten können.

Für einen kurzen Moment dachte sie darüber nach, einfach alles abzusagen und mitzufliegen. Aber nein. Sie seufzte innerlich. Sie hatte morgen einen wichtigen Termin vor Gericht, den konnte sie nicht verschieben. Schon gar nicht so plötzlich. Der Richter mochte sie ohnehin nicht, und so hätte sie gleich verloren.

»Also?«, sagte sie und tat so, als hätte sie nur ganz harmlos nachgedacht. »Von Birmingham kommst du dann wieder nach Frankfurt zurück? Hast du dann frei, oder fliegst du gleich weiter?«

»Ich habe ein paar Tage frei.« Sarah umfasste ihr Weinglas mit beiden Händen, als müsste sie sich daran festhalten. »Von Birmingham fliege ich direkt nach Hamburg.«

»Ah ja, natürlich. Nach Hause.« Marie wollte nicht daran denken, aber sie konnte es nicht verhindern. Worin bestand Sarahs Zuhause? Mann, Kinder?

Unwillkürlich glitt ihr Blick über Sarahs schlanke Figur. Nein, keine Kinder. Ihre Taille war so schmal wie die eines jungen Mädchens. Und eigentlich war sie das ja auch. Höchstens Mitte zwanzig. Einen Ring trug sie auch nicht, aber das hieß ja nichts.

»Ja, nach Hause«, wiederholte Sarah geistesabwesend, führte das Glas zum Mund und trank sehr langsam daraus.

»Da erholt man sich wahrscheinlich am besten.« Marie lachte leicht. »Ich würde das auf jeden Fall tun, aber ich bin ja auch nicht oft weg. Höchstens beruflich mal.«

»Schon merkwürdig.« Sinnierend schüttelte Sarah den Kopf. »Ich habe mir noch nie Gedanken darüber gemacht, einen Beruf zu haben, bei dem man immer am Boden ist. Am selben Ort. Das kommt mir ganz ungewöhnlich vor.«

»Für die meisten ist es wohl eher gewöhnlich«, sagte Marie. »Und jeden Tag in der Weltgeschichte herumzufliegen ist eher exotisch.«

Sarah zuckte die Achseln. »Nicht so exotisch, wenn man einmal daran gewöhnt ist. Es ist ein Arbeitsplatz.«

»Sicher«, sagte Marie. »Und wo wir gerade von Arbeit sprechen: Ich glaube, der Trockner ist fertig.«

Sarah starrte sie an, als hätte sie sie nicht verstanden.

»Der Trockner?«, wiederholte Marie. »Deine Uniform?«

»Oh. Ja. Meine Uniform. Sie ist trocken. Dann ...«, Sarah zögerte, »könnte ich ja gehen.«

Es war wie ein Stich in Maries Herz. Sie hatte das nicht erwartet. Nicht so heftig. Fast musste sie nach Luft schnappen. Sie unterdrückte den Reflex gerade noch und antwortete beherrscht: »Richtig. Soll ich dir ein Taxi rufen?«

Sarah breitete hilflos die Arme aus. »Wohin? Die Hotels sind voll, und ob ich Saskias Wohnung jemals finde ...«

»Mein Gästezimmer wird viel zu selten benutzt«, bot Marie erneut an. »Eigentlich könntest du es immer benutzen, wenn du in Frankfurt bist und hier eine Übernachtungsmöglichkeit brauchst.«

Wow, das war eine kühne Aussage. Ihr brach sogar innerlich der Schweiß aus. Sie hatte manchmal solche Ideen vor Gericht, aber privat hielt sie sich eher damit zurück. Es gehörte mehr zu ihrem beruflichen als zu ihrem persönlichen Leben.

»Das ist ...« Sarah starrte sie vollkommen verblüfft an. »Das ist sehr nett von dir, aber das kann ich nicht annehmen. Wir kennen uns überhaupt nicht, ich will dir keine weiteren Umstände machen.«

»Ich wiederhole mich nicht gern«, sagte Marie, »aber ich weise noch einmal darauf hin, dass das keine Umstände sind.« *Wer könnte eine schöne, eine hinreißende Frau im eigenen Gästezimmer als unangenehmen Umstand betrachten?* dachte sie. *Das ist mehr wie ein wahrgewordener Traum.* »Aber jetzt sollte deine Uniform wohl erst einmal aus dem Trockner, bevor sie denkt, wir haben sie vergessen.« Sie stand auf und ging in die Küche. Eine Minute Ruhe, in der sie sich von Sarahs Anblick erholen konnte.

Als sie die Trocknertür öffnete und die Uniform herausnahm, hätte sie fast ihre Nase hineingesteckt, um das, was von Sarahs Duft daran haftete, in sich aufzunehmen. Stattdessen legte sie sie jedoch nur vor sich auf die Abdeckung.

»Danke«, sagte Sarah. Sie trat hinter Marie, griff an ihr vorbei und wollte die Uniform an sich nehmen.

Ihre Brüste streiften Maries Rücken, und Marie erstarrte.

Erstaunlicherweise erstarrte auch Sarah. »Ich würde wirklich gern hierbleiben«, wisperte sie nach einer atemlosen Sekunde in Maries Ohr. »Aber nicht in deinem Gästezimmer.«

»Sarah ...« Marie erkannte ihre eigene Stimme kaum wieder. »Du hast keinerlei Verpflichtung –«

»Natürlich nicht.« Sarah lachte leise. »Daran habe ich nun wirklich überhaupt nicht gedacht.« Sie ließ die Uniform zurück auf die Abdeckung gleiten und legte ihre Arme um Marie. »Ich habe es gespürt«, flüsterte sie. »Als wir uns küssten. Und auch schon davor. Danach. Die ganze Zeit.«

Marie starrte vor sich an die Wand, fühlte Sarahs weiche Brüste an ihrem Rücken, bemerkte, wie ihre eigenen Brustwarzen hart wurden. Sie wollten beide dasselbe. Warum wehrte sie sich so?

Sarahs sanfte Lippen berührten ihren Nacken. Marie fühlte die Gänsehaut aus ihrer Haut springen, als hätte sie einen Schalter umgelegt. »Was tust du da?«, hauchte sie schwach.

»Ich tue alles für einen Schlafplatz.« Sarah lachte leise. »Nimm das bitte nicht wörtlich. Es sollte nur ein Scherz sein.« Ihre Hände legten sich auf Maries Brüste. »Du willst es doch auch.«

In einem letzten Versuch, vernünftig zu erscheinen, räusperte Marie sich und erwiderte in ihrer nüchternsten Anwältinnenstimme: »Du hast den Beweis buchstäblich in Händen. Und ich widerspreche handfesten Beweisen niemals. Das wäre unprofessionell.«

»Ich liebe Anwältinnen.« Sarah wirkte belustigt. »Ich meine, bisher habe ich noch keine gekannt, aber ich habe das Gefühl, das ändert sich gerade.«

»Dem stimme ich zu.« Immer noch versuchte Marie ihre Stimme zu kontrollieren, ihr nicht den überwältigten Klang zu geben, der aus ihrem Inneren aufstieg, aber es gelang ihr nicht.

Sarahs Hände fuhren in den Bund der Jogginghose, die Marie angezogen hatte, als sie von nassen in trockene Kleider wechselte, und schoben ihn hinunter. »Beug dich vor«, flüsterte sie rau.

Es fühlte sich an, als würde Maries Kopf gleich platzen. Sie tat, was Sarah von ihr verlangte, beugte sich vor und ließ sich von ihr Hose und Slip bis auf die Knöchel hinunterschieben. Kurz vor einer Ohnmacht schloss sie die Augen. Was Sarah mit ihr tat, hatte sie so noch nie erlebt. Es war, als ob sie keinen eigenen Willen mehr hätte.

»Wir hätten früher kommen sollen«, flüsterte Sarah. »Es ist unglaublich, wie es sich anfühlt, auf dem Trockner zu sitzen, wenn er noch läuft.«

»Jetzt«, Marie schluckte, »läuft er aber nicht mehr.«

»Es gibt ja noch andere Möglichkeiten.« Sarahs Hände streichelten ihren Po, glitten sanft zwischen ihre Schenkel. Dann auf einmal glitt sie an Marie hinunter, drückte ihre Beine weiter auseinander und machte dadurch den Weg frei für ihre Zunge.

Marie schrie leise auf. Sie hatte das Gefühl, sie hätte nur noch Pudding in den Knien, und das hier war nicht die geeignete Position, dem entgegenzuwirken. »Sarah …«, wisperte sie schwach. »Ich weiß nicht, wie lange ich das aushalte.«

»Leg dich einfach über den Trockner«, schlug Sarah ziemlich unbeeindruckt vor. »Dann kannst du ewig so liegen.«

Es blieb Marie gar nichts anderes übrig, als Sarahs Vorschlag zu folgen, denn die Puddingmasse in ihren Knien nahm zu. Sie lag also da, direkt auf Sarahs Uniform, und hatte so das Gefühl, Sarah wäre sowohl hinter als unter ihr.

»Sarah …«, hauchte sie wieder, aber dann hatte sie nicht einmal mehr dafür Luft. Sarah drang in sie ein, nahm sie mit einer Kraft, die Marie ihr nie zugetraut hätte, und versetzte sie in einen Taumel der Leidenschaft. Es war, als ob sich die Orgasmen so schnell ablösten wie ein Regentropfen den anderen.

Verzweifelt krallte Marie sich an den Rand der Abdeckung des Trockners, weil Sarah sie in immer gewaltigere Wellen ritt, wie ein Surfer, der genau weiß, wo die besten Punkte sind. Sie wusste nicht, wann sie das zum letzten Mal erlebt hatte. Hatte sie es überhaupt schon einmal erlebt?

Endlich blieb sie keuchend liegen, als Sarah sie verließ, sich über sie beugte und sie warm umfing. »Alles okay?«

Wenn sie die Kraft dazu gehabt hätte, hätte Marie am liebsten gelacht. »Okay? Das ist wohl kaum das richtige Wort dafür. Das war …«, sie versuchte sich aufzurichten, Sarah bemerkte es sofort und gab ihr Raum, und Marie drehte sich um, »unglaublich«, beendete sie den Satz, während sie in Sarahs Augen sah. »Einfach unbeschreiblich.«

»Schön?«, fragte Sarah.

»Habe ich das nicht gesagt?« Marie lächelte sie an, hob eine Hand und strich zärtlich über ihr Gesicht. »*Du* bist unglaublich«, fügte sie leise hinzu. »Als ob der Regen dich zu mir getrieben hätte, weil es so sein sollte.«

»Vielleicht sollte es so sein.« Sarahs Augen schimmerten gefühlvoll. »Regen ist schließlich eine Urgewalt. Wind und Wetter. Selbst die größten Flugzeuge sind nicht davor geschützt.«

Maries Finger wanderten zu Sarahs Mund. »Du bist wunderschön«, flüsterte sie. »Wunderwunderschön.« Ein Finger strich über Sarahs Lippen, und sie öffneten sich, griffen danach, umschlossen ihn.

Langsam entfernte Marie den Finger und ersetzte ihn durch ihre Zunge. Sie fühlte, wie Sarahs Zunge ihr entgegenkam, und presste sich gegen sie. »Mal sehen, wie du dich auf dem Trockner machst«, flüsterte sie erregt.

Ein Stöhnen kam aus Sarahs Mund.

»Ja, genau«, erwiderte Marie. »Setz dich.«

Sarah schob sich auf den Trockner, und diesmal war es Marie, die ihr Hose und Slip herunterzog. Sie schloss die Klappe und stellte den Trockner an.

»Das ist nicht gut, wenn er leer –«, setzte Sarah an, aber im nächsten Moment stöhnte sie erneut auf.

»Genieß es«, flüsterte Marie, und schon senkte sie ihr Gesicht zwischen Sarahs Schenkel.

2

»He, Boss, da wartet schon jemand auf Sie in Ihrem Büro.«

Kaum, dass Marie aus dem Fahrstuhl trat, empfing ihre Assistentin Terry sie mit dieser Ankündigung.

Marie brauchte eine Sekunde, bevor sie überhaupt antworten konnte. »Tee?«, fragte sie. »Stark?«

»Schon hier.« Terry streckte ihr einen Becher entgegen.

»Ich muss gleich ins Gericht.« Nach dem ersten Schluck klärten sich Maries Gedanken. »Ich habe heute Morgen keine sonstigen Termine.«

»Jetzt haben Sie einen. Na ja«, schränkte Terry ein, »sie hat ihn sich selbst gegeben. Ich habe ihr gesagt, dass Sie keine Zeit haben, aber sie wollte einfach nicht gehen.«

»Sie?« Für einen Moment schlug Maries Herz höher. Konnte es sein, dass Sarah –? Aber nein, das war unmöglich.

»Wenn Sie rechtzeitig im Gericht sein wollen, müssen Sie sie einfach schnell loswerden«, verkündete Terry fröhlich.

Sie war eine ausgesprochene Frohnatur, was Marie manchmal nervte.

»Ist das nicht eigentlich Ihre Aufgabe?«, knurrte sie. Normalerweise war Terry gut in so etwas. Die Besucherin musste außergewöhnlich sein, dass Terry es diesmal nicht geschafft hatte.

»Kann ich Ihnen –?« Marie brach mitten im Satz ab, als sie ihr Büro betrat. »Du?«

»Lange nicht gesehen.« Ein grinsendes Gesicht antwortete ihr.

»Nicht lang genug«, brummte Marie. »Was willst du?«

»Aber hör mal, Honigschnütchen, ist das vielleicht eine Begrüßung?«

Maries grüne Augen begannen unheilvoll zu blitzen. »Nenn mich nie wieder so!«, fuhr sie die Besucherin an. »Schon gar nicht hier im Büro!«

»Ach, privat wäre es dir recht?« Fragwürdige Augenbrauen hoben sich gespielt unschuldig.

»Privat gibt es nicht. Nicht mehr«, erwiderte Marie scharf. »Und ich muss jetzt zu Gericht. Du hast dir leider den falschen Tag ausgesucht.« Sie griff nach einer Akte, die auf dem Tisch lag, und verstaute sie in ihrer großen Mappe.

»Und ich dachte, du freust dich, mich zu sehen«, entgegnete die andere und streckte ihre langen Beine in Maries Besuchersessel aus.

»Worüber sollte ich mich wohl freuen, Britt?« Marie starrte sie mit zusammengezogenen Augenbrauen an. »Dass du mit der Hälfte meiner Sachen verschwunden bist?«

»Oh, nur die Hälfte?«, erwiderte Britt großspurig. »Und ich dachte, ich hätte alles Wertvolle erwischt.«

»Raus«, knurrte Marie gefährlich leise. »Verlass sofort mein Büro! Und lass dich hier nie wieder blicken!«

»Ich wollte nur höflich sein.« Britt stand auf. »Dich informieren, bevor du von der Staatsanwaltschaft hörst.«

Marie gab ein abschätziges Geräusch von sich. »Was hast du wieder angestellt?«

»Ich gar nichts. Du«, entgegnete Britt mit genüsslich verzogenen Lippen.

»Wie bitte?« Marie schüttelte den Kopf, nahm ihre Aktentasche und wollte das Büro verlassen. »Ich habe keine Zeit für solchen Blödsinn.«

»Wenn du schon mal im Gericht bist, frag doch mal nach, wie viel du für Kreditkartenbetrug bekommst«, rief Britt ihr nach.

»Was?« Über alle Maßen verblüfft drehte Marie sich um.

»Wie gesagt, ich wollte nur höflich sein.« Britt kam aus ihrem Büro und stellte sich breitbeinig vor sie hin. »Du wirst demnächst von der Kreditkartengesellschaft hören. Und nicht nur von denen.«

»Was zum Teufel hast du gemacht?« Maries Stimme klang, als käme sie aus einem Grab.

»Als gute Freundin ...«, Britt grinste, »gebe ich dir den Rat, rechtzeitig zu verschwinden. Sieht nicht gut aus, wenn eine Anwältin plötzlich die Seiten wechselt.«

»Ich glaube dir kein Wort.« Marie drehte sich um und ging zum Aufzug. »Wenn du eins schon immer gut konntest, dann lügen.« Sie drückte auf den Knopf.

Britt schlenderte ihr gemütlich hinterher. »Das warst du immer schon: so überlegen«, bemerkte sie, als sie neben Marie angekommen war. »Es gibt Leute, die das nicht mögen.«

»Du zum Beispiel?« Marie lachte trocken auf. »Ich kann mich nicht erinnern, dass dich das gestört hat, solange du mein Geld ausgeben konntest.«

»Zugegeben.« Britt zuckte lässig die Achseln. »Du hast auch deine guten Seiten. Wenn ich so zurückdenke ... War doch eine schöne Zeit mit uns, oder?«

»Machst du Witze?« Der Aufzug kam, und die Türen öffneten sich. »Du bist wohl nicht ganz bei Trost.« Marie trat in die Kabine und drehte sich um, drückte den Knopf für die Tiefgarage.

»Siehst du?« Britt schnippte mit den Fingern. »Das hast du nun davon. Hättest du nur ein bisschen mehr Verständnis für mich gehabt«, fügte sie hinzu, als die Türen sich vor ihr schlossen und ihr Gesicht verschwand.

Während der Fahrstuhl sich in Bewegung setzte, schüttelte Marie ungläubig den Kopf. Wie lange war das her? Acht Jahre? Und plötzlich tauchte sie einfach wieder auf. Marie hätte nie gedacht, dass sie jemals wieder etwas von ihr hören würde.

Aber das war sicher nur heiße Luft, die sie da von sich gegeben hatte. Marie war äußert penibel mit ihren Kreditkartenabrechnungen, da gab es kein Problem. Britt selbst war allerdings ein Problem, aber nicht mehr Maries. Sie hatte vor vielen Jahren damit abgeschlossen.

Die Gegenwart, das war das einzige, was zählte. Sie seufzte. Hatte sie vielleicht einen Fehler gemacht? Sie war nicht sehr gut in der Verarbeitung von Fehlern, sie machte nicht viele davon. Britt war einer gewesen, aber sie dachte, das läge lange hinter ihr, und sie hätte ihre Lektion gelernt.

Hatte sie das? Sie dachte an die vergangene Nacht zurück, und fast wäre sie rot geworden. Der Trockner war nur der Anfang gewesen, damit war der Abend noch lange nicht zu Ende. Die Nacht. Die sich bis zum Morgen hingezogen hatte.

Sie fragte sich, wie Sarah nach so einer Nacht arbeiten konnte. Nach einer quasi nicht vorhandenen Nacht, was den Schlaf betraf. Alles andere ... In Erinnerung versunken lächelte sie. Das war einfach unbeschreiblich gewesen. Sarah war ... wie nicht von dieser Welt. Sanft und zärtlich, leidenschaftlich und hingebungsvoll. Eine faszinierende Frau.

Eigentlich hatte Marie sie zum Flugplatz bringen wollen, sie hatte fest damit gerechnet, dass sie es tun würde, aber dann war sie eingeschlafen, und als sie erwachte, war Sarah fort. So hatte Marie wenigstens ein paar Stunden Schlaf gehabt, aber sie bedauerte sehr, dass sie Sarah nicht hatte verabschieden können.

Sarah hatte sich zumindest mit einer Nachricht verabschiedet, die Marie auf ihrem Nachttisch gefunden hatte.

Danke für diese wundervolle Nacht, stand darauf. *Ich werde sie nie vergessen.*

Marie wusste nicht genau, was das bedeuten sollte, aber wenn sie recht darüber nachdachte, klang es ziemlich endgültig. Das Angebot, Maries Wohnung als Unterkunft für Sarahs Zwischenstopps in Frankfurt zu benutzen, war wohl vom Tisch.

Bedauernd atmete Marie tief durch. Wirklich schade. Sie hätte Sarah gern wiedergesehen.

Natürlich konnte sie bei der Fluggesellschaft nachfragen. Die Uniform war ein eindeutiges Indiz dafür, für welche Sarah arbeitete. Und sie hatte ihren vollen Namen, die Beschreibung ihrer Flüge der nächsten Tage. Es würde nicht schwer sein, sie zu finden.

Jedoch sagte ihr irgendetwas, dass Sarah wohl ihre Handynummer hinterlassen hätte, wenn sie weiteren Kontakt wollte. Es wäre kaum ein Unterschied gewesen, hätte sie sie noch auf den Zettel geschrieben.

Aber das hatte sie nicht. Für sie war diese Nacht wohl Anfang und Ende in einem. Bedauerlich, aber nicht zu ändern.

Jetzt musste sie jedoch erst einmal diesen Richter beeindrucken und den Fall für ihren Mandanten gewinnen.

»War der Richter so schlimm?« Terry legte den Kopf schief und betrachtete Marie mit einem irritierten Blick. »Sie haben verloren?«

»Verloren?« Marie blickte überrascht von ihrem Schreibtisch auf. »Nein, ich habe gewonnen.«

Terrys Augenbrauen begegneten sich in einem fragenden Bogen. »Das sieht aber normalerweise anders aus.«

»Hören Sie, Terry …« Marie seufzte genervt auf. »Sie wissen, wie sehr ich Ihre Arbeit schätze, aber mein Privatleben geht Sie nichts an.«

»Privatleben?« Terry sprang darauf an wie ein trainierter Terrier. »Es geht um etwas Privates?«

Warum habe ich das bloß gesagt? seufzte Marie noch einmal innerlich, aber die Antwort kam ihr sofort in den Sinn. *Vielleicht, weil ich so gut wie nicht geschlafen habe.* »Nein«, sagte sie. »Und jetzt lassen Sie mich arbeiten.«

»Würde ich ja …«, erwiderte Terry gedehnt und beobachtete Marie ganz genau. »Wenn Sie arbeiten würden, aber Sie starren nur vor sich hin und haben seit einer geschlagenen halben Stunde nicht eine Seite in der Akte umgeblättert, die vor Ihnen liegt.«

»Sie hätten Privatdetektivin werden sollen.« Marie warf einen strafenden Blick auf sie. »Aber das hat überhaupt nichts zu bedeuten.«

»Bei Ihnen schon«, behauptete Terry. »Sie tun so etwas nicht. Einige andere hier in der Firma tun das den ganzen Tag, aber Sie nicht.«

»Terry … bitte …« Erschöpft fuhr Marie sich mit der Hand übers Gesicht. »Ich bin müde. Ich habe nicht viel geschlafen heute Nacht. Bringen Sie mir lieber noch einen Tee.«

»Nicht viel geschlafen?« Terrys Gesichtsausdruck wurde noch aufmerksamer. »Schlecht geträumt oder –?«

»Ich habe überhaupt nicht geträumt«, erwiderte Marie verärgert. »Tee?« Sie hob tadelnd die Augenbrauen.

»Nicht geträumt?« Terrys Mundwinkel zuckten. »Das heißt, es war das *Oder*? Sie waren zu beschäftigt, um zu träumen. Jemand war bei Ihnen.«

»Soll ich Ihnen dafür jetzt ein Diplom ausstellen?«, fragte Marie.

»Ja!« Terry machte eine Siegergeste. »Freut mich, Boss. Ich würde sagen, das war lange überfällig.«

»Ter-ry ...« Marie setzte die beiden Silben deutlich voneinander ab, was höchste Alarmstufe bedeutete.

»Okay, okay, schon gut.« Mit leicht erhobenen Händen gab Terry zu erkennen, dass sie verstanden hatte. »Tee mit einem Schuss Extra-Antimüdigkeitsfaktor. Kommt sofort.«

Solange sie im Büro war, ließ Marie sich nichts anmerken, aber wieder allein schlich sich ein Schmunzeln in ihr Gesicht. Terry kannte sie einfach schon zu lange. Sie war seit Jahren bei ihr.

Lange überfällig. Sie schüttelte den Kopf. War es wirklich schon so lange her?

Nickend gab sie es zu. Ja, war es wohl. Sie hatte einfach keine Zeit neben ihrer Arbeit. Ihr Privatleben war noch nie ihre erste Priorität gewesen, aber je älter sie wurde, desto mehr rückte es in den Hintergrund. Sie hatte keine feste Beziehung, keine Familie, keine Kinder, und meistens fiel ihr das gar nicht auf.

Wieder kehrte der Gedanke zurück, ob Sarah irgendetwas davon hatte, eine feste Beziehung zum Beispiel. Hätte die vergangene Nacht dann stattgefunden? Sie wusste es nicht.

Sarah flog ständig in der Weltgeschichte herum. Vielleicht hatte sie dasselbe Problem wie Marie: keine Zeit für eine Beziehung. Die Arbeit fraß alles auf. Wer machte das schon mit, wenn man tagelang abwesend war, immer wieder, und dann nur kurz nach Haus kam, um aufzutanken?

Sie lehnte sich in ihrem Ledersessel zurück und klopfte abwesend mit ihrem Stift auf die Schreibtischplatte. Die Erinnerung an Sarah ließ sie nicht los. Das war nicht einfach nur ein One-Night-Stand gewesen. Toller Sex, ja, aber da war noch etwas anderes.

»Haben Sie mal eine Minute?« Ihr Kollege Roman steckte mit fragendem Blick den Kopf zur Tür herein. Er war einer der jungen Anwälte, die kamen und gingen, sich direkt nach dem Studium ein Jahr lang ihre ersten Sporen in der Kanzlei verdienten. Er hatte noch nicht viel Erfahrung. Nach einem

Jahr würde er seine eigene Kanzlei aufmachen oder noch einmal in eine andere Kanzlei wechseln, um ein spezielles Fachgebiet zu studieren.

»Sicher.« Marie war ganz froh, dass er sie von ihren sinnlosen Gedanken ablenkte. »Was gibt's?«

»Ich habe da eine neue Mandantin.« Er trat zu Marie an den Tisch und reichte ihr ein Blatt Papier. »Sie kennen sich mit so etwas doch aus.«

Stirnrunzelnd überflog Marie das Geschriebene. »Das kann nicht sein.«

»Richtig«, nickte er. »Aber was soll ich machen?«

»Ist sie da?« Marie schaute ihn fragend an.

»Kommt gleich«, erwiderte er. »Und ich weiß nicht, was ich ihr sagen soll.«

»Gehen wir in den Konferenzraum«, schlug Marie vor und stand auf. »Ich glaube, mir fällt da schon etwas ein.«

3

Die Sonne kämpfte sich durch die Wolken, die noch immer über den Himmel zogen.

Marie ließ ihr Autofenster ein Stück herunter und genoss die frische Luft, die zu ihr in den Wagen strömte. Der Regen hatte die Schwüle der letzten Tage vertrieben. Endlich konnte man in der großen Stadt wieder atmen.

Ein lautes Dröhnen ließ sie zusammenzucken. Sie schaute nach oben und sah ein Flugzeug, das zur Landung ansetzte.

Unwillkürlich dachte sie an Sarah.

Sie lächelte. Wo war Sarah jetzt wohl gerade? In irgendeinem Flugzeug oder am Boden?

Nach der Konferenz mit Romans neuer Mandantin hatte Marie beschlossen, dass sie heute nicht mehr arbeitsfähig war. Die Augen fielen ihr zu, und ihr Kopf weigerte sich glattweg, sich weiter mit Paragraphen zu beschäftigen. Sie musste Schlaf nachholen, wenn sie morgen wieder fit sein wollte.

Deshalb war es immer noch hell, als sie nun nach Hause fuhr. Außer an extrem langen Sommertagen kam das nicht gerade oft vor. Meistens verließ sie das Haus bei Dunkelheit und kam auch bei Dunkelheit zurück.

Eine Viertelstunde später betrat sie ihre Wohnung, schleuderte die Pumps von den Füßen und ließ sich auf die Couch fallen. Ein tiefer Seufzer entrang sich ihrer Brust. Nachdem sie sich ein paar Minuten erholt hatte, bekam sie Hunger. Sie hatte heute kaum etwas gegessen. Nur Tee getrunken. Und langsam forderte ihr Magen sein Recht.

Sie drückte auf eine Kurzwahltaste an ihrem Handy. Schon lange hatte sie den Lieferservice eingespeichert, da sie kaum je selbst kochte. Dazu hatte sie weder Zeit noch Lust. Sie ging allein oder mit Kollegen oder Mandanten essen, nahm sich vom vegetarischen Imbiss etwas mit, oder sie bestellte sich eine Mahlzeit nach Hause.

Nachdem sie die Bestellung aufgegeben hatte, hielt sie das Handy noch in den Fingern, als es plötzlich vibrierte.

Sie seufzte genervt. Roman? Terry? Was war es wieder?

Als sie jedoch aufs Display schaute, wurde Sarahs Name angezeigt. Sarah? Wie kam Sarahs Nummer in ihr Handy?

Sie öffnete die Nachricht.

Ich hoffe, Du bist nicht böse, stand da. *Ich habe meine Nummer in Dein Handy eingetragen. Und Deine Nummer herausgeholt.*

Na, das war ja ... Auf einmal lächelte sie. *Ich bin nicht böse,* schrieb sie zurück. *Ich freue mich, dass Du Dich meldest.*

Sie dachte schon, es käme keine Antwort mehr, weil es so lange dauerte, aber dann vibrierte es erneut. *Mir ist gerade ein Stein vom Herzen gefallen,* schrieb Sarah. *Leider habe ich zu spät daran gedacht, dass Du Anwältin bist und es vielleicht irgendeinen Paragraphen dagegen gibt.*

Gibt es, antwortete sie, *aber für diesmal werde ich darüber hinwegsehen.* Das Ganze garnierte sie mit einem Smiley.

Da bin ich aber froh, kam es zurück. Ebenfalls mit einem Smiley.

Wo bist du? fragte Marie.

In Barcelona. Kein Regen hier, antwortete Sarah.

Den wirst Du dann garantiert in London haben.

Das hast Du Dir gemerkt?

Natürlich.

Eine ganze Weile kam keine Antwort. Marie fragte sich, ob sie etwas Falsches gesagt hatte, ging in ihr Schlafzimmer hinüber und zog sich etwas Bequemeres an.

Da auf einmal kam keine Nachricht, sondern ein Anruf. Auf dem Display erschien eine ihr unbekannte Nummer. Sie runzelte die Stirn und nahm an. »Ja?«

»Ich bin's«, hörte sie Sarahs Stimme. »Ich telefoniere über das WLAN des Hotels, da kostet es nichts.«

Marie hätte nicht damit gerechnet, was für eine Reaktion Sarahs Stimme in ihr auslösen würde. Ihr wurde abwechselnd heiß und kalt. Über die Nachrichten hatte sie sich gefreut und ein leises Kribbeln verspürt, aber das jetzt, das war viel mehr.

Sie holte tief Luft. »Wie praktisch«, sagte sie.

»Ja, wenn man so viel unterwegs ist wie ich, lernt man ein paar Tricks«, lachte Sarah.

»Wie war der Flug?«, fragte Marie.

»Die Flüge«, korrigierte Sarah. »Heute Mittag war ich noch in Berlin.«

»Ach du je.« Es entfuhr Marie einfach so. »Und das, nachdem du die ganze Nacht nicht geschlafen hattest.«

Sarah seufzte. »Ja, es war hart. Deshalb liege ich jetzt schon im Bett. Die Kollegen sind noch an der Bar, aber dafür bin ich einfach zu geschafft.«

»Kann ich verstehen.« Marie schmunzelte. »Geht mir genauso. Ich habe heute früher Schluss gemacht, weil mein

Kopf nicht mehr wollte. Jetzt warte ich auf das Essen vom Lieferservice. Danach gehe ich ebenfalls ins Bett. Zu mehr bin ich heute wohl nicht zu gebrauchen.«

»Ich …« Sarah zögerte. »Ich war mir nicht ganz sicher, ob du meinen Anruf annehmen würdest.«

»Warum nicht?« Marie runzelte die Stirn.

»Nun ja, ich bin einfach so in dein Leben reingeschneit.« Sarah lachte kurz. »Reingeregnet, muss man wohl eher sagen. Ich weiß ja nicht, ob du –« Sie brach ab. »Ob du nicht –«, fuhr sie dann fort, brachte den Satz aber wieder nicht zu Ende.

»Ob ich nicht gebunden bin?«, half Marie aus. »Da mach dir mal keine Sorgen. Bin ich nicht.«

Wenn sie erwartet hatte, dass Sarah nun ebenfalls über ihren Beziehungsstatus Auskunft geben würde, hatte sie sich geirrt. »Gut«, sagte sie nur.

Da das hier wohl etwas länger dauern würde, legte Marie sich aufs Bett. »Ich arbeite zu viel«, erklärte sie. »Das wäre eine Zumutung für jede Frau.«

»Hmhm«, sagte Sarah.

»Bei dir doch auch, oder?«, versuchte Marie sie aus der Reserve zu locken. »Du bist nicht viel zu Hause.«

»Nein«, sagte Sarah, aber wieder folgte darauf nichts. Dann plötzlich schlich sich ein tiefer Seufzer durchs Telefon. »Ich vermisse dich«, flüsterte sie.

Marie hätte fast aufgeschrien. Ihr Körper fühlte sich auf einmal an, als wäre er mit heißen Nadeln gespickt. »Ich dich auch«, brachte sie mühsam hervor. Alles an ihr hatte sich aufgerichtet, von den Haaren bis zu den Brustspitzen. Sie fühlte sich wie ein angespannter Bogen.

»Ich würde dich gern berühren, dich streicheln«, fuhr Sarah leise fort. »Es wäre so schön, wenn du hier wärst.«

»Dito«, erwiderte Marie. »Mein Bett kommt mir auch sehr leer vor.« Ihre Hand, die das Telefon hielt, zitterte. Sie schaltete den Lautsprecher an und legte es neben sich aufs Kissen.

»Es ist zum Verrücktwerden.« Sarahs Stimme klang irritiert. »Du gehst mir nicht mehr aus dem Sinn, seit wir –«, sie zögerte, »seit wir uns getroffen haben.«

»Ist mir schon lange nicht mehr passiert«, entgegnete Marie und bemühte sich um einen einigermaßen festen Klang, was ihr ausgesprochen schwerfiel. »Du nimmst mir die Worte aus dem Mund.«

Sarah seufzte auf. »Oh mein Gott, ich sehe ihn, deinen Mund. Ich spüre dich … überall.«

»Sarah, das ist keine gute Idee.« Immer noch versuchte Marie, die Vernünftige zu sein. Immerhin war Sarah viel jünger als sie, sie hatte die Verantwortung. Dennoch konnte sie sich dem erregten Tonfall in Sarahs Stimme nicht entziehen. Ganz abgesehen davon, dass sie selbst schon erregt genug war.

»Ich sehne mich so nach dir«, flüsterte Sarah. »Komm zu mir.«

»Jetzt? Nach Barcelona?« Maries Stirn runzelte sich bis fast an ihren Haaransatz.

Ein leises, aber immer noch erregtes Lachen antwortete ihr. »Du bist wirklich Anwältin. Du nimmst alles wörtlich.«

Marie verzog das Gesicht. »Ich halte es immer noch für keine gute Idee.«

»Hast du das noch nie gemacht?« Sarah wirkte erstaunt.

»Doch, natürlich«, Marie atmete tief durch, »aber …«

»Keine gute Idee«, wiederholte Sarah.

»Richtig.«

In diesem Moment klingelte es.

»Oh, verdammt, mein Essen!« Marie sprang auf.

Sarah lachte. »Vom Gong gerettet. Da hast du aber Glück gehabt.«

»Das ist noch die Frage«, gab Marie zurück. »Entschuldige, bin gleich wieder da.« Sie raste an die Tür, ließ den Lieferanten mit dem Summer ins Haus, wartete ungeduldig mit den Fingern klopfend auf seine Ankunft an der Wohnungstür und riss ihm die Lieferung fast aus der Hand, während sie ihm einen großen Schein entgegenstreckte. »Der Rest ist für Sie.«

Eine Sekunde später war sie wieder im Schlafzimmer. »Ich glaube, der macht jetzt Feierabend für heute«, sprach sie in Richtung des Telefons. »So ein Trinkgeld kriegt der auch nicht jeden Tag.«

»Wenn du so reich bist …«, antwortete Sarah amüsiert.

»Na ja, reich ist übertrieben.« Marie packte die Tüte mit verschiedenen Gemüsesorten und Reis vom Chinesen auf ihren Nachttisch. »Aber das wird mich jetzt nicht arm machen.«

»Wo waren wir stehengeblieben?«, fragte Sarah.

»Oh Sarah …« Marie stöhnte auf. »Tu mir das nicht an.«

»Hast du so großen Hunger?« Sarah lachte.

»Gar keinen mehr«, stellte Marie überrascht fest.

»Na dann …«, hauchte Sarah verführerisch.

Mit einem entsagungsvollen Seufzer legte Marie sich wieder aufs Bett. »Jetzt hast du mein großes Geheimnis herausgefunden: Ich kann dir einfach nicht widerstehen.«

Einen kurzen Augenblick war es still, dann wisperte Sarah: »Zieh dich aus, damit ich dich auf mir spüren kann.«

4

Wolltest du dich nicht ausschlafen?«, begrüßte Maries Kollegin und auch Freundin Ingrid sie am nächsten Morgen im Büro.

Marie nickte. »Ja, wollte ich.« Sie ging an Ingrid vorbei und streckte den Arm nach dem Teebecher aus, den Terry ihr entgegenhielt.

Ingrid folgte ihr bis zu ihrem Schreibtisch. »Also wenn ich es nicht besser wüsste ...« Sie legte den Kopf schief. »Du siehst aus, als hättest du die ganze Nacht –«

»Sonst noch etwas, Ingrid?« Marie starrte sie ziemlich abweisend an.

»Also tatsächlich.« Ingrid schmunzelte. »Du füllst deine Nächte mal wieder mit etwas anderem als Arbeit.«

»Ich will nicht darüber reden«, erwiderte Marie abwehrend.

»Ist es etwas Ernstes?«, fragte Ingrid dennoch. »Oder wieder nur so eine kurze Affäre wie die letzten Male?«

Marie atmete tief durch. »Wenn ich das wüsste.«

»Du hast sie jetzt schon satt?« Ingrid hob die Augenbrauen.

»Nein.« Marie schüttelte den Kopf. »Ganz im Gegenteil. Ich hoffe, dass ich sie bald wiedersehe. Was sich ein bisschen schwierig gestaltet, weil sie Stewardess ist und meistens in der Luft.«

»Na, das ist doch perfekt«, meinte Ingrid mit einem Augenzwinkern. »So musst du nicht immer wieder absagen, während sie dir Vorwürfe macht, dass du keine Zeit hast.«

»Ja, perfekt«, murmelte Marie nachdenklich.

»Das ist nicht alles, oder?«, fragte Ingrid argwöhnisch. »Da steckt noch mehr dahinter.«

»Das ...«, Marie verzog angestrengt das Gesicht, »frage ich mich.« Sie nahm einen Schluck Tee, lehnte sich zurück, schlüpfte aus den Schuhen und legte die Füße auf den Tisch.

»Oh-oh«, sagte Ingrid. »Das sieht nach schwerem Nachdenken aus. So was tust du nur, wenn du in einem Fall nicht weiterkommst.«

Marie nickte langsam vor und zurück. »Sie ist ...«, ein Lächeln überzog ihr Gesicht, »süß. Einfach bezaubernd. Eine Traumfrau.«

»Aber …?«, fragte Ingrid gedehnt. »Nach so einer Einleitung kommt immer ein Aber.«

»Aber«, nahm Marie den Faden auf, »da ist irgendetwas, das sie mir nicht sagt. Ich spüre es. Du weißt, dass ich mich bei Mandanten auch immer danach richte. Wenn sie etwas zu verbergen haben, kriege ich das mit.«

»Nicht so eine gute Eigenschaft in privaten Beziehungen«, warnte Ingrid.

»Oder gerade«, widersprach Marie. »Bewahrt eine vor vielen Enttäuschungen.«

»Wie mit Britt?« Ingrid lachte. »Ja, das hättest du wissen können. Ich glaube, alle anderen haben es gewusst, bevor du darauf kamst.«

»Es geht nicht um Britt«, unterbrach Marie sie ungehalten. »Es geht um Sarah.«

»Ah, Sarah heißt sie. Hübscher Name.« Ingrid schmunzelte. »Und ich wette, sie ist auch hübsch.«

»Schön«, sagte Marie. »Sie ist außergewöhnlich schön. Und in ihrer schmucken Uniform ein Anblick wie der verführerische Apfel aus dem Paradies.«

»Na, dann wundert mich gar nichts mehr«, bemerkte Ingrid zufrieden. »Äpfeln konntest du noch nie widerstehen.« Sie hob die Hände. »Tschuldigung, sollte keine Anspielung sein.«

»Doch, sollte es.« Marie musterte sie mit strengem Blick.

»Vielleicht. Ein bisschen«, gab Ingrid zu. »Ist aber jetzt nicht so wichtig. Was, denkst du, ist mit ihr nicht in Ordnung?«

»Nichts, könnte man oberflächlich meinen.« Marie atmete tief durch. »Sie ist ein Bild von einer Frau, sanft, zärtlich, ein Traum, wie ich schon sagte.«

»Und du traust Träumen nicht.«

»Irgendwie … ja … nein … Ich denke, Träume sind etwas für Träumer. Und ich bin keine Träumerin.« Marie seufzte.

»Obwohl ich sogar tags von ihr träume. Ist mir noch nie passiert.«

»Es gibt für alles ein erstes Mal«, lachte Ingrid. »Und ehrlich gesagt ...«, sie beugte sich vor und sprach leiser weiter, »mag ich es, dass du es endlich tust. Du bist viel zu sehr in deine Arbeit verliebt. Vielleicht ist es an der Zeit, dich mal in eine Frau zu verlieben.«

Marie stutzte. »Das tue ich«, protestierte sie. »Immer wieder.«

»Oh nein.« Ingrid winkte ab. »Wenn du damit all deine kurzen bis ultrakurzen Affären meinst, kaufe ich das nicht. Vor Gericht würde ich dagegen Einspruch erheben.«

»Dann bist du keine so gute Anwältin, wie ich dachte«, brummelte Marie.

»Doch, bin ich«, behauptete Ingrid. »Ich bin sehr gut. Und das weißt du ganz genau.« Sie hob drohend einen Finger.

»Ich weiß.« Marie seufzte. »Aber vielleicht ...«, sie schluckte, »vielleicht hatte es einen Grund, dass ich nie wirklich verliebt war. Vielleicht bin ich es jetzt ...«, sie zögerte lange, bevor sie weitersprach, »auch nicht. Weil ich das gar nicht kann. Ich meine, es ist immer toller Sex. Na ja, meistens«, schränkte sie ein. »Aber ist es wirklich mehr als das? Fühle ich mich vielleicht nur körperlich von ihr angezogen? Weil sie so schön ist, so bezaubernd, so hinreißend?«

»Bringen Sie sie doch einfach mal mit, Boss, damit wir das beurteilen können«, erklang plötzlich Terrys Stimme aus der Gegensprechanlage.

»Terrrrry!« Marie explodierte fast.

»Ach kommen Sie.« Terry trat zur Tür herein. »Wie soll ich wissen, was ich demnächst tun muss, wenn ich nicht mithöre?« Sie hatte anscheinend nicht das geringste schlechte Gewissen. »Und ich kann mich Ingrid nur anschließen. Wir haben das beide jetzt wirklich lange genug mitangesehen.« Sie warf Ingrid einen Blick zu, und die nickte ernsthaft. »Sie müssen mal zur Ruhe kommen, Boss. Nicht nur immer an die Arbeit denken.«

»Ihr zwei seid wirklich –« Marie schüttelte den Kopf, zuerst noch mit zusammengezogenen Augenbrauen, doch dann konnte sie nicht mehr an sich halten und brach in Lachen aus. »Wie soll ich dagegen an?« Sie nahm die Füße vom Tisch und beugte sich vor. »Also das Ganze ist noch lange nicht spruchreif, aber sollte Sarah tatsächlich Interesse daran haben – in einiger Zeit, wenn klar ist, dass es keine der ultrakurzen Affären ist, für die ich anscheinend berühmt bin –«

»Berüchtigt«, korrigierte Terry mit einem schelmischen Blinzeln.

»Treiben Sie es nicht zu weit, Terry«, warnte Marie sie. »Also, zu einem Zeitpunkt, der jetzt noch nicht näher definiert wird, könnte es vielleicht, unter ganz bestimmten Umständen, eine Einladung zum Essen geben.«

»Eine Kennenlernparty!« Terry klatschte in die Hände. »Toll! Ich liebe Partys! Bei denen ich nichts fürs Essen bezahlen muss«, fügte sie leiser hinter vorgehaltener Hand hinzu.

Ingrid lachte. »Abgemacht. Wir verlassen uns auf dich, Marie.« Ihre Augenwinkel kringelten sich amüsiert.

»Ihr seid unmöglich.« Marie versuchte ein Schmunzeln zu unterdrücken. »Aber jetzt raus mit euch. Ich muss arbeiten. Terry?« Sie hob fragend die Augenbrauen. »Termine?«

»Sofort, Boss.« Terry holte diensteifrig den Kalender.

Ingrid beugte sich noch einmal zu Marie über den Tisch. »Und falls sie ein Geheimnis hat, macht sie das nur noch interessanter«, sagte sie leise. »Vorläufig. Wir wollen nicht, dass wieder so etwas wie mit Britt passiert. Weshalb du uns Sarah vielleicht doch in absehbarer Zukunft vorstellen solltest.«

»Wer braucht Feinde, wenn sie Freundinnen hat?«, seufzte Marie ergeben.

Den Tag über hörte Marie nichts von Sarah. Wahrscheinlich war sie die ganze Zeit in der Luft. Und da sie selbst ebenfalls viel zu tun hatte, wurde es Abend, bevor sie überhaupt einen Gedanken daran verschwenden konnte.

Sie lächelte, als sie nach Hause kam und daran dachte, dass Sarah vielleicht wieder aus dem Hotel anrufen würde, und dann ... eventuell ...

Schmunzelnd schüttelte sie den Kopf. Sie kam sich vor wie ein Teenager. Telefonsex. Das hatte sie wirklich schon lange nicht mehr gemacht. Wo sollte das noch hinführen, wenn sie sich so wenig sehen konnten, wenn Sarah immer in anderen Städten war, in anderen Ländern?

Sie stutzte. *Denke ich darüber nach, eine Beziehung mit ihr zu haben?*

Nach ihren Erfahrungen mit verschiedenen Frauen hatte sie diese Idee eigentlich schon aufgegeben. Deshalb die kurzen Affären. Es nützte nichts, wenn sie sich etwas vormachte. Die meisten Frauen erwarteten viel Zeit, viele gemeinsame Stunden, Tage, Wochen, gemeinsamer Feierabend, gemeinsames Wochenende, gemeinsamen Urlaub – und das konnte sie einfach nicht leisten.

Deshalb fand sie es fairer, den Frauen, die sie kennenlernte, gleich von vornherein zu sagen, dass sie damit nicht rechnen konnten. Gelegentliche Treffs, Sex hauptsächlich, vielleicht mal ein gemeinsames Abendessen, aber darüberhinaus keine Rechte und keine Pflichten.

Sie fand nichts dabei, ihren Beruf über ihr Privatleben zu stellen, und sie wunderte sich manchmal, wie man sein Privatleben über den Beruf stellen konnte. Manche Frauen gaben ihren Beruf auf, um sich nur noch um die Familie zu kümmern, Kinder zu haben. Für Marie war das unvorstellbar.

Ob Sarah so eine Familie wollte? fragte sie sich. Stewardessen konnten nicht ewig in ihrem Beruf arbeiten, das war eher etwas für junge Leute. Möglicherweise hatte Sarah geplant, irgendwann einmal aufzuhören, Kinder zu haben und auf dem Land in einem Haus mit Garten und Hund zu wohnen.

Kaum hatte sie daran gedacht, sah sie einen weißen Gartenzaun vor sich und Sarah, die lächelnd in einer Küchenschürze aus dem Haus trat, um Marie, die von der Arbeit kam, zu begrüßen. »Das Essen ist fertig, Liebling. Wie war dein Tag?«

»Bin ich denn total bescheuert?« Sie schlug sich vor die Stirn. »Noch frauenfeindlicher geht's ja wohl nicht.« Und das, wo sie schon oft vor Gericht gegen diese Art von Diskriminierung gekämpft hatte. Sie sollte sich schämen, Sarah auf so ein Klischee zu reduzieren.

Apropos Essen. Sie öffnete ihr Gefrierfach und schaute hinein. Worüber würde die Mikrowelle sich wohl am meisten freuen?

Kaum dass sie das gedacht hatte, hörte sie ein Geräusch vor ihrer Wohnungstür. Sie lauschte. War da jemand? Ihre Wohnung war die letzte im Gang, und ihre Nachbarn waren alles ältere Menschen, die normalerweise sehr leise waren.

Ein kurzer Blick durch den Spion ließ ihr Herz einen Schlag aussetzen. Mit einem Ruck riss sie die Tür auf, so dass Sarah ihr direkt in die Arme fiel.

»Aber hallo!« Sie lachte und spürte den weichen Körper gegen sich gepresst. Tief atmete sie den süßen Duft ein, der ihr entgegenströmte. Ihre Haut begann zu prickeln, und ihr Atem beschleunigte sich.

»Entschuldige.« Sarahs blaue Augen blickten Marie schüchtern entgegen. Sie richtete sich auf und fuhr sich mit der Hand verlegen durch die Haare.

»Nein, ich muss mich entschuldigen, ich habe dich erschreckt.« Widerstrebend ließ Marie Sarah los. »Was machst du denn hier? Wolltest du nicht in London sein?«

Sarah seufzte. »Der Flug ist gestrichen worden, und ich steige erst morgen Vormittag wieder in die Tour ein.« Sie schaute über Maries Schulter in die Wohnung. »Störe ich?«

»Oh, wie unhöflich von mir. Komm doch rein.« Marie trat zurück. »Nein, du störst überhaupt nicht. Ich hatte gerade eine Konferenz mit der Mikrowelle, was wir heute essen wollen.«

»Mikrowelle?« Sarah verzog das Gesicht.

»Ich kann auch was bestellen«, beeilte Marie sich schnell zu versichern. Dann jedoch lächelte sie. »Oder möchtest du zum Essen ausgehen?«

Für einen Moment wirkte Sarah verunsichert.

Marie betrachtete ihr schönes Gesicht, fühlte sich wie von einem Magneten angezogen und beugte sich zu ihr. »Aber erstmal: Schön, dass du da bist«, flüsterte sie und suchte Sarahs Lippen mit ihren.

Es war, als ob Sarah nur darauf gewartet hätte. Sie sank erneut in Maries Arme, schmiegte sich an sie und gab sich dem Kuss ganz hin.

Marie schloss die Augen und liebkoste Sarah mit ihren Lippen, umarmte sie noch fester und hatte das Gefühl, sie hörte die Engel singen. Sarah im Arm zu halten war wie ein Stück Himmel auf Erden.

Als der Kuss endete, löste Sarah sich sanft von ihr. »Ich ziehe die Uniform aus«, sagte sie leise. »Oder willst du, dass ich sie anbehalte?«

Was für eine merkwürdige Frage. Marie schaute sie irritiert an. »Ganz wie du willst«, antwortete sie. »Sollen wir ins Restaurant gehen? Dann mache ich schnell eine Reservierung. Nicht, dass wir ein Restaurant nach dem anderen abklappern, und es ist kein Tisch frei. Immerhin ist Freitagabend.«

Ein sanftes Lächeln erhellte Sarahs Gesicht. »Dann ziehe ich mich schnell um.«

»Tu das«, nickte Marie. »Ich telefoniere kurz.«

Sarah verschwand mit ihrem kleinen Rollenkoffer im Bad, das Wasser rauschte gerade einmal für wenige Minuten, und nicht lange danach trat sie aus der Tür.

Ihr Anblick ließ Marie trocken schlucken. Sie hatte die Uniform gegen ein Kleid eingetauscht, das ihre schlanke Figur umschmeichelte. Die blonden Locken fielen ihr offen auf die Schultern, sie hatte sich abgeschminkt, und ihre Haut schimmerte rosig und frisch.

»Bist du ein Engel, der gerade vom Himmel gefallen ist?«, fragte Marie lächelnd. »Du siehst so aus.«

»Danke«, sagte Sarah, »aber du übertreibst.«

»Gar nicht.« Maries Blick umfing sie, als wollte er sie in einem Kokon einschließen. »Du bist wunderschön.« Ihre Stimme klang leise und warm.

»Sollen wir lieber hierbleiben?«, fragte Sarah.

»Verführerisches Angebot.« Marie lächelte. »Aber ehrlich gesagt komme ich wirklich kaum noch zum Essen, und im Restaurant«, ihre Mundwinkel zuckten, »hält sich die Ablenkung durch deine Anwesenheit in Grenzen.«

»Du hast einen Tisch bekommen?«

»Glücklicherweise habe ich mal einen Restaurantbesitzer vor Gericht vertreten«, schmunzelte Marie. »Bei ihm bekomme ich immer einen Tisch. Alles andere war besetzt.«

Sarah breitete leicht die Arme aus. »Na dann …?«

»Bitteschön.« Marie ging zur Tür und hielt sie ihr auf. »Wenn es Milady beliebt …«

»Was ist das denn?« Sarah ging an ihr vorbei und schaute sie irritiert an. »Bist du ein verkleideter Ritter oder so was?«

Marie fühlte sich, als würde sie auf Wolken schweben. Deshalb antwortete sie in leichtem Ton: »Manchmal komme ich mir so vor, wenn ich vor Gericht die Guten gegen die Bösen verteidige.«

»Du bist erstaunlich«, sagte Sarah, und Marie kam es so vor, als ob sie sie mit einem merkwürdigen Blick musterte.

»Wie kommt es, dass dein Flug gestrichen wurde?« Gerade hatten sie ihre Bestellung aufgegeben, und Marie beugte sich leicht am Tisch vor, um Sarah diese Frage zu stellen.

»Es wurde ein kleineres Flugzeug eingesetzt, und damit war ich überflüssig.« Sarah zuckte die Schultern. »Da man mich auch morgen früh nicht braucht, fängt mein Dienst erst wieder mit dem Flug nach Moskau an.«

»Wie schön«, lächelte Marie, »dass du auf dem Weg nach Moskau bei mir vorbeigekommen bist.«

Etwas kokett strich Sarah mit einer fließenden Bewegung ihre Haare nach hinten. »Da ich ja nun wusste, dass ich hier eine Übernachtungsmöglichkeit habe …« Ihre Augen funkelten ein wenig im Licht der schummrigen Restaurantbeleuchtung.

»Oh Gott.« Marie legte mit einem unterdrückten Seufzer den Kopf in den Nacken. »War ich es, die beschlossen hat, hierher zu gehen, statt zu Hause zu bleiben?«

»Soweit ich mich erinnere«, bestätigte Sarah. Sie lächelte bezaubernd. »Vorfreude ist doch die schönste Freude, oder nicht?«

Marie nahm einen langen Schluck Wein und schaute sie an. »Ich wusste bisher nicht, dass es auch eine Qual sein kann.«

»So schlimm?« Sarahs Stimme klang ein bisschen belustigt.

»Wahrscheinlich mache ich mich gerade zum Affen«, erwiderte Marie, während sie hingerissen die kecken Grübchen in Sarahs Wangen betrachtete. »Du siehst so kühl aus, als wärst du gerade dem Meer entstiegen.«

»Das täuscht«, sagte Sarah. Auf einmal öffneten sich ihre Lippen leicht und gaben ihrem Gesicht gleich einen wesentlich weniger kühlen Ausdruck. Die blauen Augen ruhten lockend auf Marie.

»Sarah …«, stöhnte Marie leise.

»Ich habe mich die ganze Zeit auf dich gefreut«, flüsterte Sarah, beugte sich vor und erlaubte Marie einen tiefen Einblick in ihr Dekolleté. »Ich schätze ein gutes Essen, aber eigentlich hatte ich nicht damit gerechnet.«

»Ich muss zugeben«, Marie nahm noch einmal einen Schluck von ihrem Wein, um sich von dem Anblick abzukühlen, »ich wäre am liebsten gleich über dich hergefallen, aber so etwas tut man nicht.«

Sarah lachte weich auf. »Du bist doch ein verkleideter Ritter.«

»Vielleicht auch nur wirklich hungrig«, entgegnete Marie scherzend, und wie auf Stichwort kamen ein Kellner und eine Kellnerin mit ihrem Essen.

Sie aßen schweigend, und Marie konnte sich kaum von Sarahs Anblick losreißen, beobachtete jede ihrer Bewegungen. Wie sie aß, wie sie trank, wie sie ihre Haare zurückstrich. Ihr Herzschlag beschleunigte sich immer mehr. Sie wollte sie so gern berühren, küssen, streicheln, mit ihr ins Bett sinken und sie ganz spüren.

Der Kellner füllte die Gläser, und Marie trank ihres viel zu schnell leer. Der Alkohol stieg ihr langsam zu Kopf. »Wann …«, sie hörte, dass ihre Stimme ihr nicht hundertprozentig gehorchte, und räusperte sich, »wann musst du denn morgen am Flugplatz sein?«

Sarah blickte auf. »Um zehn.«

»Das ist ja eine sehr humane Zeit«, Marie lachte, »gegen dein fünf Uhr letztes Mal.«

»Ja.« Sarahs Mundwinkel zuckten. »Dadurch ist die Nacht länger.«

Eine heiße Flamme durchzuckte Marie von oben bis unten, und sie senkte den Kopf, weil sie sich schwer beherrschen musste. »Du machst mich verrückt, Sarah«, sagte sie leise, als sie ihn wieder hob. »Ich halte das bald nicht mehr aus.«

»Dann sollten wir vielleicht schnell essen.« Sarah führte den nächsten Bissen zum Mund, öffnete die Lippen wie zu einem Kuss und schob die Gabel ganz langsam hinein.

»Wenn du so weitermachst, vergesse ich, dass wir im Restaurant sind«, stöhnte Marie gequält.

»Ich bin gleich fertig.« Sarah aß nun wieder normal. »Wenn du auch soweit bist, können wir gehen. Auf das Dessert können wir wohl verzichten.«

»Auf das Dessert *hier* ...«, Marie betonte das letzte Wort, »verzichte ich gern.«

»Ich auch.« Sarahs Lippen öffneten sich erneut verführerisch. »Auf das andere Dessert freue ich mich aber sehr.«

5

Marie hatte das Gefühl, etwas kitzelte sie an der Nase. Sie hob eine Hand und wischte sich übers Gesicht. Merkwürdigerweise kam das Kitzeln aber sofort zurück. Irritiert schlug sie die Lider auf.

Sarahs blaue Augen lächelten sie an. »Guten Morgen.«

»Guten Morgen.« Marie hatte das Gefühl, sie brachte die Worte kaum heraus, so überwältigt war sie von Sarahs Anblick. »Du bist schon auf?«

»Schon lange«, sagte Sarah. »Und wenn du jetzt auch aufstehst, können wir noch gemütlich zusammen frühstücken, bevor ich weg muss.«

Sehnsuchtsvoll streckte Marie eine Hand nach ihr aus. »Willst du nicht lieber noch mal ins Bett kommen?«

»Ich bin schon angezogen.« Bedauernd verzog Sarah das Gesicht. »So viel Zeit ist denn doch nicht mehr.«

»Und dabei liebe ich Frauen in Uniform so«, neckte Marie sie und ließ ihren Blick genüsslich über Sarahs Figur streifen.

»Das habe ich heute Nacht gemerkt.« Sarah beugte sich über sie und hauchte einen Kuss auf ihre Lippen. »Aber jetzt ist die Nacht leider vorbei.«

»Ja, leider.« Marie seufzte. »Also dann …« Sie schnupperte. »Was ist das denn?«

»Hätte ich Tee machen sollen?«, fragte Sarah etwas verunsichert.

Der aromatische Duft von Kaffee zog durch die Wohnung.

»Nein, Kaffee ist in Ordnung.« Marie schlug die Decke zurück und stand auf. »Daran könnte ich mich gewöhnen.« Sie lachte.

»Ich auch«, erwiderte Sarah schmunzelnd, während sie ihren Blick von oben bis unten über Marie schweifen ließ, die nackt vor ihr stand.

»Aber, aber, Frau Hartmann«, neckte Marie sie. »Woran Sie wieder denken. Ich habe nur den Kaffee gemeint.«

»Ja, natürlich«, sagte Sarah und schüttelte skeptisch den Kopf. »Ich warte in der Küche auf dich.«

Sie drehte sich lächelnd um und ging hinaus, während Marie sich ein paar Sachen schnappte und schnell unter die Dusche sprang.

Was für ein herrlicher Morgen! Zwar beeilte sie sich, aber trotzdem fing sie unter dem Wasserstrahl an zu singen. Als sie das feststellte, lachte sie. Hatte sie das überhaupt schon jemals getan?

Sarah war hier! Sie seifte sich ein und duschte sich ab, und die ganze Zeit über sah sie Sarahs Gesicht vor sich, wie es lächelte, wie die Grübchen auf ihren Wangen spielten, wie sie Marie zärtlich ansah.

Sie hätte es nie für möglich gehalten, wie sehr sie sich auf ein gemeinsames Frühstück freuen konnte. Meistens war sie davor nach Hause gegangen, wenn sie bei einer Frau übernachtet hatte, und nur äußerst selten nahm sie eine Frau mit in ihre Wohnung. In letzter Zeit gar nicht mehr.

Fast stürmte sie aus dem Bad hinaus und in die Küche.

»Ich habe Brötchen geholt.« Sarah zeigte auf einen Korb auf dem Tisch, in dem die Brötchen appetitlich arrangiert waren.

»Wo hast du den denn gefunden?« Marie runzelte die Stirn. »Ich wusste gar nicht, dass ich so etwas habe.«

»Das hatte ich schon vermutet«, erwiderte Sarah schmunzelnd. »Ich habe ihn beim Bäcker gekauft. Mit den Brötchen zusammen.«

»Das ist ja vielleicht ein Service«, staunte Marie.

»Wahrscheinlich färbt mein Beruf ab.« Sarah nahm die Kaffeekanne und füllte die zwei Becher neben den Frühstückstellern auf dem Tisch, den sie schon gedeckt hatte, mit dem heißen Getränk. »Nimmst du Milch und Zucker?«

»Nein danke, Frau Flugbegleiterin.« Marie griff nach ihrem Handgelenk und zog sie an den Tisch herunter. »Und jetzt setz dich. Du bist hier nicht im Dienst.« Sie lächelte. »Eigentlich hätte ich das alles machen sollen. Schließlich bist du hier Gast und nicht ich.«

Sarah zuckte lächelnd die Schultern. »Ich bin es so gewöhnt. Es macht mir nichts aus.«

»So ein Frühstück hatte ich schon lange nicht mehr.« Maries Blick schweifte bewundernd über den Tisch. »Du hast nicht nur die Brötchen und den Korb gekauft.«

»Dein Kühlschrank war ziemlich leer«, bestätigte Sarah. »Frühstückst du nie zu Hause?«

»Meistens nicht«, sagte Marie. »Ich frühstücke immer später im Büro.«

»Dann sollte ich die Sachen vielleicht mitnehmen, bevor sie hier vergammeln.« Sarah hob besorgt die Augenbrauen.

Sanft strich Marie über ihren Handrücken und suchte ihre Augen. »Oder einfach öfter mal vorbeikommen.«

Autsch! dachte sie im nächsten Augenblick, denn Sarah zog ihre Hand zurück und senkte den Blick. *Das war zu viel.*

»War nicht so gemeint«, berichtigte sie schnell. »Ich weiß, dass du kaum je am Boden bist. Dass gestern ein Flug gestrichen wurde, war sicher eine Ausnahme.«

»Ja, das war eine Ausnahme«, bestätigte Sarah. Dann hob sie den Kopf und lächelte Marie erneut hinreißend an. »Singst du immer unter der Dusche?«

Sarahs etwas schelmisch blickende Augen machten Marie verlegen. »Eigentlich nicht«, sagte sie. »Ich habe mich selbst darüber gewundert.« Sie schaute Sarah liebevoll an. »Oder auch nicht. Ich glaube, du bist der Grund.« Sie verzog das Gesicht. »Tut mir leid, dass ich keine Stimme habe.«

»Ich finde deine Stimme gut genug.« Sarahs Gesichtsausdruck war schwer zu deuten. Es schien fast, als würden ihre Augen feucht schimmern. »Das ist ... süß.«

»*Du* bist süß«, erwiderte Marie leise. »Sehr süß.« Sie versank in den himmelblauen Augen, als wären sie tatsächlich der Himmel.

Sarah nahm etwas hektisch ein Brötchen aus dem Korb und schnitt es auf. »Wenn ich mich jetzt nicht beeile, kann ich doch nicht mehr frühstücken.«

»Heute fahre ich dich aber. Ich bestehe darauf«, bemerkte Marie, als sie mit dem Frühstück fertig waren.

»Ich kann ein Taxi nehmen oder die Bahn, du musst mich nicht fahren.« Sarah wirkte auf einmal ungewöhnlich scheu.

»Blödsinn, nach dem herrlichen Frühstück«, Marie schmunzelte, »und der herrlichen Nacht ist das das Wenigste, was ich tun kann.«

Als hätte sie einer keuschen Jungfrau einen Antrag gemacht, schaute Sarah sie nicht direkt an.

»Also beschlossen«, sagte Marie schnell, damit Sarah nicht noch einmal etwas einwenden konnte.

Das tat sie jedoch auch nicht. Sie nickte nur. »Gut, dann mache ich mich jetzt endgültig fertig.« Sie verschwand im

Bad und trat kaum ein paar Minuten später geschminkt und bis an die Haarspitzen gestylt wieder heraus.

»Meine Güte«, stellte Marie bewundernd fest. »Dass die Passagiere da überhaupt noch an irgendetwas anderes denken können.«

Sarah lachte. »Am Ende eines anstrengenden Tages sehe ich nicht mehr so aus. Und die meisten sind Vielflieger. Für die sind wir nur diejenigen, die ihnen ihre Drinks und das Essen bringen. Sie sehen uns gar nicht mehr.«

»Kaum vorstellbar«, sagte Marie. »Ich könnte dich nie übersehen.«

»Du bist vielleicht«, Sarah tippte sie etwas neckisch auf die Nase, »etwas voreingenommen.«

»Bin ich.« Marie nahm sie vorsichtig in die Arme, um das perfekte Styling nicht zu zerstören. »Und ich schäme mich gar nicht dafür.« Sie schaute Sarah tief in die Augen. »Ich vermisse dich jetzt schon.«

Darauf sagte Sarah nichts, sondern drehte sich zur Seite. »Jetzt muss ich aber los, sonst komme ich zu spät, und sie fliegen ohne mich.«

Auf dem Weg zum Flughafen betrachtete Marie irritiert die vielen Schilder zu den einzelnen Parkmöglichkeiten. »Wo soll ich dich denn absetzen?«

»Am einfachsten am *Kiss & Fly*-Parkplatz.«

»Tatsächlich?« Marie hätte fast gegrinst.

Lachend warf Sarah ihren Kopf nach hinten und schob sich eine kleine Haarsträhne aus der Stirn. »Der heißt wirklich so. Ein Kurzzeitparkplatz für An- und Abholung. Da vorn an der Ampel links.«

In der Tat prangte ein Schild mit *Kiss & Fly* an der Straße, und Marie parkte ihren Wagen gleich darauf in der Schlange. Dann holte sie Sarahs Rollenkoffer und Handtasche aus dem Kofferraum und wollte sie fast nicht loslassen.

»Ich muss«, sagte Sarah mit einem etwas traurigen Unterton in der Stimme. »Tut mir leid.«

»Ich weiß.« Marie seufzte. »Meldest du dich, wenn du angekommen bist? Jetzt, wo ich weiß, dass du gleich im Flieger sitzt, mache ich mir Sorgen.«

»Fliegen ist die sicherste Art zu reisen«, erwiderte Sarah überzeugt. »Und sitzen werde ich wahrscheinlich kaum. Ich muss arbeiten.«

»Natürlich.« Marie beugte sich vor und hauchte einen Kuss auf ihre Wange. »Man muss dem Schild doch Gerechtigkeit widerfahren lassen.« Sie lächelte Sarah an.

Sarah lächelte zurück. »Trotz des Schildes kann ich jetzt leider nicht tun, was ich möchte.« Ihre Augen umfingen Maries Gesicht. »Danke für alles.« Und schnell hauchte sie Marie einen Kuss auf die Lippen, drehte sich um und rollte mit ihrem Koffer davon.

Marie schaute ihr nach und fühlte sich, als hätte sie eine ganze Armee von Schmetterlingen im Bauch. »Sarah …«, flüsterte sie.

So kurz erst kannten sie sich, hatten sich kaum gesehen, und doch konnte sie sich nicht mehr vorstellen, wie das Leben ohne Sarah gewesen war. Keine Frau hatte sie je so gefesselt.

Noch einmal drehte Sarah sich zu ihr um und hob leicht eine Hand zum Gruß, danach verschwand sie aus Maries Blickfeld.

Obwohl sie sie schon lange nicht mehr sehen konnte, starrte Marie noch eine ganze Weile auf den Punkt, an dem die wohlgeformte Gestalt in der Uniform verschwunden war. Als ob sie hoffte, dass sie wieder herauskommen würde. Aber das tat sie selbstverständlich nicht.

Endlich ließ sie sich seufzend in den Fahrersitz ihres Wagens fallen. Die Gedanken in ihrem Kopf drehten sich wie in einem Karussell. Eine ganze Weile saß sie da ohne loszufahren. Sie hatte das Gefühl, sie würde sich nie wieder auf ihre

Arbeit konzentrieren können, denn der einzige Gedanke, der in ihrem Kopf Platz hatte, hieß Sarah.

So fühlt es sich an, verliebt zu sein? dachte sie verwundert. *Dann habe ich das wirklich noch nie erlebt.*

Sie blieb noch ein paar Minuten still sitzen, bevor sie den Motor startete und sich auf den Weg zurück nach Frankfurt in ihre Wohnung machte. Kurz vor der Autobahnabfahrt disponierte sie um und fuhr stattdessen in ihr Büro. Vielleicht würde sie heute ein paar Dinge erledigen können. Zumindest sollte sie die nötige Ruhe haben.

Doch stattdessen hing sie auch dort nur ihren Gedanken nach, die sich immer nur um Sarah drehten. Immer wieder sah sie das Lächeln, die wunderschönen Augen, die so herrlich strahlten, das ebenmäßige Gesicht.

»Hast du kein Zuhause?« Ingrid schob die Tür zu ihrem Büro auf und schaute herein.

»Das könnte ich dich auch fragen«, erwiderte Marie.

»Ach, du weißt doch.« Mit einem resignierten Winken ihrer Hand trat Ingrid zu ihr. »Dieser Fall, den ich einfach nicht abschließen kann. Die Scheidung.«

»Oh je«, sagte Marie. »Die beiden Kampfhähne?«

»Kampfhahn und Kampfhuhn«, bestätigte Ingrid seufzend. »Und keiner will nachgeben.«

»Unangenehm«, sagte Marie. »Wenn ich kann, drücke ich mich vor solchen Fällen immer.«

Ingrid hob die Schultern und ließ sie wieder fallen. »Ich dachte, ich könnte sie zusammenbringen. Eine einvernehmliche Scheidung. Aber ich glaube, das ist nicht möglich.«

»Du hast mein tiefstes Mitleid«, sagte Marie und legte eine Hand auf ihr Herz.

»Ach, du Heuchlerin.« Ingrid lachte. »Du bist einfach nur froh, dass du den Fall nicht hast.«

»Getroffen.« Marie grinste. »Und du bist einfach zu gutmütig. Sie hat das Geld, oder? Dann schreib ihr eine saftige Rechnung und gib den Fall ab.«

»Vielleicht«, sagte Ingrid. »Langsam kommt auch meine Gutmütigkeit zu einem Ende.« Sie legte fragend den Kopf ein wenig zur Seite. »Und wie ist es bei dir? Was macht dein Liebesleben?«

Just in diesem Moment ging Maries Handy und zeigte eine Nachricht an. Bevor sie es aufnehmen konnte, hatte Ingrid danach gegriffen und auf den Bildschirm geschaut.

Marie riss es ihr noch rechtzeitig aus der Hand, bevor sie alles lesen konnte.

»Liebesgrüße aus Moskau?«, frotzelte Ingrid. »Was hat sich da denn getan?«

»Sie kann noch nicht in Moskau sein«, antwortete Marie widerstrebend. »Ich habe sie gerade erst zum Flugplatz gebracht.«

»Das heißt, sie fliegt jetzt nach Moskau?«, hakte Ingrid nach.

»Ja«, bestätigte Marie. »Und dann nach Birmingham.«

»Und danach kommt sie nach Frankfurt zurück?«

»Das ...«, Marie schüttelte zweifelnd den Kopf, »weiß ich nicht.«

»Sie war aber letzte Nacht bei dir.« Ingrid stellte es nur fest.

»Das war ... eine Ausnahme. Einer ihrer Flüge ist ausgefallen, deshalb konnte sie von gestern Abend bis heute Morgen hier sein.«

»Stewardess zu sein ist anscheinend nicht gerade entspannend«, bemerkte Ingrid fast mitleidig. »So ein Vagabundenleben könnte ich mir gar nicht vorstellen. Nur eine Nacht irgendwo, und dann weiter. Ich fahre ja gern in Urlaub, aber dann bin ich auch froh, wenn ich wieder zu Hause bin.«

»Sie sagt, es ist ihr Traumjob«, meinte Marie schulterzuckend. »Jedem das Seine.«

»Solange das für euch beide okay ist«, stimmte Ingrid zu, aber als sie Maries Gesichtsausdruck sah, fuhr sie fort: »Für dich ist es nicht okay.«

»Es ist *ihr* Leben.« Marie stützte verzweifelt ihre Stirn in die Hand. »Wenn sie es so haben will, habe ich ihr da nichts vorzuschreiben.«

»Du bist verliebt.« Ingrid schmunzelte. »Du bist bis über beide Ohren in sie verliebt. So habe ich dich ja noch nie erlebt. Und wir kennen uns immerhin schon wie lange? Vierzehn, fünfzehn Jahre?«

»Ich weiß nicht, was ich tun soll.« Stöhnend lehnte Marie sich zurück. »Ich denke nur an sie. Ich sehne mich nach ihr. Ich wäre am liebsten mitgeflogen.«

»Das kannst du aber nicht tun. Nicht immer jedenfalls.« Ingrid nickte nachdenklich. »Und sie will nicht am Boden bleiben?«

»Soweit waren wir noch nicht«, gab Marie etwas verlegen zu. »Wir hatten nicht viel Zeit zum Reden.«

»Kann ich mir vorstellen.« Ingrid lachte. »Und ich gönne es dir. Aber ich denke, reden müsst ihr. Wenn es etwas Ernsthaftes ist. Für sie auch.«

Marie schüttelte den Kopf. »Noch nicht einmal das weiß ich. Ich weiß gar nichts über sie. Nur dass sie in Hamburg wohnt.«

»Lies ihre Nachricht.« Ingrid schmunzelte. »Deine Augen wandern immer wieder zum Handy, aber solange ich hier bin, willst du sie nicht lesen. Muss ja heftig gewesen sein letzte Nacht.« Sie winkte amüsiert und ging hinaus.

»Das war es«, murmelte Marie mit einem Anflug von Erröten in der Stimme. »Das kannst du wohl laut sagen.« Sie strich über den Bildschirm, um ihn zu aktivieren.

Tut mir leid, dass ich so kurz angebunden war, hatte Sarah geschrieben. *Aber alle meine Kollegen sind dort, und ich wusste nicht, wer uns sieht.*

Marie hob die Augenbrauen. Sarah wollte nicht mit ihr gesehen werden? Was war das denn?

Letzte Nacht war wundervoll, schrieb sie weiter. *Ich denke jetzt noch daran. Wahrscheinlich werde ich gleich den Passagieren die Getränke in den Schoß schütten und das Essen auf ihrem Kopf verteilen.* Ein kleiner, verlegener Smiley mit roten Backen schloss diese Aussage ab.

Diesmal musste Marie lächeln. Sie konnte sich zwar kaum vorstellen, dass Sarah überhaupt so ein Trampel sein konnte, aber es war doch lustig. Immerhin hatten sie beide dieselben Konsequenzen zu tragen. Nicht nur sie, Marie, hatte die letzte Nacht nicht unbeeindruckt zurückgelassen.

Vielen Dank für den netten Bringdienst heute Morgen. Diesmal lachte der Smiley freundlich. *Gleich geht's los nach Moskau.* Unterschrieben war das Ganze nur mit einem Buchstaben: *S.*

Den letzten Satz hatte Ingrid wohl gelesen.

Die Grußformel hatte Sarah weggelassen. Hatte sie sich nicht entscheiden können, ob das Wort *Liebe* in *Liebe Grüße* zu verräterisch war?

Marie wusste von sich selbst, dass sie es oft vermieden hatte, das Wort *Liebe* zu erwähnen. Vielleicht war Sarah genauso. Man fühlte sich dann gleich so festgelegt. Vielleicht war es aber auch einfach nur nicht ihre Art, mit einer Grußformel zu unterschreiben. Nicht jeder tat das.

Sie lehnte sich zurück und blickte zum Fenster hinaus. Einer der Flieger, die in der nächsten Zeit abhoben, nahm Sarah mit sich. Und wusste noch nicht einmal, was für eine wertvolle Fracht er da an Bord hatte.

Irgendwann konnte sie sich doch noch dazu durchringen, ein paar Akten aufzuschlagen, und nachdem sie erst einmal dabei war, arbeitete sie bis in den späten Nachmittag hinein. Ingrid hatte sich schon lange verabschiedet und war nach Hause gegangen.

Endlich fingen ihre Augen an wehzutun, und sie schob die Akten beiseite. Um sich abzulenken, hatte sie sich so sehr auf die Arbeit konzentriert, dass sie praktisch keine Pause gemacht hatte. Sie streckte sich und gähnte. Die ganze Zeit hatte ihr Handy sich nicht gemeldet, doch plötzlich wurde nun eine Nachricht angezeigt.

Mit einem Wisch öffnete sie den Sperrbildschirm und blickte auf das Display.

Ich bin angekommen. Grüße aus Moskau, S.

Sarah hatte ein Bild mitgeschickt. Maries Herz schlug einen kleinen Purzelbaum, als es sich vor ihr öffnete. Im Vordergrund strahlte Sarah ihr entgegen. Im Hintergrund konnte man den Kreml erkennen.

Eine Weile starrte sie das Bild nur an, dann fiel ihr ein, dass Sarah wahrscheinlich auf eine Antwort von ihr wartete.

Hallo schöne Frau, schrieb sie. *Anscheinend bringst Du überallhin schönes Wetter mit. Bei uns regnet es allerdings in Strömen. Wahrscheinlich aus Trauer, weil Du nicht da bist.*

Konnte sie das schreiben? Sie überlegte und löschte es wieder. Nein, das klang zu sehr danach, als würde sie ihre eigene Trauer beschreiben, und sie wollte keinen Druck auf Sarah ausüben.

Also beließ sie es dabei, dass das Wetter in Moskau offenbar gut war, und schickte die Antwort ab.

Ja, wirklich, antwortete Sarah. *Aber die Verbindung ist schlecht. Ich versuche es nachher vom Hotel aus noch mal.*

Okay, schrieb Marie zurück, obwohl sie nicht wusste, ob Sarah die Antwort noch bekam.

Als ob sie nicht wüsste, was sie nun tun sollte, saß sie eine Weile da und starrte vor sich, betrachtete das Bild, das Sarah geschickt hatte. Sie ließ sogar ihre Finger in der Luft darübergleiten, als ob sie das schöne Gesicht streicheln könnte.

Ich hätte einfach mitfliegen sollen, dachte sie. *Was ist es schon für ein Unterschied, ob ich hier im Büro sitze, im Flieger oder in Moskau?*

Da sie jedoch nicht mitgeflogen war, saß sie nun hier und wartete darauf, dass Sarah anrufen würde.

Eine merkwürdige Situation, in der sie noch nie gewesen war.

Den ganzen Abend wartete sie umsonst.

Sarah meldete sich nicht.

6

Der Sonntag war einer der schlimmsten Sonntage, die sie je erlebt hatte. Sarah rief nicht an, auf eine kurze Nachricht, ob es ihr gutginge, kam keine Antwort, und als Marie selbst versuchte anzurufen, erhielt sie die Auskunft, die Teilnehmerin wäre nicht erreichbar.

Um sich abzulenken, ging sie erneut ins Büro. Eigentlich hätte sie froh sein sollen, dass sie auf diese Art einiges, was liegengeblieben war, aufarbeiten konnte, aber sie wurde immer nervöser.

Was war geschehen? War Sarah auf dem Rückflug? War sie in Birmingham? War sie bereits in Hamburg? Oder war sie vielleicht sogar noch in Moskau? War der Flieger ... Marie schluckte ... abgestürzt?

Sie checkte die Nachrichten. Nein, nichts. Darüber wäre sicherlich berichtet worden.

Das beruhigte sie jedoch in keiner Weise.

Es schüttete wie aus Eimern, als sie ihr Büro verließ. Mit dem Auto benötigte sie nur wenige Minuten, um nach Hause zu fahren. Als sie langsam die letzten Meter zur Tiefgarageneinfahrt entlangschlich, kam plötzlich eine Gestalt um die Ecke.

Sie hielt abrupt an. Sarah. Sarah, die in strömendem Regen auf ihr Haus zuging.

Marie fuhr das Fenster herunter. »Sarah!«

Es schien, als hätte Sarah sie nicht gehört.

»Sarah!«, rief Marie noch einmal.

Endlich hob Sarah den Kopf.

Marie winkte heftig. »Komm, steig ein. Du wirst ja klatschnass.«

Sie hätte erwartet, dass Sarah ihren Schritt beschleunigen würde, aber das tat sie nicht. Sie kam nur langsam auf Maries Wagen zu.

Marie schob von innen die Beifahrertür auf. »Warum bringst du nicht mal das gute Wetter aus Barcelona oder Moskau mit?«, scherzte sie erleichtert. Sarah war nicht abgestürzt, sie war nicht in Moskau, Birmingham oder Hamburg, sie war hier. All die Last, die seit Samstagabend auf ihren Schultern gelegen hatte, fiel von ihr ab.

Nachdem Sarah eingestiegen war, hätte Marie sie am liebsten umarmt, geküsst, nur gehalten und gespürt, dass sie tatsächlich da war.

Aber als Sarah ihr entgegenblickte, bekam sie einen Schreck.

»Was ist denn mit dir los?«

Ein leises Schluchzen löste sich aus Sarahs Kehle, und mit einem Mal sah Marie, dass das nicht nur Regentropfen waren, die ihr über die Wangen liefen, es waren Tränen.

Bestürzt zog Marie sie nass, wie sie war, in ihre Arme. »Oh mein Gott, was ist passiert?«

Sarah antwortete nicht, sie zitterte am ganzen Leib und schluchzte immer noch.

»Schsch, es ist alles gut.« Marie strich beruhigend über ihren Rücken. Dann glitt sie wieder hinter das Lenkrad. »Ich fahre erst mal in die Garage. Dann reden wir in Ruhe.«

Sarah wirkte, als wäre sie gar nicht da. Auch als Marie den Wagen parkte, kam noch immer kein Wort von ihr.

Marie stieg aus, ging um den Wagen herum und öffnete die Beifahrertür. »Komm«, sagte sie leise. »Wir müssen nach oben. Du musst aus diesen nassen Sachen raus.«

Zumindest stieg Sarah aus und fuhr mit Marie im Fahrstuhl in den sechsten Stock. Im Aufzug lehnte sie sich an Marie, als ob sie nicht allein stehen könnte.

Marie hielt sie nur fest und fühlte, wie ihr Herz laut schlug. Sie war glücklich, dass Sarah wieder da war, aber gleichzeitig auch besorgt. Sarah sah nicht gut aus, und das lag nicht nur am Regen und den nassen Haaren, die ihr ins Gesicht hingen.

In ihrer Wohnung führte sie Sarah, die gar nicht wahrzunehmen schien, dass Marie mit ihr sprach, ins Wohnzimmer und setzte sie auf die Couch.

»Bleib hier«, sagte sie. »Ich lasse dir schnell ein heißes Bad ein. Du holst dir ja den Tod.«

Sie ging ins Bad, drehte den Wasserhahn auf und kam schnellstens wieder zurück.

»Komm, zieh dich aus«, schlug sie vor. »Ich werfe die Sachen in den Trockner.«

Sarahs Blick war starr auf den Boden gerichtet. Immer noch schien sie überhaupt nichts mitzubekommen. Entschlossen griff Marie sie am Arm und führte sie ins Bad. »Hier«, sagte sie. »Wärm dich erst mal auf.«

Ohne einen Ton von sich zu geben, begann Sarah sich auszuziehen.

Marie nahm ihr die Sachen ab. »Ich mache einen Tee. Wenn du aus der Wanne kommst, kannst du dich dann schön ins Bett kuscheln.« Sie wies auf ihren Bademantel, der an der Badezimmertür hing.

Sarah stand immer noch nackt da, ohne sich zu rühren.

»Sarah.« Marie versuchte ihr ins Gesicht zu schauen. »Was ist denn nur los, mein süßer Engel?« Sie zog Sarah an sich und streichelte sie sanft. Es hätte erotisch sein können, aber das war es nicht. Sie machte sich einfach nur Sorgen.

Sanft dirigierte sie Sarah in die Wanne. Als sie endlich im warmen Wasser saß, betrachtete sie sie noch einmal ratlos. »Ich gehe schnell in die Küche und bringe dir den Tee gleich hierher. Dann kannst du ihn schon in der Wanne trinken.«

Sie wusste nicht, was sie tun sollte, und sie musste sich beschäftigen. Außerdem hoffte sie, dass Sarah in der Wanne im buchstäblichen Sinne auftauen würde und in ein paar Minuten vielleicht ansprechbarer war.

In der Küche warf sie den Trockner an, verhielt für einen Moment, als sie sich daran erinnerte, was das letzte Mal auf dem Trockner geschehen war, konnte sich aber trotzdem nicht auf die schöne Erinnerung konzentrieren, sondern nur an Sarah denken, wie sie da völlig abwesend in der Wanne saß.

Sie stellte das Teewasser an und holte zwei Becher aus dem Schrank, hängte Teebeutel hinein, goss sie auf und nahm die Becher mit ins Bad.

Viel hatte sich an der Situation nicht geändert, außer dass Sarah nun in der Wanne lag statt saß.

»Hier, trink den Tee, der wärmt dich von innen.« Sie drückte ihr den Becher in die Hand, und Sarah nippte tatsächlich vorsichtig daran. Immerhin eine Reaktion.

Marie setzte sich auf den Stuhl vor der Wanne und nahm ebenfalls einen Schluck. Es beruhigte sie nicht wirklich.

»Ich mache dir schon wieder Umstände«, sagte Sarah plötzlich.

Erleichtert lachte Marie auf. *Sie spricht!* »Aber nein«, sagte sie. »Der Regen hat es nur einfach auf dich abgesehen. Zumindest hier in Frankfurt.« Sie hob fragend die Augenbrauen. »Apropos. Müsstest du nicht eigentlich in Hamburg sein? Wolltest du nicht nach Hause?«

Sarahs Zittern verstärkte sich wieder. Ihre Schultern bebten, und eine Träne lief aus ihrem Augenwinkel.

»Nicht.« Mit dem Finger nahm Marie die Träne auf und schaute in Sarahs Gesicht. »Nicht weinen. Alles wird gut. Egal, was es ist.« Sie hauchte einen Kuss auf ihre Lippen. »Zuerst mal bist du jetzt hier, und ich frage dich auch nichts mehr.«

»Danke«, flüsterte Sarah.

»Geht es besser?«, fragte Marie.

Zuerst reagierte Sarah nicht, dann jedoch nickte sie fast unsichtbar. »Ja, besser«, murmelte sie.

»Gut.« Marie stand auf. »Dann –«

»Nicht weggehen, bitte.« Sarah blickte mit flehenden Augen zu ihr hoch.

Marie lachte ein wenig. »Mir wird langsam heiß hier im Bad.«

»Dann zieh dich aus«, sagte Sarah.

Ein mulmiges Gefühl beschlich Marie. Sarahs Gesichtsausdruck hatte sich verändert. »Ich kann im Wohnzimmer auf dich warten.«

»Komm«, flüsterte Sarah, stellte ihren Becher auf das Tischchen neben der Wanne und streckte einen Arm nach Marie aus. »Komm zu mir.«

»In die Wanne?« Marie schluckte. Sie konnte ihren Blick kaum von Sarahs Körper im Wasser abwenden, aber was tat sich hier? Eben noch war Sarah völlig unansprechbar gewesen, und jetzt wollte sie Sex?

»Bitte«, flüsterte Sarah, legte sich in die Wanne zurück und stellte ein Bein auf.

Marie schluckte schwer. Als sie Sarah zuvor nackt im Arm gehalten hatte, war die Situation nicht erotisch gewesen, aber das konnte sie jetzt nicht mehr behaupten. »Ich weiß nicht, ob das so eine gute Idee ist, Sarah«, versuchte sie einen vernünftigen Einwand. »Es geht dir nicht gut und –«

»Es geht mir gut genug.« Sarah stellte auch noch das zweite Bein auf und schob das andere über den Badewannenrand.

Die Hitze, die Marie nun überschwemmte, kam nicht von der Temperatur im überheizten Bad. »Sarah …«, hauchte sie schwach.

»Komm …«, flüsterte Sarah wieder.

Marie hatte das Gefühl, sie würde direkt in Sarahs Blick hineingezogen. Als ob sie keinen eigenen Willen mehr hätte, schlüpfte sie aus ihren Kleidern und glitt zu Sarah ins Wasser.

Sarah empfing sie mit offenen Armen, und Marie lag zwischen ihren Schenkeln. Sie musterte Sarahs Gesicht, und etwas daran irritierte sie. Es zeigte einen anderen Ausdruck als sonst, wenn sie miteinander geschlafen hatten. Sarahs Augen wirkten irgendwie … leer. »Geht es dir wirklich gut?«, fragte sie noch einmal.

Statt einer Antwort legte Sarah die Arme um sie und zog ihren Kopf zu sich heran, küsste sie. Sie küsste sie so heiß und leidenschaftlich, dass Marie die Luft wegblieb.

Ihr ganzer Körper reagierte, sie konnte sich nicht mehr wehren und überließ sich ganz und gar Sarahs Fingern und Lippen.

Sie liebten sich, bis das Wasser anfing kaltzuwerden und sie zu erschöpft waren, den Warmwasserhahn noch einmal aufzudrehen.

»Wir müssen raus hier«, wisperte Marie in Sarahs Ohr. »Sonst holen wir uns beide den Tod.« Sie hielt Sarah im Arm, sie saßen sich in der Wanne gegenüber, die Schenkel um die Hüften die anderen geschlungen. Sanft schaukelte Marie Sarah hin und her. »Das war wunderschön«, flüsterte sie.

Sarah legte den Kopf auf ihre Schulter. »Wahrscheinlich hast du Recht. Meine Haut löst sich praktisch schon auf.«

»Meine auch.« Marie lachte. »Komm. Ich bestelle was zu essen. Ich glaube, das können wir beide vertragen.«

Sarah nickte, Marie löste sich vorsichtig von ihr und stieg aus der Wanne. Sie warf sich ein großes Badehandtuch um. »Du kannst den Mantel nehmen«, sagte sie lächelnd. »Der ist flauschiger.«

Sie verließ schnell das Bad und ging zum Telefon. Noch während sie bestellte, kam Sarah ihr nach. »Was möchtest du?«, fragte Marie. »Fleisch, Fisch, Gemüse?«

»Was du nimmst.« Sarah zuckte die Schultern. »Mir ist es egal.«

Marie beendete die Bestellung und rubbelte sich endgültig trocken. »Ich ziehe mir nur schnell etwas an.« Sie verschwand im Schlafzimmer.

Als sie zurückkam, saß Sarah immer noch im Bademantel auf der Couch, die Beine hochgezogen. Ihr Blick schien meilenweit weg zu sein.

»Warum –?« Marie biss sich auf die Lippe. »Oh, entschuldige, ich wollte ja nichts mehr fragen.«

Langsam drehte Sarah den Kopf zu ihr. »Kann ich ein paar Tage bei dir bleiben?«, fragte sie.

Gerade noch beherrschte sich Marie, überrascht die Augenbrauen hochzuziehen. »Du hast jetzt ein paar Tage frei?«, stellte noch einmal fragend sie fest. »Das hattest du erzählt.«

»Ja.« Sarah nickte, aber mehr sagte sie nicht.

Marie setzte sich neben sie auf die Couch. »Ist alles in Ordnung?«

Eine kleine Träne löste sich aus Sarahs Augenwinkel und lief ihr über die blasse Wange.

»He, nicht doch.« Marie zog sie vorsichtig in ihre Arme. »Was ist denn los? Bitte Sarah, sprich mit mir ...«

Leise schluchzend ließ Sarah ihren Kopf gegen Maries Schulter sinken. Ihre Tränen flossen nun bedeutend schneller und heftiger.

»Willst du mir nicht sagen, was passiert ist?« Sorgsam strich Marie ihr eine Locke aus dem Gesicht. »Warum weinst du?«

»Ich ... ich kann es dir nicht sagen. Bitte, halt mich einfach nur fest.« Sarah klammerte sich geradezu an sie.

»Gut. Ist ja schon gut.« Marie streichelte sie sanft und murmelte beruhigende Worte.

Was war das nur? Warum wollte Sarah ihr nicht sagen, was passiert war? Offenbar war sie völlig durcheinander, es musste etwas Schreckliches gewesen sein.

»War etwas mit dem Flugzeug?«, fragte sie leise. »Hattet ihr irgendwelche Probleme?«

Langsam schüttelte Sarah an ihrer Schulter den Kopf. »Nein, alles okay. Ich war in Birmingham und dann –« Sie brach ab.

»Du bist von Birmingham hierhergekommen? Du warst gar nicht zu Hause? In Hamburg?«

»Doch, ich war ... in Hamburg.« Sarahs Stimme klang flach und gepresst.

Und da ist etwas passiert, vermutete Marie. Aber sie wagte es nicht laut zu sagen, weil Sarahs Tränen, die gerade dabei waren, zu versiegen, dann vielleicht wieder zurückgekehrt wären. Sie wollte sie nicht aufregen.

»Komm«, sagte sie. »Ich bringe dich ins Bett. Du solltest dich erst einmal ausschlafen. Wenn du aufwachst, sieht alles schon ganz anders aus.«

Sarah lachte trocken auf. »Ja, bestimmt.«

Das klang nicht sehr überzeugend.

Marie machte sich große Sorgen, als sie Sarah im Bett verstaute. Deshalb legte sie sich neben sie, und kaum hatte sie das getan, beugte Sarah sich zu ihr und schob ihre Hand in Maries Jogginghose.

»Nicht.« Marie hielt ihr Handgelenk fest. »Was tust du da?«

»Willst du das nicht?« Sarahs Augen hatten wieder diesen leeren Ausdruck.

Marie lachte, wenn es auch ein etwas hohles Lachen war, weil sie sich unwohl fühlte. »Wir haben uns gerade in der Badewanne schwer verausgabt. Wollen wir uns nicht erst ein bisschen erholen und auf das Essen warten?« Sie wusste nicht, warum Sarah jetzt schon weitermachen wollte. Ihre Augen sprachen nicht gerade von Erregung.

»Ach ja, das Essen.« Es schien, als hätte Sarah das völlig vergessen.

»Kommt sicher bald«, versicherte Marie. Sie legte einen Arm um Sarah und zog sie zu sich heran.

Sarahs Körper schien angespannt, aber dann wurde er weich, und sie kuschelte sich an Maries Schulter. »Das ist schön«, sagte sie.

Irgendetwas stimmte absolut nicht. Schon immer hatte Marie das Gefühl gehabt, dass da etwas war, das Sarah ihr nicht sagen wollte, aber heute wurde dieses Gefühl zur Gewissheit.

Sie wollte sie nicht drängen. Aber es schien Sarah sehr zu belasten, was sie Marie nicht sagte, und sie hätte ihr gern geholfen. Aber schon mit Mandanten hatte sie die Erfahrung gemacht, dass sie oft von selbst sprachen, wenn man sie lange genug in Ruhe ließ.

Also blieb sie stumm, streichelte nur sanft Sarahs Schulter und wartete.

Mitten in die Stille hinein klingelte es.

Sarah zuckte zusammen.

»Das Essen«, beruhigte Marie sie. »Das wird das Essen sein.« Vorsichtig zog sie ihren Arm unter Sarahs Rücken hervor. »Dauert nur eine Minute.«

Nachdem sie die Lieferung vom Boten in Empfang genommen hatte, verteilte sie alles auf zwei Teller und kehrte damit ins Schlafzimmer zurück.

»Wie ist das?«, lächelte sie. »Nicht Frühstück im Bett, sondern Abendessen im Bett.«

Obwohl Sarah nicht zurücklächelte, zuckten ihre Mundwinkel dennoch, als ob sie es versuchten. »Mal was Neues«, sagte sie. Sie stopfte sich das Kissen in den Rücken und setzte sich auf.

Marie reichte ihr einen Teller, ging auf ihre eigene Seite hinüber, zog das Kissen ans Kopfteil und setzte sich ebenfalls. »Guten Appetit«, sagte sie und schaute Sarah liebevoll an.

»Tu das nicht.« Sarah senkte den Blick.

»Was?« Marie war verwirrt.

»Mich so ansehen.«

»Anders kann ich dich nicht ansehen«, erwiderte Marie leise. »Es ist das, was ich fühle.«

»Ja.« Sarah stellte den Teller auf ihren Knien ab. »Aber … aber ich bin es nicht wert, dass du so fühlst.«

»Was?« Mit aufgerissenem Mund starrte Marie sie an. »Was soll das denn heißen?«

»Ich … ich bin es einfach nicht wert«, wiederholte Sarah. »Das wirst du schon noch merken. Vielleicht …«, sie schluckte, »vielleicht ist es besser, wenn du es jetzt schon merkst statt später.«

»Sarah …« Marie stellte ihren Teller auf dem Nachttisch ab und beugte sich zu ihr. »Wie kommst du denn auf so einen Gedanken? Du bist alles wert.«

»Bin ich nicht.« Sarah schüttelte den Kopf. »Deshalb –« Sie brach ab. »Nein«, fügte sie fest hinzu. »Du irrst dich.«

Marie lächelte und fuhr mit einem Finger über Sarahs samtweiche Wange. »Ich irre mich nicht. Wir kennen uns zwar noch nicht lange, aber du bist die süßeste, die wunderbarste Frau, die ich je getroffen habe. Du hast diese Gefühle in mir hervorgerufen. Ganz allein du.«

»Dann sind sie falsch!« Sarah bewegte sich so heftig, dass Marie erschrocken nach dem Teller auf ihrem Schoß griff und ihn festhielt. »Falsch, falsch, falsch! Ganz falsch!« Sie barg ihr Gesicht in den Händen und begann wieder zu schluchzen.

Marie stellte den Teller neben ihrem eigenen ab und wandte sich wieder Sarah zu. »Was ist denn nur, meine Süße? Willst du es mir wirklich nicht sagen?«

In Sarah tobte ein stummer Kampf, das konnte Marie an ihrer Haltung erkennen. Endlich nahm sie die Hände herunter und schaute Marie mit tränenüberströmtem Gesicht an. »Ich kann es dir nicht sagen«, wiederholte sie. »Dann wirst du mich hassen. Mich verachten.«

»Niemals.« Sanft strich Marie über ihr Gesicht, trocknete die Tränen mit ihrer Hand. »So etwas würde ich nie tun.«

Verkrampft schloss Sarah die Hände und öffnete sie wieder. Mit gesenktem Kopf begann sie schließlich zu sprechen: »Ich bin nicht die, für die du mich hältst.«

»Du bist keine Stewardess?« Überrascht runzelte Marie die Stirn.

»Doch, doch, das schon. Ich bin Flugbegleiterin«, sagte Sarah. »Aber privat ... ich ... ich bin nicht allein.«

»Oh.« Auch wenn Marie schon einmal darüber spekuliert hatte, wie Sarahs Privatleben aussah, aber diese Aussage jetzt traf sie doch. Das hätte Sarah ihr früher sagen können. »Du bist verheiratet?«

»Nein.« Sarah schüttelte fast unsichtbar den Kopf.

»Aber in einer festen Beziehung«, vermutete Marie weiter.

Diesmal senkte sich Sarahs Kopf noch tiefer und hob sich dann wieder. Sie nickte.

»Schon lange?«, fragte Marie.

»Zwei Jahre.«

Das musste Marie erst einmal verdauen. »Nun ja«, sagte sie und versuchte ihrer Stimme einen ruhigen Klang zu verleihen, obwohl sie sich ganz anders fühlte, »daran kann man wohl nichts machen.« Sie erinnerte sich aller Tricks, die es ihr vor Gericht erlaubten, ein Pokerface zu zeigen, ganz egal, wie gemein der Gegenanwalt vorging, und es gelang ihr, unbeeindruckt zu erscheinen.

»Siehst du?«, sagte Sarah. »Jetzt hasst du mich.«

»Nein. Nein, das würde ich nicht sagen.« Mit einem möglichst gleichgültigen Ausdruck schaute Marie sie an. »Ich bin nur ein bisschen ... enttäuscht. Aber wie ich schon sagte: Wir kennen uns noch nicht lange. Es ist eben so, wie es ist.«

»Du hasst mich«, wiederholte Sarah. »Es ...«, sie schluckte, »es tut mir so leid. Ich wollte dir keinen Kummer machen.« Sie stand auf. »Ich werde gehen.«

»Vorhin wolltest du noch ein paar Tage bleiben«, sagte Marie. In ihrem Gesicht zuckte kein Muskel.

»Da wusstest du noch nicht –« Sarah rang die Hände. »Ich wollte es dir schon die ganze Zeit sagen, aber ich … ich konnte nicht. Es … war so schön mit dir.«

Marie schluckte. »Fand ich auch«, erwiderte sie leise.

Sarah stand da und sah ungeheuer verloren aus. Auf einmal liefen wieder Tränen über ihre Wangen, aber sie blieb stumm. Sie schluchzte nicht mehr.

»Oh mein Gott, Sarah!« Marie sprang auf und ging zu ihr hinüber, zog sie in ihre Arme. »Beruhige dich. Ich komme schon darüber hinweg. Du bist nicht die erste anderweitig gebundene Frau, die ich kennengelernt habe. So etwas kommt immer wieder vor. Und«, sie schluckte, »im Grunde genommen habe ich auch gar keine Zeit für eine Beziehung. Ich arbeite fast ununterbrochen. Also«, sie lächelte Sarah an und strich ihr die Tränen von den Wangen, »mach dir keine Sorgen. Du hast es mir jetzt gesagt, und damit –«

»Willst du mich nicht wiedersehen«, beendete Sarah den Satz mit dumpfer Stimme.

Marie stutzte. »Willst du denn –?« Dann atmete sie tief durch. »Verstehe. Du willst eine Affäre ohne Verpflichtungen. Jetzt weiß ich es, und so kann ich dir keine Vorwürfe machen.«

Das war auch nicht das erste Mal, dass sie das erlebte. Sie löste sich von Sarah und trat ein paar Schritte zur Seite. »Ich mag keine Geheimnisse, Sarah. Du musst es deiner Freundin sagen.« Sie schaute Sarah strafend an. »Du betrügst sie. Das ist nicht fair. Wenn etwas bei euch nicht in Ordnung ist, dann solltet ihr darüber reden. Vielleicht könnt ihr es ja wieder in Ordnung bringen. Oder ihr müsst euch trennen. Das wäre ehrlich und konsequent. Alles andere ist –«

»Ja.« Sarah nickte müde. »Du hast Recht. Es ist nicht richtig. Ich wollte nur –« Sie schüttelte den Kopf. »Ist ja egal, was ich wollte.« Sie ging in die Küche hinüber und nahm ihre Sachen aus dem Trockner. »Sie sind trocken«, stellte sie tonlos fest. »Ich kann gehen.« Ohne Maries Antwort abzuwarten, verschwand sie im Bad und kam kurz darauf angezogen wieder heraus. »Das«, sie schloss kurz die Augen, als könnte sie es nicht ertragen, weiterzusprechen, »war's dann wohl.«

»Es ist schon spät«, sagte Marie. »Wo willst du jetzt hin?«

»Hotel?« Sarah zuckte die Schultern. »Irgendwo. Kommt ja nicht drauf an.«

»Du willst nicht nach Hamburg zurück?«

»Hamburg?« Sarah riss die Augen auf, als ob Marie ihr Angst eingejagt hätte. Dann legte sich eine Maske über ihr Gesicht. »Nein, nicht nach Hamburg«, sagte sie und wirkte auf einmal fast kühl. »Ich werde zum Flugplatz fahren und meine freien Tage streichen lassen. Dann fliege ich morgen irgendwohin. Ganz weit weg«, fügte sie zum Schluss fast flüsternd hinzu.

»Du willst es ihr nicht sagen.« Marie hob die Augenbrauen. Dann zuckte sie ebenfalls die Schultern. »Geht mich nichts an, aber ich fände Ehrlichkeit besser. Selbst wenn sie sich dann von dir trennt –«

»Trennen?« Ein hoffnungsloses Lachen entrang sich Sarahs Lippen. »Eher würde sie dich fragen, ob sie bei uns mitmachen kann.«

Marie starrte sie sprachlos an. »Was hast du da gerade gesagt?«

»Nichts.« Sarah winkte ab. »Ich gehe jetzt.« Sie drehte sich zur Tür um.

Marie trat schnell hinter sie und legte eine Hand auf ihre, die auf der Klinke lag. »Sie weiß von uns?«

Sarah schüttelte den Kopf. »Dann wäre ich jetzt nicht hier.«

Etwas Bedrückendes schwebte in der Luft, Marie spürte es, konnte es aber nicht fassen. »Weil ihr euch dann jetzt aussprechen würdet?«

Auf einmal begannen Sarahs Schultern zu zittern. »Weil sie mich dann festgebunden hätte«, kam es wie der Hauch eines Flüsterns von ihren Lippen.

Marie wurde ganz kalt. »Was ist wirklich passiert, Sarah?«, fragte sie höchst alarmiert. »Du hast mir noch nicht alles erzählt.«

»Habe ich nicht.« Sarah holte tief Luft. »Und das willst du auch gar nicht hören.«

»Doch, das will ich.« Marie legte ihre Hände auf Sarahs Schultern und drehte sie zu sich um. »Warum hast du heute plötzlich vor meiner Tür gestanden, völlig durchnässt und schluchzend?«

Langsam schüttelte Sarah den Kopf. »Du hasst mich schon. Ich will nicht, dass du mich auch noch verachtest.« Sie machte eine kurze Pause. »Oder vielleicht über mich lachst.«

»Komm«, sagte Marie. »Wir gehen zurück. Ich würde niemals über dich lachen. *Mit* dir gern, zusammen mit dir. Aber niemals über dich.«

Sie führte Sarah bis zur Couch, weil sie fast das Gefühl hatte, sonst würde sie vorher zusammenbrechen.

»Setz dich«, sagte sie und hielt Sarah fest, bis sie tatsächlich saß. »Und denk daran«, sie lachte leicht, weil sie hoffte, dadurch die Atmosphäre zu entspannen, »dass ich Anwältin bin. Ich habe schon so fast jede Geschichte gehört, die man sich vorstellen kann. Auch«, sie wurde ernst, »schlimme Geschichten.« Sie ließ sich neben Sarah auf dem Sofa nieder. »Sie tut dir weh?« Als sie es aussprach, fühlte sie einen Stich, als wüsste sie die Antwort schon.

Sarah saß eine ganze Weile nur da, ohne zu antworten, dann endlich sagte sie: »Sie steht auf SM, ich nicht. Ihr liegt absolut nichts an normalem Sex.«

»Deshalb hast du andere Freundinnen, die eher die normale Variante bevorzugen«, stellte Marie verständnisvoll fest.

»Oh nein. Nein!« Sarah riss die Augen auf und starrte sie entsetzt an. »Nie. Du bist ... die erste.«

Auch wenn es keine schöne Geschichte war, aber Marie fühlte so etwas wie Erleichterung. Sie war nicht eine von vielen. »Zwei Jahre lang hast du dich von ihr –?« Sie wusste nicht, wie sie es ausdrücken sollte.

Sarah nickte. »Am Anfang war es nur … ich meine, jeder hat mal so Phantasien, oder?« Sie blickte Marie flehentlich an, bat um Verständnis.

»Sicher.« Marie stimmte zu. »Viele Leute haben das. Aber bei den meisten bleibt es das auch: eine Phantasie. Oder ist mal etwas Besonderes, ein Kick, eine Ausnahme.«

»Bei …«, Sarah schluckte, »Ellen nicht. Sie steht darauf. Etwas anderes interessiert sie nicht.«

»Hast du ihr mal gesagt, dass es bei dir nicht so ist?«

Vorsichtig bewegte sich Sarahs Kopf nach unten, als ob sie nicken wollte, aber nicht wusste, ob sie es sollte, ob sie es durfte. »Sie hat nur gelacht. Sie meinte, ich würde mich schon noch daran gewöhnen, und eigentlich«, sie schluckte, »würde ich es mögen.«

»Aber du magst es nicht, und du hast dich nicht daran gewöhnt.«

»Nie.« Sarah begann wieder leicht zu zittern. »Und es wurde immer härter.« Sie atmete tief durch. »Ich glaube, sie liebt das Gefühl, dass es mir nicht gefällt und ich es trotzdem tue.«

Wie kann man so etwas mitmachen? fragte Marie sich, aber sie fragte es nicht laut, weil sie den Eindruck hatte, dass Sarah noch nicht soweit war, diese Frage zu beantworten. »Du Armes«, murmelte sie mitfühlend und zog Sarah in ihre Arme. »Das muss schrecklich für dich sein.«

»Ich fliege viel«, sagte Sarah, »deshalb sehen wir uns nicht so oft.«

»Das ist doch keine Lösung!« Langsam stieg Wut in Marie auf und ersetzte zum Teil das Mitgefühl. Die Wut richtete sich jedoch nicht auf Sarah, sondern auf diese … Ellen. Sie hätte fast mit den Zähnen geknirscht.

»Vermutlich nicht«, gab Sarah zu. »Aber sie war schon am Flugplatz, wenn ich ankam, holte mich ab, schenkte mir Blumen. Ich konnte es ihr nicht sagen.«

»Sie hat dich immer wieder rumgekriegt«, bemerkte Marie niedergeschlagen. Das bedeutete, auch das, was Sarah und sie hatten, hatte keine große Bedeutung. Sie würde immer wieder zu Ellen zurückgehen. Marie hatte das schon zu oft erlebt, um noch an Wunder zu glauben. »Warum?«, fragte sie unvermittelt, obwohl sie es nicht hatte fragen wollen.

»Ich ...« Sarah schluckte. »Ich habe sie geliebt.«

Das hatte Marie befürchtet. »Du liebst sie so sehr, dass du das alles mit dir machen lässt.« Ihr wurde ganz schlecht, als sie daran dachte. Im Moment hielt sie Sarah noch im Arm, aber das hatte nichts mit Liebe zu tun. Sie brauchte nur eine Schulter, um sich auszuweinen.

»Ich *dachte*«, wiederholte Sarah betont, »ich liebe sie. Bis ich dich kennenlernte. Du«, sie schluckte wieder und machte eine lange Pause, »hast mir all das gegeben, was ich mir von ihr immer gewünscht habe.«

»Normalen Sex!« Marie lachte etwas bitter auf.

»Marie ...« Sarah hob den Kopf und schaute sie an. »Das war es nicht. Ich meine, es war schön ... nach so langer Zeit. Aber ... aber ... du bist ganz anders als sie.«

»Na, das will ich hoffen!«, rief Marie geradezu empört aus.

»Sie ist ... kein schlechter Mensch«, schränkte Sarah ein. »Als ich von Birmingham zurückkam, bin ich nach Hause gefahren, und ich wollte es ihr sagen. Ich wollte ihr sagen, dass ich jemanden kennengelernt habe und dass es nicht mehr geht.« Sie lachte resigniert auf. »Es hätte mich stutzig machen sollen, dass sie mich nicht am Flughafen abgeholt hat.« Sie begann wieder zu zittern.

»Du musst nicht darüber reden, wenn du nicht willst.« Marie streichelte sie beruhigend. »Alles ist gut. Wir können über etwas anderes reden. Oder wir essen doch noch das kalte Menü, das im Schlafzimmer auf uns wartet.« Sie lachte, weil sie Sarah ablenken wollte.

»Du ...« Sarah schluckte. »Du wolltest wissen, was passiert ist. Und ich weiß nicht, ob ich es noch einmal schaffe, mich dazu durchzuringen, es dir zu erzählen, wenn ich jetzt aufhöre.«

»Ich bin bei dir«, sagte Marie leise. »Du kannst mir alles erzählen, was du willst.«

»Ich kam ...« Noch einmal holte Sarah tief Luft. »Ich kam nach Hause und ging durch ins Schlafzimmer, um meinen Koffer abzustellen. Dann ging ich ins Wohnzimmer hinüber.« Sie stockte, aber gleich darauf setzte sie fort: »Eine nackte Frau lag auf der Couch, und ihre Arme waren über ihrem Kopf mit Handschellen an die Lampe gefesselt.« Wieder stockte sie, um sich zu sammeln. »Ich habe auch schon so dort gelegen.«

Marie wagte nicht, es sich vorzustellen, aber trotzdem konnte sie die Bilder kaum aus ihrem Kopf vertreiben.

»Ellen kniete über ihr«, fuhr Sarah fort. »Und als sie mich sah, verzog sie belustigt das Gesicht und sagte: ›Komm her. Mach mit.‹« Diesmal atmete sie mehrmals tief durch. »Die Frau war Asiatin. Eine Stewardess. Auf dem Boden verteilt lag ihre Uniform. Ellen steht auf Stewardessen.« Sie schloss die Augen. »Ich war starr vor Scham, und Ellen lachte über mich. Dann schloss sie die Handschellen auf, stand auf und kam zu mir. ›Lin und ich haben nur ein bisschen Spaß gehabt, bis du kommst‹, sagte sie. ›Lin ist Switcherin, sie mag S und M. Bei mir war sie M, und jetzt möchte sie dasselbe mit dir tun, was ich mit ihr gemacht habe.‹«

Sarahs Zittern nahm zu, und Marie nahm sie noch fester in den Arm. »Hör doch auf«, flüsterte sie beruhigend. »Du musst nicht weitererzählen.«

»Sie ... sie ... Ich war so überrascht.« Sarah keuchte mit weit aufgerissenen Augen. »Sie waren zu zweit. Ich konnte mich nicht wehren, sie fesselten mich und –« Sie brach schluchzend zusammen.

»Oh mein Gott, Sarah …« Marie ließ sie in ihren Armen schluchzen, bis sie sich wieder etwas beruhigte.

»Ich habe das alles schon getan. Mit Ellen«, fuhr Sarah nach einer Weile nur noch unterdrückt schluchzend fort. »Aber mit einer Fremden … Sie lachten und lachten, weil ich sie anflehte … Irgendwann bin ich ohnmächtig geworden. Als ich erwachte, waren sie fort – und ich bin zum Flugplatz und hierher.«

Marie musste selbst tief durchatmen. »Sagtest du vorhin nicht, sie wäre kein schlechter Mensch?«

»So etwas hat sie noch nie getan«, entgegnete Sarah. »Ich habe vermutet, dass sie … na ja, dass ich nicht die einzige bin. Sie meinte mal, ob ich nicht eine andere Uniform tragen könnte, weil die verschiedenen Uniformen sie anmachen.« Sie zuckte die Schultern. »Also hat sie wohl andere Stewardessen in anderen Uniformen gefunden. Aber ich war so wenig da …«

»Willst du sie jetzt auch noch entschuldigen?« Maries Empörung kehrte zurück.

»Dass wir nicht nur zu zweit –« Sarah schluckte. »Das war auch ein Vorschlag von ihr, aber ich hatte ihn abgelehnt.«

»Und dann hat sie es gegen deinen Willen getan.« Marie presste die Kiefer zusammen. »Das ist Vergewaltigung, Sarah.«

»Wie? Nein. Bitte …« Sarah wirkte völlig aufgelöst. »Sie wollte das nicht. Bestimmt nicht. Sie dachte, es macht mir Spaß.«

»Weil es ihr gefällt, wenn du etwas tust, das dir *keinen* Spaß macht?« Marie lachte trocken auf. »Das glaubst du doch selbst nicht. Du sagtest, es wurde immer härter. Und das ist die nächste Stufe.«

»Ich will ihr nicht wehtun«, sagte Sarah. »Ich will ihr einfach nur sagen, dass es vorbei ist.«

»Zeig sie an. Und diese Stewardess gleich mit«, verlangte Marie. »Ich bin Anwältin. Ich weiß, dass das nicht angenehm ist, aber die Polizei und die Staatsanwaltschaft könnten dem einen Riegel vorschieben.«

»Polizei? Staatsanwaltschaft?« Sarah starrte sie entsetzt an. »Nein, das will ich nicht. Ich will nur mit ihr reden, meine Sachen holen –«

»Oh, Sarah …« Marie stöhnte auf. »Jetzt weiß ich, warum sie dich ausgesucht hat.«

»Ich bin doch auch nicht besser«, meinte Sarah schicksalsergeben. »Sie haben sich von mir geholt, was sie wollten, und dann bin ich zu dir gekommen und habe mir von dir geholt, was ich wollte.«

»Das war nur so eine Art Übersprungshandlung«, sagte Marie. Sie fragte sich, woher Sarah überhaupt noch die Kraft genommen hatte, in der Badewanne. Aber manchmal tat man Dinge, die man sich einfach nicht erklären konnte. Sie hatte sich nach Zärtlichkeit gesehnt, und sie hatte gewusst, dass Marie sie ihr geben würde.

»Nein«, sagte Sarah. Und dann noch einmal: »Nein.« Sie schaute Marie an. »Ich wollte bei dir sein. Die ganze Zeit. Du hast mir gezeigt, wie es ist –« Sie legte erschöpft den Kopf zurück. »Ich kann nicht mehr.«

Marie ließ sie sanft auf die Couch zurücksinken, zog ihr die Schuhe aus, lockerte ihre Kleidung – sie trug keine Uniform, sondern zivile Sachen – und legte die Sofadecke über sie. »Ruh dich erst mal aus. Ich bringe dir noch einen Tee.«

Sarahs Augenlider öffneten sich nur halb. Jetzt sah man ihr die Erschöpfung richtig an. Ihre Wangen wirkten eingefallen, und ihre Haut war kalt und bleich. »Danke«, flüsterte sie. »Das ist nicht nötig.«

Marie hauchte einen Kuss auf ihre Stirn. »Wenn du schlafen willst, schlaf. Ich werde aufpassen, dass dich niemand stört.«

7

Du kommst ein paar Tage nicht?«

Marie konnte Ingrids hochgezogene Augenbrauen durch das Telefon spüren, auch wenn sie sie nicht wirklich sah. »Ja, ich ... Ja«, bestätigte sie.

»Bist du krank?«, fragte Ingrid, und Marie merkte schon an ihrem Tonfall, dass sie das nicht glaubte.

»Nein«, antwortete sie, »aber Sarah geht es nicht gut.«

»Sie ist bei dir?«, fragte Ingrid.

»Ja, sie kam gestern. Und ...«, Marie zögerte, »ich möchte sie nicht gern alleinlassen.«

»Das heißt, *sie* ist krank?«, vermutete Ingrid. »Du bringst sie zum Arzt?«

»Ich glaube nicht, dass das nötig ist. Sie muss sich nur erholen. Deshalb –«

»Deshalb willst du zu Hause bleiben.« Ingrid lachte. »Verstehe.«

»Nein, du verstehst nicht.« Marie wurde ein wenig ungehalten. »Es ist nicht das, was du denkst. Wenn es das wäre, würde ich es sagen.«

»Schon gut«, sagte Ingrid. »Das ist deine Privatangelegenheit. Du bist mir keine Rechenschaft schuldig. Auch wenn wir Partnerinnen hier in der Kanzlei sind«, fügte sie etwas tadelnd hinzu.

»Tut mir leid«, entschuldigte Marie sich. »So war es nicht gemeint. Ich bin erreichbar, wenn irgendetwas ist. Ich werde nur nicht ins Büro kommen.«

Kurz war es still, dann fragte Ingrid: »Es ist also etwas Ernstes mit euch?«

»Ich glaube«, sagte Marie. »Ich hoffe –« Sie atmete tief durch. »Es ist schwierig.«

Ingrid stieß so laut die Luft aus, dass es durch den Lautsprecher klang, als bliese ein Wind direkt in Maries Ohr.

»Gleich am Anfang? Da ist doch normalerweise alles rosarot.«

»Irgendwie war es das bei uns nie«, erwiderte Marie nachdenklich. »Ich habe immer gespürt, dass da etwas ist. Und gestern hat sie es mir gesagt.«

»Was?«, fragte Ingrid.

Marie atmete tief durch. »Das fällt zwar nicht unter die Schweigepflicht zwischen Anwältin und Mandantin, aber ich möchte nichts tun, von dem Sarah nichts weiß. Nur wenn sie es mir erlaubt, kann ich darüber reden.«

»Aber hallo!« Ingrid stieß einen überraschten Ruf aus. »So etwas Schlimmes?«

In diesem Moment war Marie mehr als froh, dass Ingrid sie nicht sehen konnte, denn ihr Gesichtsausdruck verdüsterte sich. »Ich kann nicht darüber reden«, wiederholte sie.

»Alles klar«, erwiderte Ingrid. Nach einer kurzen Pause fuhr sie fort: »Und wenn es ihr besser geht, lerne ich sie dann auch mal kennen?«

Diese Frage brachte Marie zum Schmunzeln. »Auch da muss ich erst Sarah fragen, aber ich denke, sie hätte nichts dagegen.«

»Tschüss dann«, verabschiedete Ingrid sich. »Bis bald.«

»Tschüss.« Marie unterbrach die Verbindung.

»Wogegen hätte ich nichts?«

Marie fuhr zur Schlafzimmertür herum. »Du bist schon wach?«

Sarah stand in Maries Morgenmantel im Rahmen, und Marie dachte, dass sie darin wesentlich besser aussah als sie selbst, wie das Bild eines Engels mit blonden Locken. »Wogegen hätte ich nichts?«, wiederholte sie misstrauisch, und sie sah nicht sehr glücklich aus.

»Meine beste Freundin Ingrid, die auch meine Partnerin in unserer gemeinsamen Kanzlei ist, würde dich gern kennenlernen«, erklärte Marie lächelnd und merkte schon, bevor sie zu Ende gesprochen hatte, wie Panik in Sarahs Augen stieg. Sie sprang hastig vom Sessel auf. »Oh nein, nein. Nicht so.« Mit ausgebreiteten Armen ging sie zu Sarah hinüber. »Keine Angst. Das hat nichts mit Sex zu tun. Ingrid und ich kennen uns schon ewig. Wir haben zusammen studiert. Und dann gemeinsam die Kanzlei aufgemacht. Sie hat«, leicht verlegen verzog sie das Gesicht, »einige von meinen Affären mitbekommen und ist wahrscheinlich nur etwas besorgt, dass –«

»Dass ich die Falsche für dich sein könnte«, beendete Sarah den Satz. »Und vielleicht hat sie Recht damit.«

»Das hat sie nicht und das denkt sie nicht«, widersprach Marie. »Aber so, wie ich von dir geschwärmt habe, ist sie«, sie lächelte, »neugierig.«

»Du hast von mir geschwärmt?« Endlich schlich sich auch ein leises Lächeln in Sarahs Mundwinkel.

»Natürlich«, bestätigte Marie voller Überzeugung. »Was könnte ich sonst tun? Du bist meine Traumfrau.«

Sarah blickte verlegen zu Boden. »Das denkst du immer noch? Nach gestern?«

»Was war gestern?«, fragte Marie unschuldig. »Hat sich da irgendetwas zwischen uns geändert?«

Sarah fiel ihr in die Arme und schmiegte sich an sie. »Du bist so ...« Anscheinend fiel ihr kein Wort ein. »Ich bin froh, dass ich hiersein darf.«

»Du kannst solange hierbleiben, wie du willst.« Marie kuschelte hingerissen ihre Nase in Sarahs samtweiches Haar und sog den Duft tief ein. »Mhmm, du riechst so gut.«

Ungläubig lachte Sarah auf. »Ich bin gerade erst aufgestanden. Ich war noch nicht einmal unter der Dusche.«

»*Du* riechst gut«, wiederholte Marie. »Ganz egal, wann.«

»Trotzdem«, Sarah blickte sie lächelnd an, »würde ich jetzt gern duschen. Wenn du nichts dagegen hast.«

»Wie könnte ich das?« Marie ließ sie los und nahm Kurs auf die Küche. »Und wenn du fertig bist, stehen frische Brötchen auf dem Tisch. In dem Korb, den du gekauft hast. Ich werde mich nicht noch einmal der Peinlichkeit aussetzen, dass ich nichts im Haus habe und du für mich einkaufen musst.«

»Habe ich gern getan«, sagte Sarah. »Einkaufen macht mir Spaß.«

»Heute bin ich zuständig«, beharrte Marie. »Und du ruhst dich aus.«

»Frühstück. So richtig.« Als sie endlich am Tisch saßen, schien Sarah fast etwas überrascht. Sie ließ ihren Blick über Brötchen und Marmelade schweifen, als hätte sie das nie zuvor gesehen.

Marie blickte sie erstaunt an. »Ist das so etwas Besonderes?«

Sarah nickte. »Durch die vielen Nachtflüge, Zeitverschiebungen und Klimawechsel kommt vieles im Körper durcheinander, und ich genieße es dann, zu normalen Zeiten ins Bett zu gehen und geregelt zu essen.«

»Ich fand immer«, Marie lachte, »dass es ziemlich langweilig ist, alles ›normal‹ zu machen, einschließlich geregelter Arbeitszeiten und geregeltem Essen. Um acht Uhr frühstücken, um ein Uhr Mittagessen, um sechs Uhr Abendessen oder so was.« Sie schüttelte sich fast. »Wahrscheinlich bin ich deshalb auch selbständig und nicht angestellt.«

»Kannst du dir da denn alles selbst einteilen?«, fragte Sarah und biss genussvoll in ein Brötchen.

»Wahrscheinlich bilde ich mir das nur ein.« Marie schmunzelte. »Ich arbeite sechzig Stunden in der Woche oder auch mehr. Viele Selbständige können ja ein Lied davon singen, dass es praktisch keinen Feierabend und kein Wochenende gibt. Gerichtstermine sind mir vorgegeben, Fristen, die ganzen Abläufe, das ist im Rechtssystem nun mal ziemlich festgelegt. Aber trotzdem … na ja … kann ich Mandanten ablehnen, mal einfach zu Hause bleiben wie jetzt –«

Als ob eine Uhr plötzlich stehenbleiben würde, verhielt Sarah mitten in der Bewegung, nach der Butter zu greifen. »Du bleibst heute zu Hause?«

»Deshalb hatte ich mit Ingrid telefoniert«, bestätigte Marie. »Am Wochenende, nachdem du weg warst«, sie lächelte Sarah an, »habe ich ziemlich viel aufgearbeitet. Also kann ich es mir jetzt auch mal leisten, nicht ins Büro zu gehen.«

»Wochenende …« Sarah blickte sinnierend in die Luft. »Ich weiß manchmal noch nicht einmal, welcher Tag es ist. Für mich ist jeder Tag ein Arbeitstag, ohne Unterschied.«

»Bei mir eigentlich auch«, sagte Marie. »Nur dass es am Wochenende keine Gerichtstermine gibt und ich deshalb nur im Büro arbeite. Oder zu Hause.«

Sarahs Mundwinkel zuckten. »Ich hätte dich liebend gern aus Moskau gestört, aber die Verbindungen waren so schlecht, dass ich nach dem ersten Mal nicht mehr durchkam. Es war eine Katastrophe. Und dann war auch noch mein Akku leer, und ich hatte mein Ladegerät vergessen. Ich hätte natürlich eine Kollegin fragen können, als wir von Moskau weg waren …«, sie verzog verlegen das Gesicht, »aber das wollte ich dann auch nicht.«

Marie beugte sich vor, blickte ihr tief in die Augen und hauchte einen Kuss auf ihre Lippen. »Solche unanständigen Dinge wolltest du mir schreiben?«

»Ich … nein … so meinte ich es nicht.« Sarah schaute schnell zur Seite und wich Maries Blick aus.

»Sarah …« Vorsichtig legte Marie ihre Hand auf Sarahs. »Ich flirte nur mit dir. Leg nicht jedes Wort gleich auf die Goldwaage. Ich werde nie etwas von dir verlangen, das du nicht willst, und ich werde nie etwas mit dir tun, das du nicht willst.«

Sarah schluckte, dann kehrte ihr Blick zu Marie zurück. »Tut … tut mir leid«, sagte sie leise. »Ich bin furchtbar.«

»Nein.« Marie schüttelte ernst den Kopf. »Du bist nur verletzt. Und das muss heilen.«

Wieder musterte Sarah das Frühstück, die Brötchen, den Tisch, als ob sie Marie nicht in die Augen sehen könnte. »Ich schäme mich so«, wisperte sie nach einer Weile kaum hörbar. »Ich schäme mich ganz schrecklich.«

»Du«, Marie stand auf, beugte sich über sie und umarmte sie weich, »musst dich für gar nichts schämen. Einige andere sollten das tun.« Ihre Kiefer mahlten. »Und mehr.«

»Bitte ...« Sarah drehte den Kopf zu ihr und schaute sie flehentlich an. »Bitte tu nichts. Ich weiß, du bist Anwältin, und wahrscheinlich ist es für dich nichts Besonderes, vor Gericht zu erscheinen –«

»Keine Angst.« Marie lächelte beruhigend. »Ich sagte doch schon, ich tue nichts, was du nicht willst. Auch wenn ich der Meinung bin, dass sie nicht ungeschoren davonkommen sollten.«

»Ich will das alles nur vergessen«, erwiderte Sarah tonlos und starrte leer in die Luft hinein. »Hinter mir lassen.« Sie wandte ihr schönes Gesicht wieder Marie zu. »Und etwas Neues beginnen.«

Schmetterlinge sammelten sich in Maries Brust, flogen auf und vermittelten ihr fast das Gefühl, selbst ein Schmetterling zu sein. Sie schwebte mindestens zwei Meter über dem Boden. »Du machst mich so glücklich«, flüsterte sie an Sarahs Ohr. »Ich kann dir gar nicht beschreiben, wie glücklich du mich machst.«

Sarah lehnte sich gegen sie. »Ich glaube, bisher wusste ich gar nicht, was Glück ist. Erst du hast mir das gezeigt.« Es schien, als würden ihre Gedanken abschweifen, als wäre sie gar nicht mehr da, bis sie plötzlich fortfuhr: »Marie, was geschieht hier, was machst du mit mir?«

»Was ich mit dir mache?« Marie nahm Sarahs Hand und begann ihre Finger zu küssen. »Es ist wohl eher, was du mit mir machst.«

Sarah legte den Kopf zurück und schloss die Augen.

Marie küsste sie sanft auf die Lippen, zupfte daran, liebkoste sie zärtlich.

»Ich mache doch gar nichts«, kam es leise zurück.

»Das sagst du.« Lächelnd fuhr Marie fort, mit ihren Lippen über Sarahs Mund zu streichen. Ihre Zungenspitze glitt vorsichtig über die weichen Lippen, zog sich wieder zurück und begann von neuem, bis Sarah mit einem Seufzer ihre Lippen öffnete und Marie willkommen hieß.

Das Blut rauschte in Maries Ohren. Ihr Puls galoppierte davon, und in ihrem Bauch wirbelte ein ganzer Schwarm von Gefühlen herum. Der Kuss war geprägt von einem zärtlichen Herantasten. Sie wollte Sarah auf keinen Fall verschrecken, wollte ihr das Gefühl geben, dass sie ihr ganz vertrauen konnte.

Auf einmal hob Sarah die Hände und schob sie leicht von sich. Sie lachte leise. »Ich glaube, mein Nacken bricht ab.«

»Oh je. Entschuldige.« Marie richtete sich sofort auf und gab ihr Raum.

»Warum haben wir uns jetzt noch mal angezogen?«, fragte Sarah spitzbübisch.

»Du hast Recht.« Marie lachte. »Das hätten wir uns sparen können.« Ihre Augen erforschten Sarahs Gesicht, ihren schönen Mund, die blauen Diamanten, die sie liebevoll anstrahlten.

Sarah stand auf.

Sehnsuchtsvoll legte Marie ihre Arme um sie und hielt sie fest an sich gedrückt, konnte ihren Herzschlag spüren, der genauso schnell ging wie ihr eigener. Ihre Hände glitten sachte über Sarahs Rücken, wanderten nach vorn und streichelten ihre Brüste.

Leise seufzte Sarah auf, aber schon eine Sekunde später spürte Marie, wie sie sich versteifte. Als sie sie ansah, lag ein dunkler Schleier über ihren Augen. »Tut mir leid«, flüsterte sie.

»Keine Angst.« Marie lockerte ihre Umarmung, hob eine Hand und streichelte zart ihr Gesicht. »Du musst nichts tun, was du nicht willst, das weißt du doch.«

»Ich weiß, aber –« Sarah atmete tief durch. »Vielleicht war es doch nur eine Übersprungshandlung gestern. Jetzt auf einmal ...«

»Das macht nichts.« Marie lächelte sie an. »Wir haben alle Zeit der Welt.«

»Du bist extra zu Hause geblieben, um –« Sarah blickte zu Boden.

»Um mit dir zu schlafen?« Marie lachte. »Denkst du das?« Zärtlich beugte sie sich vor und küsste Sarah ganz sanft. »Möchtest du, dass ich aufhöre?«

»Ich weiß es nicht.«

Liebevoll strich Marie ihr eine Strähne hinter das Ohr. »Dann sollten wir wohl besser warten, bis du es weißt.«

»Jetzt bist du böse auf mich.« Sarahs Stimme klang dünn.

»Mein süßer Engel.« Maries Augen umfingen sie zärtlich. »Ich kann gar nicht böse auf dich sein. Ich möchte nur, dass du glücklich bist.«

»Ich bin glücklich. Hier bei dir.« Sarahs Stirn furchte sich, als könnte sie ihre eigenen Reaktionen nicht verstehen. »Und trotzdem –«

»Manche Dinge brauchen Zeit«, sagte Marie und setzte sich wieder an den Tisch. »Und ich glaube, wir hatten das Frühstück noch gar nicht beendet.« Sie lächelte Sarah an. »Komm, setz dich. Da wartet noch mindestens ein halbes Brötchen auf dich.«

8

Das kann doch wohl nicht wahr sein!« Marie riss verärgert die Augen auf.

»Ich war auch ziemlich überrascht«, erwiderte Ingrid am Telefon. »Aber ich denke, du solltest dich schnellstens um die Sache kümmern. Wie absurd das auch ist, aber die Kreditkartengesellschaft will ihr Geld.«

»Oh Mann ...« Marie stöhnte und strich sich über die Stirn. »Das ist doch absolut lächerlich.«

»Natürlich«, sagte Ingrid, »aber die wissen das nicht. Die sehen nur deinen Namen und denken, du warst das.«

»Britt«, knirschte Marie. »Sie hat es mir angekündigt.«

»Tja«, erwiderte Ingrid. »Alte Sünden werfen lange Schatten.«

»Das ist nicht lustig, Ingrid!«

»Ich hatte es auch gar nicht lustig gemeint.« Ingrid seufzte. »Aber du weißt, was ich immer über Britt gesagt habe.«

»Ich weiß, ich weiß.« Marie fuhr sich durch die kurzen Haare. »Und dann auch noch die Adresse vom Büro. Das zieht dich ja auch noch mit rein.«

»Sie kannte deine neue Privatadresse nicht«, meinte Ingrid. »Du hast die Wohnung erst gekauft, nachdem ihr euch getrennt hattet.«

»Wenigstens etwas.« Marie atmete tief durch. »Sonst stände sie hier vielleicht auch noch plötzlich vor der Tür.«

»Was du gerade im Moment sicherlich nicht begrüßen würdest.« Jetzt schmunzelte Ingrid allerdings eindeutig. Das konnte man selbst ihrer Stimme anhören. »Sarah ist doch noch da?«

»Ja«, entgegnete Marie knapp.

Dass sie nichts weiter sagte, machte Ingrid stutzig. »Was ist?«

»Nichts.« Maries Stimme klang abwehrender, als sie das beabsichtigt hatte.

»Also dafür, dass ihr euch erst so kurz kennt, klingt das nicht gut«, stellte Ingrid fest. »Ist sie vielleicht doch ein bisschen wie Britt? Man hat ja so seinen Typ ...«

»Oh nein!« Marie schüttelte heftig den Kopf. »Sarah ist kein bisschen wie Britt. Sie ist völlig anders.«

»Aber sie macht dir auch Kummer«, vermutete Ingrid.

Langsam lehnte Marie sich in dem Sessel in ihrem Arbeitszimmer zurück, in dem sie saß. »Das sagt sie immer, aber das stimmt nicht«, überlegte sie. »Sie ist ...«, sie lächelte weich, »wie eine zarte Blume. Man muss sie sehr vorsichtig behandeln, damit sie nicht zerbricht.«

»Das ist allerdings so ziemlich das Gegenteil von Britt.« Ingrid lachte. »Groß, breitschultrig, athletisch ...«

»Ja, ich weiß auch nicht.« Marie zuckte die Schultern. »Wenn ich je einen Typ hatte, dann entspricht Britt ihm eher. Trotzdem ist es jetzt wie ...« Sie zögerte. »Ich kann es gar nicht beschreiben. Wie ... im Himmel.«

Ingrid machte ein amüsiertes Geräusch. »Du bist bis über beide Ohren verliebt. Das vernebelt dir ein bisschen den Blick für die Realität.«

»Wenn du Sarah kennenlernst, wirst du dich dafür entschuldigen«, sagte Marie. »Vielleicht siehst du dann, was ich meine.«

»Vielleicht«, stimmte Ingrid gutmütig zu. »Aber ich glaube, du hast jetzt andere Sorgen. Wenn du als Anwältin wegen Kreditkartenbetrugs angezeigt wirst, bist du eventuell deine Zulassung los.«

»Das lasse ich nicht zu«, entgegnete Marie scharf. »Ich rufe sofort an. Schickst du mir schnell den Brief?«

»Moment.« Es machte entfernt *Klick*, und im nächsten Augenblick hatte Marie das Foto des Briefes in ihrem Handy.

»Danke«, sagte sie. »Ich kümmere mich darum.«

»Falls dich nicht irgendetwas davon ablenkt«, wandte Ingrid etwas besorgt ein.

»Nein, das ... So ist es nicht.« Marie rollte die Augen. Sie konnte Ingrid nicht sagen, was wirklich los war, sich mit ihr darüber unterhalten, wie sie es gern getan hätte, den Rat ihrer alten Freundin einholen. Das hieße in Sarahs Privatsphäre eindringen, und das verbot sich von selbst.

»Okay«, sagte Ingrid. »Ich hoffe nur, dass das, was du mir nicht sagen willst, keine große Bedeutung hat.«

»Nicht so, wie du denkst«, erwiderte Marie. »Und jetzt geh wieder an die Arbeit. Du musst ja jetzt schließlich für zwei arbeiten.« Sie lachte.

»Nein, nein.« Ingrid lachte auch. »Die lasse ich schön für dich liegen, deine Arbeit. Du wirst dich zu deiner Schreibtischplatte durchwühlen müssen, wenn du kommst.«

»Vielleicht schaue ich mal kurz vorbei –«, setzte Marie an.

Aber Ingrid unterbrach sie gleich. »Das lässt du schön bleiben. Genieß die Zeit mit ihr«, fügte sie warm hinzu. »Genieß dein Stück vom Himmel.« Sie legte auf.

Es klopfte leise an der Tür. Diesmal hatte Marie sie geschlossen, bevor sie telefonierte, damit Sarah nicht zufällig falsche Schlüsse ziehen konnte. »Ja?«, rief sie.

Vorsichtig schob Sarah die Tür auf. »Störe ich?«

»Nein.« Marie schüttelte den Kopf. »Habe nur meine E-Mails gecheckt und ein paar dringende Antworten geschrieben.«

»Das Essen ist fertig«, sagte Sarah.

»Du sollst doch nicht –« Marie schaute sie beinah strafend an. »Wir können etwas bestellen, essen gehen …«

»Ich gehe gern einkaufen, und ich koche gern.« Sarah lächelte. »Das ist für mich das weit größere Vergnügen. Ich habe so selten Gelegenheit dazu.«

»Na gut.« Marie stand auf. »Und ich wette, du kochst nicht nur gern, sondern auch gut.« Sie ging auf Sarah zu und hauchte ihr einen Kuss auf die Wange, dann schnupperte sie. »Riecht jedenfalls schon köstlich.«

»Ich habe doch sonst nichts zu tun«, sagte Sarah, während sie sich umdrehte und ins Wohnzimmer ging, wo sie am Esstisch gedeckt hatte. »Und ich will dich nicht von der Arbeit abhalten.«

Marie seufzte. »Ich wünschte, ich könnte ganz darauf verzichten. Ingrid nimmt mir ja schon einiges ab, aber da sind laufende Fälle, bei denen ich die Fristen nicht versäumen darf. Die kann ich nicht einfach zur Seite legen und ignorieren.«

»Das verstehe ich schon.« Sarah lächelte sie so bezaubernd an, dass Marie die Knie weich wurden. »Deshalb musst du dich in der Zeit, in der ich hier bin, um nichts anderes kümmern. Ich habe auch ein bisschen saubergemacht.«

»Ich seh's.« Marie blickte sich um. »Wirklich, dass musst du nicht.«

»So habe ich wenigstens Beschäftigung«, behauptete Sarah mit ihrer zauberhaften Stimme, die Marie jedes Mal in ihren Bann zog. »Jetzt essen wir aber. Sonst wird es kalt.«

»Hören Sie mal, ich bin das nicht!« Mit einer verzweifelten Bewegung raufte Marie sich die Haare. Seit einer geschlagenen halben Stunde diskutierte sie mit der Mitarbeiterin der Kreditkartengesellschaft, kam aber keinen Schritt weiter.

»Wir können Ihnen bis zu dreißig Raten anbieten«, sagte die – nicht zum ersten Mal. »Sie müssen nicht alles auf einmal bezahlen.«

»Das ist ja ganz reizend von Ihnen, aber ich werde gar nichts bezahlen«, erwiderte Marie ärgerlich. »Das ist nämlich nicht meine Karte. Ich habe sie nie beantragt. Ich wusste bis heute gar nichts davon.«

»Die Karte läuft schon seit drei Monaten«, erwiderte die Angestellte. »Und Sie haben sehr viel damit eingekauft. Irgendwann müssen Sie bezahlen.«

»Ich habe überhaupt nichts damit eingekauft!« Das war wirklich zum Haareausraufen. Offenbar hörten diese Leute gar nicht zu. Zwar kannte Marie das auch von Mandanten, aber diesmal betraf es sie selbst, und das war wesentlich unerfreulicher. »Und ich bezahle keinen Cent. Das sind nicht meine Schulden.«

»Wenn Sie bis Ende der Woche nicht wenigstens eine Anfangszahlung geleistet haben, müssen wir leider den Rechtsweg beschreiten«, leierte die Dame routiniert herunter. Das tat sie nicht zum ersten Mal.

»Das tun Sie mal!«, blaffte Marie wütend zurück. »Ich bin Anwältin.«

»Dann wissen Sie ja, wie es läuft«, bemerkte die Dame unbeeindruckt und legte auf.

»Probleme?« Sarah blickte sie fragend aus dem Türrahmen an.

»Nein«, antwortete Marie automatisch, aber dann überlegte sie es sich und sagte: »Ja. Ich soll eine Menge Geld bezahlen für Einkäufe mit einer Kreditkarte, die mir gar nicht gehört.«

»Wurde sie dir gestohlen?«, fragte Sarah.

»Nein, ich sagte doch, sie gehört mir gar nicht. Jemand anders«, sie presste die Lippen aufeinander, »hat sie für mich beantragt und auf meinen Namen eingekauft. Auch wenn ich noch nicht weiß, wie sie das gemacht hat.«

»Sie?« Sarah hob die Augenbrauen.

»Ich vermute«, Marie wand sich ein bisschen, »es ist eine Ex-Freundin von mir. Sie war neulich bei uns in der Kanzlei und hat mir angedroht, dass ich demnächst von der Kreditkartengesellschaft hören würde. Was ja nun geschehen ist.«

Sarah wirkte verwirrt. »Schuldest du ihr Geld?«

»Ich ihr?« Marie lachte hohl auf. »Sie ist mit meinem ganzen Hausstand verschwunden. Mit allem, was nicht niet- und nagelfest war.«

»Du meine Güte«, sagte Sarah. »Hattet ihr solchen Streit?«

»Nicht wirklich.« Marie schüttelte immer noch fassungslos den Kopf. »Wenn überhaupt, haben wir uns über ihre

Frauengeschichten gestritten. Sie warf mir vor, ich würde zu viel arbeiten, hätte keine Zeit für sie, und deshalb –«

»Das kommt mir bekannt vor«, bemerkte Sarah niedergedrückt.

»Für ihre Vergnügungssucht hat sie allerdings mein Geld benutzt«, fuhr Marie mit einem ärgerlichen Heben der Augenbrauen fort. »Ich hatte ihr Zugriff auf mein Konto –« Sie brach ab. »So hat sie es gemacht«, murmelte sie plötzlich. »Sie hat die Daten von meinem Konto benutzt. Deshalb auch die Adresse der Kanzlei.«

Sarah schaute sie neugierig an. »Nützt dir das jetzt etwas gegen die Kreditkartengesellschaft?«

Marie seufzte. »Na ja, Wissen ist das eine, Beweisen ist eine andere Sache. Gerade ich in meinem Beruf kenne den Unterschied nur zu genau. Zu oft weiß man, dass jemand etwas getan hat, aber kann es nicht beweisen.«

»Und wenn du es ihr nicht beweisen kannst?«

»Dann wird es hässlich. Dann werden sie das ganze Geld von mir wollen.« Mit einem tiefen Luftholen stand Marie auf. »Aber das hat nichts mit uns zu tun.« Sie lächelte. »Wir sollten uns über nettere Themen unterhalten.«

»Wie zum Beispiel?« Sarahs Augen blinzelten kokett.

»Wie zum Beispiel …«, Marie legte ihre Arme um Sarahs Taille, beugte sich leicht zurück und schaute sie unternehmungslustig an, »was mein Lieblingsengel gern mit dem Rest des Tages anfangen würde.«

»Wir«, Sarah schluckte, »könnten ins Schlafzimmer gehen.«

Marie blickte etwas zweifelnd. »Willst du das denn? Oder bietest du das nur an, weil du denkst, ich möchte es?«

»Willst du es denn nicht?«

»Wenn du mich so fragst …« Marie lächelte. »Du bist die personifizierte Versuchung. Es fällt mir nicht leicht, in deiner Gegenwart an etwas anderes zu denken. Aber ich bemühe mich.«

»Das musst du nicht«, widersprach Sarah. »Du musst mir nur sagen, was du willst, und ich tue es.«

»Oh-oh.« Marie hob tadelnd die Augenbrauen. »Verwechselst du mich da nicht mit jemand anderem? Zwischen uns war das bisher doch nie so.«

»Ich ...« Sarah senkte den Blick. »Es tut mir leid. Ich bin nur ein paar Tage da, du hast dir extra freigenommen, und jetzt –« Sie seufzte. »Du hast dir das bestimmt anders vorgestellt.«

»Das stimmt«, erwiderte Marie ernsthaft. »Ich hätte mir nie vorgestellt, dass eine wunderschöne Frau einfach so in meiner Wohnung kocht, putzt, mit mir am Frühstückstisch sitzt und mir jede Minute versüßt. Das ist wie ein Fünfzigerjahrewerbespot.« Sie grinste ein wenig. »Wie wäre es, wenn wir ins Kino gehen?«

»Wenn du willst«, erwiderte Sarah schüchtern.

»Nicht in einen Porno, falls du das befürchtest.« Marie lachte. »Und Sarah ... Wenn *du* willst.« Sie blickte Sarah tief in die Augen. »Du bist diejenige, die entscheidet. Ich richte mich ganz nach dir.«

»Du bist ...«, Sarah schüttelte den Kopf, »unglaublich.«

Marie schmunzelte. »Ich bin nur eine alte Anwältin, die mit ihrer jungen Freundin angeben will.«

»Du bist doch nicht alt!«, protestierte Sarah sofort.

»Aber auch nicht mehr so jung wie du«, entgegnete Marie. »Falls dir das noch nicht aufgefallen sein sollte.«

»Ist mir nicht aufgefallen.« Sarah lächelte. »Und außerdem mag ich ältere Frauen.«

»Siehst du.« Marie seufzte. »Das Alter lässt sich eben doch nicht so leicht verbergen. Als du in die Schule kamst, war ich schon –«

»Pscht.« Sarah legte einen Finger auf Maries Lippen. »Das ist überhaupt nicht wichtig. Alter ist nur eine Zahl, die nichts bedeutet.«

»Ja, ja. Man ist so jung, wie man sich fühlt. Erzählt mir Ingrid auch immer.« Marie gab ein entsagungsvolles Seufzen von sich. »Und so etwas sagt man nur, wenn man nicht mehr jung ist.«

»Du bist verrückt.« Sarah boxte sie leicht in die Seite. »Eben noch hast du behauptet, du richtest dich ganz nach mir. Und ich sage: Du bist nicht alt. Also richtest du dich nun nach mir oder nicht?«

»Du hättest Anwältin werden sollen.« Marie lachte. »Aber du hast Recht. Ich fühle mich noch lange nicht alt.« Ganz automatisch beugte sie sich zu Sarah, ihre Lippen zogen sie magnetisch an – Dann riss sie sich zurück und räusperte sich. »Also Kino?«

»Wenn dir das reicht«, sagte Sarah.

»Das ist nicht der Punkt«, erwiderte Marie. »Der Punkt ist, dass du bei mir bist.«

Sarahs Mundwinkel hoben sich leicht. »Das bin ich gern«, sagte sie.

9

Du willst wirklich nach Hamburg?«

Sarah seufzte. »Ich muss. Meine Sachen holen. Ich bin so Hals über Kopf –« Sie unterbrach sich abrupt.

»Verstehe schon.« Marie nickte und tat, als hätte sie es nicht bemerkt. »Aber dann begleite ich dich.«

»Das …« Sarah schluckte. »Ich schaffe es schon allein.«

Mit einem zärtlichen Lächeln schaute Marie sie an. »Ich möchte aber bei dir sein. Danach«, sie atmete tief durch, »bist du ja dann sowieso wieder weg. Weißt du schon, wohin zu fliegst?«

»Los Angeles«, sagte Sarah. »Sonntag hin, Mittwochmorgen bin ich wieder zurück.«

»Also dann musst du am Samstag davor wieder in Frankfurt sein.« Marie überlegte. »Du willst nur deinen Koffer holen?«

Merkwürdigerweise antwortete Sarah nicht.

Marie wartete eine Weile, dann fragte sie: »Was ist?«

»Ich …« Sarah legte die Hände ineinander, und Marie bemerkte, dass sie das wohl tat, weil sie verbergen wollte, dass sie zitterten. »Ich würde gern alles aus der Wohnung holen, was mir gehört. Ich kann die Sachen zu meinen Eltern bringen.«

»Das lasse ich dich auf keinen Fall allein tun«, beharrte Marie. »Es könnte ja sein –«

»Sie arbeitet«, erklärte Sarah schnell. »Ich gehe in die Wohnung, wenn sie nicht da ist.«

»Trotzdem«, sagte Marie. »Du kannst sicher auch jemand brauchen, der dir tragen hilft.«

Sarah lächelte wieder auf diese zauberhafte, schüchterne Art. »Sicher«, sagte sie. Dann schaute sie plötzlich verlegen zu Boden. »Kann ich …«, sie räusperte sich, »kann ich ein paar Sachen vielleicht auch zu dir in die Wohnung bringen? Ich meine, für die Zwischenstopps in Frankfurt, zwischen zwei Flügen.« Wieder blickte sie Marie scheu an. »Wenn dir das recht ist.«

Marie blieb fast das Herz stehen. Das hörte sich ja beinah so an, als wollte Sarah bei ihr einziehen. »Natürlich«, sagte sie. »Wie ich schon mal sagte: Das Gästezimmer wird so gut wie nie benutzt. Da kannst du alles unterbringen.«

»So viel ist es nicht«, schränkte Sarah ein. »Es ist ja nur …«, sie zögerte, »zum Übernachten. Das meiste würde ich bei meinen Eltern lassen. Dort habe ich eine kleine Einliegerwohnung unter dem Dach.«

Also nichts mit Einziehen, stellte Marie innerlich enttäuscht fest, auch wenn sie ihre Enttäuschung zu verbergen versuchte. Sarah wollte weiterhin in Hamburg wohnen, nur jetzt wieder bei ihren Eltern. Aber war das ein Wunder? Wenn man es recht betrachtete, kannten sie sich gerade mal ein paar Tage. Auch wenn es Marie viel länger vorkam. »Wenn das geht«, sagte sie so sachlich wie möglich, »ist das doch sehr praktisch.«

»Ich habe ohnehin noch viele Sachen dort«, erklärte Sarah ganz harmlos. »Meine Eltern waren immer dagegen, dass ich bei Ellen –« Schon allein den Namen auszusprechen ließ sie verstummen.

»Auch wenn mich das nichts angeht und ich mich da nicht einmischen will«, sagte Marie, »aber ich denke, da bin ich mit deinen Eltern einer Meinung.«

Auf einmal lächelte Sarah. »Sie würden dich mögen.« Leicht fragend legte sie den Kopf zur Seite. »Wohnen deine Eltern in Frankfurt?«

Marie schüttelte den Kopf. »Nein. Meine Eltern sind schon lange geschieden. Mein Vater hat ziemlich bald danach wieder geheiratet, eine neue Familie gegründet, und wollte mit seiner alten Familie nichts mehr zu tun haben. Das hat meine Mutter sehr verbittert, und weil ich seine Tochter bin, ist unser Verhältnis ... nun, sagen wir mal, eher suboptimal. Wir haben uns schon lange nicht mehr gesehen.«

»Das ist ja furchtbar.« Sarah riss die Augen auf.

»Ich habe mich daran gewöhnt. Für mich ist es normal.« Marie zuckte die Schultern. »Ich habe so viel mit meinem Beruf zu tun, dass ich selten darüber nachdenke.«

»Ist das der Grund, warum du –« Sarah unterbrach sich. »Entschuldige, das geht mich nichts an.«

»Warum ich allein bin?« Marie verzog schief einen Mundwinkel. »Ja, vielleicht. Ich traue Beziehungen nicht.«

»Oh«, sagte Sarah.

Das hast du jetzt ganz toll gemacht, Marie, dachte Marie innerlich augenrollend. Aber sie wusste auch nicht, wie sie ihre Aussage wieder zurücknehmen sollte. Sie entsprach wohl der Wahrheit. Oder hatte der Wahrheit entsprochen, bevor sie Sarah kennenlernte.

Das war der Grund für Maries eher kurze Affären. Sie suchte sich Frauen aus, die wie ihr Vater waren, und dann taten sie auch genau das, was ihr Vater getan hatte: sie betrogen und verließen sie. Oder sie musste sie rausschmeißen.

Meistens vermied sie das Problem aber gleich von Anfang an, indem sie sich gar nicht erst auf etwas Längeres einließ. Wie ihre Mutter, die sich nach ihrem Vater nie wieder auf etwas Ernsthaftes eingelassen hatte.

Mit Sarah allerdings ... mit Sarah war alles ganz anders. Nur: Sah Sarah das auch so?

»Da du die Flugexpertin bist«, wechselte sie schnell das Thema. »Wann fliegen wir?«

»Wenn du willst, noch heute«, sagte Sarah. »In zwei Stunden geht ein Flieger. Ich kann mich erkundigen, ob noch Plätze frei sind.«

Marie nickte. »Dann machen wir das doch so.«

In Hamburg fuhren sie vom Flugplatz mit einem Taxi direkt zu Ellens Wohnung, und Marie bemerkte, wie die Anspannung in Sarah stieg, je näher sie dem Ziel kamen. Unbewusst griff sie nach Maries Hand und drückte sie immer fester.

Marie legte ihre zweite Hand auf Sarahs. »Wir holen nur deinen Koffer, dann sind wir wieder weg«, murmelte sie beruhigend. »Oder du gibst mir den Schlüssel, und ich gehe allein rein.«

Sarah schüttelte den Kopf. »Nein, ich muss noch Sachen aus den Schränken holen. Du kennst meine Sachen nicht.«

Irgendwie war Marie davon überzeugt, dass sie Sarahs Sachen sofort erkennen würde, aber sie wollte jetzt nicht mit Sarah darüber diskutieren. In dem Zustand, in dem sie war, hätte das zu einem Weinkrampf führen können wie in der Nacht in Maries Wohnung. Immerhin wurde sie jetzt das erste Mal nach dem Vorfall wieder damit konfrontiert.

Schweigend fuhren sie weiter, und als sie ankamen, blieb Sarah so lange im Taxi sitzen, dass die Fahrerin fragte: »Wollen Sie aussteigen oder soll ich weiterfahren?«

Erst das ließ Sarah zum Leben erwachen. Marie ging um den Wagen herum und öffnete ihr die Tür. »Komm«, sagte sie leise und reichte ihr eine Hand.

Sarah nahm sie, das Taxi fuhr ab, und sie standen vor einem großen Gebäudekomplex mit vielen Wohnungen.

Wieder rührte Sarah sich nicht.

»Schlüssel?«, fragte Marie.

Wie ein Zombie griff Sarah in ihre Tasche, hielt den Schlüssel aber dann nur in der Hand, ohne ihn Marie zu reichen.

Vorsichtig nahm Marie ihn aus ihren Fingern. »Bleib doch einfach hier«, sagte sie. »Ich hole deinen Koffer.«

»Nein.« Auf einmal schüttelte Sarah den Kopf. »Ich muss selbst – «

Marie nickte und schloss auf, gab Sarah danach den Schlüssel wieder zurück. »Welcher Stock?«, fragte sie, als sie am Lift ankamen.

»Dritter«, antwortete Sarah.

Schweigend fuhren sie hinauf, und danach trat Sarah mit entschlossenem Schritt aus dem Fahrstuhl, ging auf eine Wohnungstür zu und schloss sie auf. Sie zögerte noch einmal, bevor sie die Tür aufdrückte und hineinging.

Marie war ganz nah hinter ihr. Sie konnte sich eines mulmigen Gefühls nicht erwehren.

Sarah ging in ein Zimmer zur Linken und kam gleich darauf mit ihrem Ungetüm von Koffer wieder heraus. »Er stand immer noch da, wo ich ihn abgestellt hatte«, bemerkte sie tonlos.

»Kann ich dir mit den anderen Sachen helfen?«, fragte Marie.

»Ich hole den zweiten Koffer«, erwiderte Sarah, offensichtlich mühsam beherrscht. »Da ist noch Platz.«

Marie konnte nichts anderes tun, als in ihrer Nähe zu bleiben.

Sarah nahm Kleider aus dem Schrank und holte ein paar Sachen aus dem Bad. »Fertig«, sagte sie nach wenigen Minuten. »Wir können gehen.«

Marie griff nach dem größeren Koffer und wollte sich zur Tür umdrehen, als sich plötzlich ein Schlüssel im Schloss drehte.

Sarah erstarrte.

Die Tür ging auf, und eine große, dunkelhaarige Frau blickte die beiden Besucherinnen erstaunt an. »Was –?« Ihr Blick wanderte von Sarah zu Marie und dann wieder zurück. »Was ist denn hier los?«

Sarah schluckte. »Ich hole nur meine Sachen«, sagte sie. »Wir wollten gerade gehen.«

Ellens Mundwinkel zuckten. »Du hast meine Nachrichten nicht beantwortet.«

»Ich …«, Sarah schluckte erneut, »ich hatte mein Handy abgestellt.« Sie war kreidebleich.

Marie merkte, wie Sarah anfing zu zittern. »Lassen Sie uns einfach vorbei«, sagte sie in der üblichen entschiedenen Art, die sie auch vor Gericht benutzte. »Dann ist alles in Ordnung.« Sie hätte dieser selbstgefälligen großen Frau am liebsten ins Gesicht geschlagen, aber sie wusste, dass das zu nichts führen würde, höchstens zu noch mehr Ärger. Dennoch zuckten ihre Finger, weil sie sich sehr beherrschen musste.

»In Ordnung?« Ellen hob süffisant die Augenbrauen. Dann ignorierte sie Marie vollkommen und starrte Sarah gebieterisch an. »Wo warst du?«

»Ich … ich … konnte doch nicht –« Sarah sank richtig in sich zusammen. Ihre Schultern hingen leblos herunter.

»Was konntest du nicht?« Im Gegensatz zu Sarah schien Ellen zu wachsen. Sie blickte von oben herab auf Sarah hinunter.

»Lassen Sie sie in Ruhe«, mischte Marie sich ein. »Wir gehen jetzt.« Sie machte einen Schritt auf die Tür zu.

Ellen lachte kalt. »Ist das deine neue Freundin?« Sie musterte Marie kurz. »Bisschen alt für dich, hm?« Wieder ruhte ihr durchdringender Blick ausschließlich auf Sarah. »Geh ins Schlafzimmer.«

Es schien fast, als wollte Sarah gehorchen. Marie ließ den Koffer los und trat schnell zu ihr, legte einen Arm um ihre Schultern. »Komm, Sarah, wir müssen gehen.«

»Besser, *du* gehst.« Zum ersten Mal richtete Ellen sich direkt an Marie. »Du hast hier nichts mehr zu suchen. Sarah bleibt.«

Marie hielt dem unverschämten Blick stand. »Das hat ganz allein Sarah zu entscheiden, nicht du.«

»Sarah.« Ellens Stimme klang scharf. »Geh ins Schlafzimmer. Ich wiederhole es nicht noch mal.«

Unter Maries Arm bebten Sarahs Schultern wie Espenlaub. Dennoch richtete sie sich langsam auf. »Nein«, sagte sie, wenn auch leise. »Ich gehe mit Marie.«

»Ach wie süß. Marie.« Ellen stemmte die Hände in die Hüften und lachte dreckig. »Ihr seid bestimmt ein schnuckliges Paar beim Blümchensex.«

»Du kannst sie nicht halten«, entgegnete Marie ebenfalls scharf, während sie spürte, wie die Wut in ihr anfing zu brodeln. »Sie ist ein freier Mensch, und es ist ihre Entscheidung.«

»Tu, was ich sage.« Ellen ignorierte Marie erneut. Ihre Stimme kam wütend zwischen ihren zusammengepressten Lippen hervor, während sie Sarah mit dunkel zusammengezogenen Augenbrauen anstarrte. »Sonst weißt du, was passiert.«

»Jetzt ist Schluss.« Marie wandte den Kopf zu Sarah. »Komm, wir gehen. Du kannst deine Sachen hierlassen. Wir können neue kaufen.«

Kurz schien es, als hätte Sarah sie nicht gehört, aber dann richtete sie sich zu ihrer vollen Größe auf. »Nein«, sagte sie. »Ich nehme alles mit. Ich will nicht, dass sie auch nur ein Stück von mir behält.« Sie hob den Blick zu Ellen. »Du hast mir nichts mehr zu befehlen.«

»Das werden wir noch sehen.« Ellen trat heftig auf Sarah zu.

Aber Marie trat dazwischen. »Wag es nicht.«

Ellens Kiefer mahlten. Wahrscheinlich überlegte sie gerade, wie sie Marie fesseln konnte, um an Sarah heranzukommen.

»Komm«, wiederholte Marie und griff nach dem großen Koffer.

Sarah griff nach dem kleineren, und während Ellen noch immer wie eine wütende Statue dastand, gingen sie an ihr vorbei und verließen gemeinsam die Wohnung.

Im Lift wirkte Sarah wie eine Marionette. Ihr Gesicht war ausdrucksleer. Als sie endlich auf die Straße traten, schwankte sie plötzlich.

Marie ließ schnell den Koffer los und griff nach ihr, zog sie in ihre Arme.

»Bitte, halt mich«, flüsterte Sarah schwach. »Ich kann nicht mehr.«

»Es ist vorbei«, murmelte Marie beruhigend und streichelte ihren Rücken. »Es ist alles vorbei.«

Eine lange Minute blieb Sarah stumm, dann atmete sie tief durch. »Das glaube ich nicht. So schnell gibt sie nicht auf.«

Marie hielt sie weiter mit einem Arm fest, mit dem anderen zog sie ihr Handy heraus und drückte auf eine Taste. Kurz darauf gab sie die Adresse an. »Taxi kommt gleich«, sagte sie. »Dann sind wir endgültig weg.«

»Ich kann es immer noch nicht glauben, dass sie mich hat gehen lassen«, sagte Sarah. »Ich dachte, sie holt gleich die Handschellen raus.«

»Ist doch gut, dass du nicht allein warst«, sagte Marie. »Gegen uns beide konnte sie nicht an.«

Sarah schauderte. »Ja.« Ihre Stimme klang gebrochen. »Zwei gegen eine.«

»Nicht.« Marie hauchte einen Kuss auf ihre kaltzitternden Lippen. »Nicht daran denken. Es ist vorbei. Das wird nie wieder passieren.«

In diesem Moment kam das Taxi.

»Die Adresse deiner Eltern?«, fragte Marie, und Sarah gab sie ihr.

Sie stiegen aus dem Taxi aus, ließen sich vom Taxifahrer mit den Koffern helfen und zogen sie langsam hinter sich her zur Haustür.

Bevor sie klingeln konnten, wurde die Tür von innen geöffnet, und Sarahs Mutter trat ihnen entgegen.

»Endlich, Kind.« Über Sarahs Kopf hinweg musterte sie Marie, die den Blick zurückhaltend lächelnd erwiderte. Die Eltern ihrer Freundinnen hatte sie bisher noch nie kennengelernt, und sie kam sich etwas komisch vor. »Und Sie müssen Marie sein«, fuhr Sarahs Mutter fort. »Bitte kommen Sie doch herein.« Sie machte eine einladende Handbewegung und trat zurück.

Marie warf noch einen kurzen Blick auf sie, als sie an ihr vorbei ins Haus ging, und stellte etwas unangenehm berührt fest, dass sie kaum älter sein konnte als sie selbst. Anscheinend war sie sehr früh Mutter geworden.

»Kaffee und Kuchen«, bot Sarahs Mutter lächelnd an, als sie sie ins Esszimmer führte, wo der Tisch bereits gedeckt war. Sarah hatte direkt nach der Buchung angerufen und ihren Eltern Bescheid gesagt, wann sie kommen würde. »Setzt euch doch schon mal.« Sie verschwand gleich wieder.

Tastend griff Sarah nach Maries Hand. Auf der Fahrt hierher hatte sie sich langsam erholt, und ihre Finger waren nicht mehr kalt und klamm wie zu Anfang noch. Sie atmete tief durch. »Ich helfe dir, Ma!«, rief sie und schaute dann Marie an. »Ich bin gleich wieder da.«

Marie blieb etwas ratlos zurück. Die Situation war ihr nicht ganz geheuer. Sie hörte leises Murmeln. Was besprachen Sarah und ihre Mutter jetzt in der Küche?

Es dauerte ein bisschen, dann kamen beide wieder zurück.

»Extra heute für euch gebacken«, verkündete Sarahs Mutter strahlend, stellte einen Kuchen auf den Tisch, und Marie wunderte sich, dass sie kaum Ähnlichkeit mit ihrer Tochter hatte. Sie hatten noch nicht einmal dieselbe Haarfarbe. Sarah musste wohl auf ihren Vater kommen. »Frankfurter Kranz. Das passt ja.« Sie schaute Marie ein wenig augenzwinkernd an.

Hinter ihrer Mutter war Sarah mit einer Kaffeekanne ins Esszimmer getreten. »Ich weiß gar nicht, ob Marie das mag«, sagte sie. Sie schenkte allen Kaffee ein.

»Und? Mögen Sie es, Marie?«, fragte ihre Mutter.

»Ja, danke, Frau Hartmann«, erwiderte die.

»Ach, nennen Sie mich doch Anna«, bot Sarahs Mutter beiläufig an, während sie ein Stück Kuchen abschnitt und auf Maries Teller legte. »Wir sind ja fast im selben Alter.«

Musst du mich auch noch daran erinnern? dachte Marie säuerlich.

Sarah und ihre Mutter setzten sich, und Anna sagte: »Sarah freut sich immer auf den Kaffee hier zu Hause. In den Fliegern gibt es ja nur so eine braune Brühe.«

Sarah lachte. Sie wirkte jetzt viel entspannter. »So schlimm ist es auch nicht, Ma.«

»Schlimm genug, dass du nie ordentlich zum Essen kommst«, sagte ihre Mutter. »Nur Obst und Joghurt.«

Marie verstand nicht ganz, worum es ging, sah wohl etwas verwundert aus, und Sarah schaute sie lächelnd an und erklärte: »Mehr als Obst und Joghurt dürfen wir nicht von der Basis mitnehmen. Aber wenn die Passagiere etwas übriglassen, teilen wir das Essen auch unter uns auf.«

»Wie bitte?« Marie starrte sie entgeistert an.

»Siehst du?« Anna schaute ihre Tochter an. »Sie findet das auch nicht richtig. Sage ich doch schon die ganze Zeit. Es ist eine Unverschämtheit, dass ihr nichts Ordentliches zu essen bekommt auf den Flügen.«

»Es gibt noch Tütensuppen«, verteidigte Sarah die Fluggesellschaft. »Und ich habe beim Fliegen auch gar keinen Hunger. Ich bin ja beschäftigt. Andere Leute essen auch nicht während ihrer Arbeitszeit.«

»Andere Leute haben eine Kantine«, widersprach ihre Mutter.

Marie musste über diesen wahrscheinlich nicht neuen Streit zwischen Mutter und Tochter schmunzeln. »Kein Wunder, dass du so schlank bist«, sagte sie zu Sarah.

»Viel zu schlank«, seufzte Anna. »Die ganzen jungen Mädels sind viel zu schlank.« Sie selbst war zwar nicht dick, aber sie hatte eine gemütliche rundliche Taille, was sie sehr sympathisch machte. »Sind Sie auch Flugbegleiterin?«, wandte sie sich an Marie.

»Ich? Nein.« Marie lachte. »Ich bin Anwältin.«

»Anwältin«, wiederholte Anna. »Sind Sie mit Sarah geflogen? Haben Sie sich so kennengelernt?«

Sie ist neugierig, dachte Marie. *Sarah hat ihr nichts erzählt.* Aber was hätte sie auch erzählen sollen? Es war ja kaum geschehen, dass sie sich kennengelernt hatten. Und beide hatten sie nicht gewusst, was daraus werden würde. Wussten es immer noch nicht.

Ehrlich gesagt wusste sie auch nicht, was sie jetzt sagen sollte, aber Sarah sprang ein: »Nein, Ma, sie ist nicht mit mir geflogen. Der Regen hat mich zu ihr geschwemmt.«

Das ließ Anna überrascht verstummen.

»Sarah sollte bei einer Kollegin übernachten, und die Adresse war falsch«, erklärte Marie. »Und so stand sie plötzlich völlig durchnässt vor meiner Haustür.«

»Also sind Sie eine gute Samariterin.« Anna musterte sie auf einmal mit einem merkwürdigen Blick.

»Könnte man so sagen«, bestätigte Sarah. »Ich durfte meine Sachen bei ihr trocknen. Sie hat einen«, sie machte eine Pause und unterdrückte ein Glucksen, »tollen Trockner«, fuhr sie fort.

Marie bemühte sich verzweifelt, nicht rot zu werden. Wie konnte Sarah hier so darüber sprechen?

»Davon bin ich überzeugt«, sagte Anna. »Als Anwältin ...«

Am liebsten wäre Marie aufgesprungen und davongelaufen. Was wusste Sarahs Mutter wirklich? Was hatte Sarah ihr in der Küche erzählt? »Einen ganz normalen«, wehrte sie sich, während die Peinlichkeit sie voll erfasste. »Nichts Besonderes.«

»Ich fand schon«, wieder machte Sarah eine bedeutungsvolle Pause, »dass es etwas Besonderes war.«

Marie versteckte sich hinter ihrer Kaffeetasse, indem sie einen großen Schluck nahm.

Entweder merkte Anna, wie peinlich es Marie war, und hatte Mitleid mit ihr, oder es interessierte sie wirklich, als sie mit einem fragenden Gesichtsausdruck feststellte: »Du hast eine Menge Sachen mitgebracht.«

Auf einmal wirkte Sarah verschlossen. »Ja«, sagte sie. »Aus Ellens Wohnung.«

Ein schneller Blick von Anna traf Marie. »Wie geht es ihr?«, fragte sie gleichzeitig ihre Tochter.

»Gut, denke ich«, antwortete Sarah mit beherrschter Stimme. »Ich bin ausgezogen.«

Mit einem Stoßseufzer lehnte Anna sich in ihrem Stuhl zurück. »Na endlich!«

»Ma ...« Sarah bedachte sie mit einem warnenden Blick.

»Darf ich nicht wenigstens meine Erleichterung zeigen?«, fragte Anna. »Ich habe nie verstanden, was du an ihr gefunden hast.«

»Bitte, Ma ...«, beschwor Sarah sie fast flüsternd.

»Okay, ich sage ja schon nichts mehr. Aber heute Nacht werde ich wirklich gut schlafen.« Anna lächelte.

Marie hätte gern etwas dazu gesagt, aber das kam ihr nicht zu, also schwieg sie.

»Wann wollt ihr denn wieder zurück nach Frankfurt?«, fragte Anna. »Du hast doch keinen Urlaub, oder?« Sie schaute Sarah an.

»Nur noch bis Samstag.« Sarah nahm sich noch ein Stück Kuchen. Offenbar liebte sie Frankfurter Kranz. Deshalb hatte ihre Mutter ihn wohl auch gemacht. »Sonntag fliege ich nach LA.«

»Also waren es wieder nur ein paar Tage«, sagte ihre Mutter. »Hast du überhaupt schon mal richtig Urlaub gemacht dieses Jahr?«

»Nicht so richtig«, sagte Sarah. »Ich musste so oft einspringen, weil jemand krank war oder nicht konnte. Die Frauen mit Kindern und so.«

»Tja, und da sind dann die, die nicht verheiratet sind und keine Kinder haben, immer die Gelackmeierten.« Anna seufzte. »Also mein Traumberuf wäre das nicht.«

»Wird schon noch klappen«, sagte Sarah.

»Wie machst du das eigentlich im Urlaub?«, fragte Marie neugierig. »Fliegst du da auch weg, oder hast du dann eher genug davon?«

»Na ja, so und so.« Sarah lehnte sich zurück. »Ich bin schon öfter weggeflogen. Und es gibt auch wirklich tolle Orte, wo ich gern noch hinmöchte, aber manchmal bin ich auch einfach nur froh, zu Hause zu sein und mal ein wenig Rhythmus in mein Leben zu bekommen.« Sie lächelte Marie an. »Du weißt schon: geregeltes Essen.«

Annas Mundwinkel zuckten verdächtig, als sie den stummen Blickwechsel zwischen Sarah und Marie beobachtete. »Also, Kinder, wenn ihr wollt, könnt ihr jetzt auspacken«, sagte sie, stand auf und räumte die Teller zusammen. »Marie wird ja sicher hier schlafen, oder?«

Marie spürte, wie ihr heiß wurde. »Nein, nein«, sagte sie sofort. »Ich werde mir ein Hotel nehmen.«

»Das ist doch viel zu teuer«, sagte Anna, während sie schon aus dem Esszimmer ging. »Und Sarah hat oben doch Platz genug.«

Sarah nahm den Frankfurter Kranz vom Tisch und nickte Marie zu. »Nimmst du die Tassen?«

Sie brachten alles in die Küche, wo Anna schon den Geschirrspüler einräumte, und Sarah sagte: »Wir sind dann oben, Ma«, ging wieder hinaus und öffnete den großen Koffer. »Den wuchte ich nicht nach oben«, sagte sie. »Ich nehme die Sachen hier raus und werfe sie gleich in die Maschine.«

»Ähm, Sarah …«, sagte Marie leise. »Wegen des Hotels …«

»Du hast meine Mutter gehört.« Sarah schaute sie ernst an. »Keine Diskussion.«

»Ich nehme mir ein Zimmer«, beharrte Marie dennoch auf ihrem Vorschlag. »Das wäre dir doch auch lieber.«

Auf einmal schlich sich ein leichtes Lächeln in Sarahs Mundwinkel. »Woher willst du wissen, was mir lieber ist?«

»Ich gehe«, sagte Marie. »Dann kannst du in Ruhe das Zusammensein mit deinen Eltern genießen. Sag mir einfach Bescheid, wenn du zurückfliegen willst.«

»Bitte nicht, Marie.« Auf einmal wirkte Sarah wieder verängstigt und schüchtern. »Ich brauche dich. Bitte, bleib.«

Dem hatte Marie nichts entgegenzuhalten. Wenn Sarah sie brauchte, blieb ihr keine andere Wahl. »Aber im Haus deiner Eltern …«, versuchte sie noch einmal einen Einwand.

»In meiner Wohnung oben sind wir völlig ungestört«, versicherte Sarah. »Ich zeige sie dir gleich.« Sie ging mit einigen Kleidungsstücken in die Küche, kurz darauf begann die Waschmaschine Wasser zu ziehen, und Sarah kehrte zurück. »Komm«, sagte sie und stieg die Treppe aus der Diele hinauf.

Marie folgte ihr mit einem bangen Gefühl. Was würden Sarahs Eltern wirklich davon denken, wenn sie einfach so bei ihr übernachtete? Sie selbst wusste auch nicht so recht, was sie davon halten sollte. Auf jeden Fall würde es eine ziemliche Herausforderung werden.

»Mein Reich«, sagte Sarah, trat durch eine Tür und ließ sie für Marie offen. »Und nun bin ich wieder hier.« Sie schaute sich etwas zweifelnd um. Dann ging sie zur Tür zurück und schloss sie. Sie lehnte sich von innen dagegen und sah auf einmal nicht mehr so fröhlich aus, wie sie sich die ganze Zeit gegeben hatte.

»Leg dich doch hin«, sagte Marie und trat mit einem besorgten Blick zu ihr. »Du siehst erschöpft aus.«

»So fühle ich mich auch.« Sarahs blaue Augen hefteten sich hilfesuchend auf Marie. »Kannst du dich zu mir legen? Mich einfach nur halten?«

»Aber natürlich«, antwortete Marie, aber dennoch wanderte ihr Blick etwas skeptisch zur Tür.

Sarah verzog einen Mundwinkel. »Niemand wird kommen«, sagte sie. »Da kannst du ganz beruhigt sein.« Sie ging zum Bett und legte sich hin. »Komm«, sagte sie leise und streckte einen Arm aus.

Ich weiß nicht, ob das gutgeht, dachte Marie. Sie zweifelte nun doch sehr an ihrem Versprechen. Sarahs Geste erzeugte ein fast unerträgliches Kribbeln in ihr. Einfach nur neben ihr liegen? In diesem schmalen Bett? Und sie nur halten, nicht mehr?

Sie wollte alles für Sarah tun, wirklich alles, aber sie wusste nicht, ob das nicht doch über ihre Kräfte ging.

Vorsichtig legte sie sich neben Sarah, und obwohl sie beide angezogen waren, begann ihr Herz sofort zu rasen. Als Sarah sich dann an sie kuschelte und Marie ihren Arm um sie legte, hatte sie das Gefühl, es müsste gleich explodieren.

»Das ist so schön«, hauchte Sarah. »Es ist so schön, dich zu spüren. Dass du bei mir bist.« Sie seufzte leise. »Danke.«

Die Zärtlichkeit, die sie für Sarah empfand, überflutete Marie wie eine Welle. Ihr wurde warm, und gleichzeitig wusste sie, sie wollte Sarah nie wieder loslassen.

10

Oh, gut, dass Sie endlich da sind, Boss.« Terry flog Marie am Montagmorgen fast entgegen. »Da ist jemand, der Sie unbedingt sprechen will. In Ihrem Büro.«

»So früh schon?« Marie runzelte die Stirn. »Wer ist es denn?«

»Jemand von der Staatsanwaltschaft«, flüsterte Terry und reichte Marie ihren Tee.

»Warum flüstern Sie?« Irritiert schüttelte Marie den Kopf. »Wir haben doch öfter mit der Staatsanwaltschaft zu tun. Das ist nichts Besonderes. Allerdings«, fuhr sie nun doch etwas verwirrt fort, »kommen sie normalerweise nicht zu uns. Sie erwarten, dass wir zu ihnen kommen.«

Terry hob nur die Augenbrauen und sagte nichts mehr.

Marie ging in ihr Büro hinein und stoppte kurz, als sie erkannte, wer dort in einem Sessel saß, bevor sie zu ihrem Schreibtisch weiterging. »Was treibt dich so früh zu mir?«

»Ich bin eine Frühaufsteherin, wie du weißt.« Die Frau in dem strengen Kostüm lächelte leicht, aber das Lächeln erreichte ihre Augen nicht.

»Ich erinnere mich«, sagte Marie, legte ihre Tasche auf den Tisch und setzte sich, nahm bewusst gelassen einen Schluck von ihrem Tee. »Aber das ist schon lange her.«

»Seit wir beide Staatsanwältinnen werden wollten«, erwiderte die Frau. »Und du dich dann anders entschieden hast.«

Maries Lippen verzogen sich zu einem amüsierten Schmunzeln. »Hast du mir das immer noch nicht verziehen, Linda?«

Linda zuckte die Schultern. »Es gibt andere Dinge, die ich dir nicht verziehen habe. Das war eigentlich nur ein Kollateralschaden, vielleicht ganz gut so. Sonst hätten wir eventuell zusammenarbeiten müssen.«

»Und du arbeitest lieber gegen mich als mit mir«, stellte Marie fest. »Ist mir schon klar.« Sie überflog ein Blatt Papier, das auf ihrem Schreibtisch lag, als ob sie sich gar nicht für ihre Besucherin interessieren würde. »Aber du kommst doch nicht, um über alte Zeiten zu plaudern. Was kann ich für dich tun?«

Mit einem schadenfrohen Geräusch lachte Linda auf. »Du für mich? Ich für dich.«

Verständnislos schaute Marie sie an. »Inwiefern?«

»Du bist in Schwierigkeiten, meine Liebe«, erwiderte Linda, die offensichtlich die Situation genoss. »Hast du das noch gar nicht gemerkt?«

»Ich habe das Gefühl«, Marie schaute wieder auf das Blatt auf ihrem Tisch, »ich merke es gerade.«

»Richtig«, sagte Linda. »Das habe ich mitgebracht. Es ist dir schon klar, oder«, sie machte eine Kunstpause, »dass du als Mitglied der Rechtsanwaltskammer nicht in kriminelle Aktivitäten verstrickt sein darfst?«

»Natürlich«, sagte Marie. »Wenn das rauskommt, wird mir die Zulassung entzogen.«

Lindas Mundwinkel zuckten. »Aber vielleicht kannst du ja gar nichts dafür«, fügte sie gehässig hinzu, »bist süchtig, verfällst immer wieder in einen Kaufrausch und kannst es nicht kontrollieren.«

»Kaufrausch?« Marie schüttelte entgeistert den Kopf. »Ich?«

»Wofür brauchst du sonst so viele Kreditkarten? Und weshalb sind all deine Schulden nicht bezahlt? Ist dir das Geld ausgegangen?« Linda schlug die schlanken Beine übereinander und ließ einen eleganten Pump in der Luft wippen.

»Schulden?« Langsam kam Marie sich vor wie im falschen Film. »Wie kommst du darauf? Meine Finanzen sind in Ordnung.«

»Du gibst es also nicht zu?«, fragte Linda in einem irgendwie hinterlistigen Tonfall.

»Ich habe nichts zuzugeben.« Marie musterte sie kühl. »Du würdest doch nicht einen ganzen Fall konstruieren, um dich an mir zu rächen, oder?«

»Ich konstruiere gar nichts.« Linda lachte verächtlich. »Das tust du ganz allein.«

»Linda ...« Marie beugte sich vor und legte die Hände auf dem Tisch zusammen. »Du solltest mich besser kennen. Ich habe nicht Jura studiert, um gegen das Gesetz zu verstoßen.«

»Als wir noch studiert haben, hätte ich das auch nie gedacht«, erwiderte Linda und beugte sich ebenfalls vor, »aber wie du eben schon bemerktest: Das ist lange her.«

»Du willst mich also anklagen?«, fragte Marie ruhig. Innerlich fühlte sie sich allerdings nicht so. Sie sah das bösartige Glitzern in Lindas Augen und wusste, wozu sie fähig war.

»Ich will nicht, ich muss«, behauptete Linda. »Ich bin eine Dienerin des Staates, und es ist meine Pflicht –«

»Und dein Vergnügen«, unterbrach Marie sie. »Endlich hast du mich in der Zange.« Sie holte tief Luft. »Nun hast du deine Drohung ja abgeliefert. Würdest du mich jetzt bitte in Ruhe meinen Tee trinken lassen? Und ich habe auch sonst noch ein bisschen was zu tun.« Sie klappte ihren Laptop auf und startete ihn.

Fast hörte man, wie Linda mit den Zähnen knirschte. »Diesmal kannst du dich nicht rausreden«, zischte sie und stand auf. »Diesmal nicht.«

Sie stiefelte auf ihren hohen Absätzen zur Tür, wo sie fast mit Ingrid zusammenstieß.

»Und du ...«, fauchte Linda sie an, »mach dich auch auf was gefasst!« Ihr Abgang vermittelte das Gefühl, als flöge sie auf einem Besen davon.

»Was war das denn?«, fragte Ingrid völlig verblüfft. »Was wollte Linda hier?«

»Unsere ehemalige Kommilitonin«, Marie stieß einen Stoßseufzer aus, »hat endlich einen Weg gefunden, Rache an uns zu nehmen. Besonders an mir. Aber ich fürchte, sie will dich auch mit hineinziehen. Unsere ganze Kanzlei.« Sie wirkte besorgt.

Ingrids Stirn runzelte sich verständnislos. »Sie hatte immer etwas gegen mich. Aber ihr wart doch mal Freundinnen.«

»Nicht wirklich«, sagte Marie. »Sie konnte es nie vertragen, wenn es nicht nach ihrem Kopf ging. Das Wort Kompromiss kennt sie gar nicht. Es macht sie rasend, wenn sie einen schließen muss.« Sie schmunzelte ein wenig. »Und sie denkt, wir hatten damals etwas miteinander, du und ich. Deshalb hätte es mit mir und ihr nicht geklappt. Sie begreift nicht, dass man auch ohne Sex befreundet sein kann.«

»Ach, es wäre so viel einfacher, wenn wir ein Liebespaar wären.« Ingrid grinste. »Wir könnten unser Privatleben gleich in die Kanzlei verlegen. Aber leider«, sie seufzte, »findet mein Privatleben mit dem anderen Geschlecht statt. Und Männer haben wenig Verständnis dafür, wenn man sich mehr um seinen Beruf kümmert als um sie.«

Marie winkte ab. »Ist mit Frauen doch genauso. Ich habe zwar nie geheiratet wie du, aber ich wäre genauso geschieden.«

»Immerhin sind Mark und ich wenigstens noch Freunde«, sagte Ingrid, »was man von Linda und dir wohl nicht behaupten kann.«

»Liegt nicht an mir«, seufzte Marie. »Aber das ist Schnee von gestern. Sie will mich anklagen.« Verärgert schob sie das Blatt Ingrid zu, die es aufnahm und las.

»Was?« Sie starrte Marie an.

»Tja, wenn schon, denn schon. Linda geht immer in die Vollen.« Marie verzog das Gesicht.

»Dagegen müssen wir dringend etwas unternehmen«, sagte Ingrid und legte das Blatt zurück.

»Auf jeden Fall.« Marie nickte. »Wenn sie nur mich angreifen würde ... Aber es geht um die Kanzlei, um uns alle hier.«

»Dann werden wir alle hier gemeinsam versuchen, das abzuwehren«, erwiderte Ingrid grimmig. »Hattest du nicht mit der Kreditkartengesellschaft gesprochen? Das wolltest du doch.«

»Und habe ich auch. Gleich nachdem wir telefoniert hatten«, bestätigte Marie. »Sie waren nicht sehr einsichtig, aber wie du siehst«, sie tippte auf das Blatt, »geht es nicht nur um eine Kreditkartengesellschaft. Ich stehe da wie das organisierte Verbrechen.«

»Wie sie das bloß geschafft hat ...«, murmelte Ingrid.

»Sie kann sich richtig in eine Sache verbeißen.« Marie seufzte. »Deshalb ist sie so eine erfolgreiche Staatsanwältin. Ich glaube, niemand hat so eine gute Bilanz in Verurteilungen wie sie.«

»Dann frage ich mich, warum sie immer noch nicht Richterin ist«, sagte Ingrid.

Marie lachte trocken auf. »Dafür könnte ich dir einige Gründe nennen. Aber das ist jetzt nicht unser Problem. Wir müssen herausfinden, was da los ist, sonst gehen wir alle den Bach runter.«

»Mark hat doch da diesen Freund, diesen Privatdetektiv«, überlegte Ingrid. »Ich glaube, den könnte ich ansprechen. Er ist wirklich gut.«

Marie nickte. »Dann tu das, bitte. Wir sollten keine Minute verlieren. Linda hat ihre Nase schon in der Blutspur.«

»Irgendwoher muss das Blut ja kommen«, führte Ingrid den Gedanken weiter. »Wenn es nicht von dir ist.«

»Sicher nicht.« Marie warf ihr einen empörten Blick zu.

»Selbstverständlich. Das war nur rhetorisch gemeint«, sagte Ingrid. »Also ich werde ihn gleich anrufen, aber vorher …« Ihr Gesichtsausdruck veränderte sich. »Wie waren denn deine freien Tage? Ist Sarah noch da?«

Marie spürte, wie die Anspannung, die Linda in ihr erzeugt hatte, von ihr abfiel, und begann zu lächeln. »Nein«, sagte sie. »Sie ist jetzt in Los Angeles. Gestern habe ich sie zum Flugplatz gebracht.«

»Kaum gefunden, schon getrennt«, sagte Ingrid. »Erinnere mich daran, dass ich nie etwas mit einem Piloten anfange.«

»Werde ich.« Marie lachte.

»Und?«, fragte Ingrid. »Ist das alles?«

Marie zögerte mit der Antwort, und das allein reichte, um Ingrid misstrauisch zu machen.

»Doch nicht alles Sonnenschein?«, vermutete sie.

»Eigentlich haben wir uns ja im Regen kennengelernt«, entgegnete Marie vage.

»Du weichst aus«, stellte Ingrid fest. »Das ist kein gutes Zeichen. Ist sie nicht nur in Los Angeles, sondern ganz weg? Eine Wochenaffäre?«

»Nein.« Marie schüttelte den Kopf. »So ist es nicht. Sie kommt am Mittwoch zurück.«

»Aber das macht dich nicht hundertprozentig glücklich. Oh Marie …« Ingrid stöhnte. »Fällst du denn immer auf dieselbe Art Frau herein?«

Immer noch war Marie sich nicht sicher, ob sie einfach so mit Ingrid reden konnte, ohne Sarahs Vertrauen zu verletzen, aber mit irgendjemandem musste sie reden, und Ingrid war nun einmal ihre beste Freundin. »Sie ist nicht so«, erwiderte sie. »Sie ist die Frau, die ich … die ich am liebsten heiraten würde. Wenn ich der Typ zum Heiraten wäre.«

»Ach du lieber Himmel!« Ingrid starrte sie fast mit offenem Mund an. »So etwas habe ich ja noch nie von dir gehört.«

»Dass ich nicht der Typ zum Heiraten bin?« Marie verzog schief einen Mundwinkel.

»Nun komm, lenk nicht ab.« Ingrid setzte sich bequem in den Sessel vor Maries Schreibtisch. Sie ließ sich offensichtlich für einen längeren Plausch nieder. »Erzähl mir lieber mehr.«

»Ich war mit ihr in Hamburg«, sagte Marie. »Wir haben bei ihren Eltern übernachtet.«

Nun war Ingrid so gut wie sprachlos. »Bitte was?«

»Ja.« Marie nickte nachdenklich. »Hätte ich mir auch nie träumen lassen. Aber sie hat so ein enges Verhältnis zu ihren Eltern. Sie ist ja auch noch sehr jung«, fügte sie bekümmert hinzu.

»Ist das das Problem?«, fragte Ingrid. »Ihr Alter? Oder deins?«

»Ihre Eltern waren da sehr cool«, meinte Marie. »Sie fanden es vielleicht etwas überraschend, aber im Grunde war das kein Thema. Ihr Vater ist auch etliches älter als ihre Mutter. Wir waren wie eine Familie, gemeinsames Mittagessen, Abendessen, Kaffee und Kuchen ...« Sie lachte leicht. »Ihre Mutter kocht sehr gut. Jetzt weiß ich, woher Sarah das hat.«

»Ich bin wirklich baff«, sagte Ingrid. »Ich kennt euch gerade mal ein paar Tage, und sie schleppt dich zu ihren Eltern mit? Ist das nicht ein bisschen ... verfrüht?«

»Wir waren nur ...«, Marie zögerte, »zufällig bei ihren Eltern. Eigentlich sind wir nach Hamburg geflogen, um Sarahs Sachen aus der Wohnung ihrer Ex-Freundin zu holen.«

»Oh Marie ...« Wieder stöhnte Ingrid auf. »Wen hast du dir denn da angelacht? Du weißt doch, dass es niemals gut ist, der Rebound zu sein. Das geht schief.«

»Es ist keine Rebound-Beziehung«, widersprach Marie. »Es ist anders.«

»Tröstest du sie? Heult sie sich bei dir über ihre Ex aus? Redet ihr nur über ihre alte Beziehung, aber nicht über eure neue? Hängt sie vielleicht sogar noch an ihr?«, fragte Ingrid.

Und als Marie nicht antwortete, stellte sie fest: »Dann ist es eine Rebound-Beziehung.«

»Ich habe sie getröstet«, gab Marie zu. »Sie hat in meinem Arm gelegen und geweint. Aber sie hängt nicht an ihr, sie hat Angst vor ihr.«

»Angst?« Ingrid zog die Augenbrauen zusammen. »Ihre Ex ist gewalttätig?«

»Zumindest hat sie Sarah in der zweijährigen Beziehung unterdrückt«, sagte Marie. »Sie hat sie zu Dingen gezwungen –« Sie brach ab. »Ich würde sie am liebsten anzeigen, aber Sarah will das nicht.«

»Masochistisch veranlagt, hm?«, meinte Ingrid. »Marie, Marie, lass die Finger von ihr. Das klingt nicht gut. Überhaupt nicht gut.«

Mindestens eine Minute lang saß Marie da und starrte vor sich hin, schließlich schloss sie kurz die Augen und sah Ingrid dann etwas hilflos an. »Ich kann nicht die Finger von ihr lassen«, versuchte sie zu scherzen. »Wir schlafen ja gar nicht miteinander.«

Ingrid verzog das Gesicht. »Jetzt wird es aber wirklich schräg. Was willst du dann von ihr?«

»Es gibt mehr als Sex, Ingrid«, bemerkte Marie tadelnd.

»Wenn man sich gerade erst kennengelernt hat?«, fragte Ingrid leicht lachend. »Kaum.« Sie schüttelte den Kopf. »Bisher hatte ich den Eindruck, ihr habt – Stimmte das nicht?«

»Doch, doch. Am Anfang. Das war sogar sehr ... intensiv.« Marie fühlte, wie ihr ein wenig warm wurde, als sie sich daran erinnerte. »Aber dann ... ist etwas passiert. Und seitdem halte ich sie nur noch im Arm. Wir schlafen zusammen ein und stehen zusammen auf, aber dazwischen –«

»Kann es sein, dass nicht sie masochistisch veranlagt ist, sondern du?«, fragte Ingrid. »Bisher haben viele deiner Beziehungen – wenn man sie denn so nennen konnte – nur aus Sex bestanden, und jetzt auf einmal das Gegenteil?«

»Sie hat etwas Schlimmes erlebt«, verteidigte Marie Sarah. »Ich brauche einfach nur Geduld. Das wird schon wieder.«

»Wo du ja so ein geduldiger Mensch bist …«, zog Ingrid sie auf. »Das muss doch furchtbar hart für dich sein.«

»Ist es.« Marie nickte. »Aber ich … ich glaube … ich liebe sie.«

Ingrid gab ein trockenes Lachen von sich. »Du bist verliebt. Nach so kurzer Zeit ist man nur verliebt. Die wahre Liebe kommt später. Wenn überhaupt. Wir sind doch keine Teenager mehr, die jede Verliebtheit mit Liebe verwechseln.« Sie beugte sich vor. »Marie, wach auf, bevor es zu spät ist!«

»Ich kann nicht«, sagte Marie. »Ich kann einfach nicht. Wenn ich sie sehe, wenn ich nur an sie denke … Es ist, als würden sich alle Gedanken in meinem Kopf nur um sie drehen. Ich vermisse sie jede Sekunde. Ich warte nur darauf, dass sie zurückkommt.«

»Na, da hast du dir ja mit einer Stewardess die Richtige ausgesucht«, seufzte Ingrid. »Da kannst du viel warten.«

»Ich weiß«, sagte Marie. »Aber«, sie grinste schief, »so wird eine Beziehung nie langweilig, denkst du nicht?«

»Du bist eine erwachsene Frau.« Ingrid stand auf und schlug die Hände ineinander. »Ich habe gesagt, was ich als deine Freundin sagen musste, aber die Entscheidung liegt natürlich bei dir.«

»Wenn sie zurückkommt, werde ich sie dir vorstellen«, lächelte Marie, und ihr Lächeln wurde immer zärtlicher. »Dann wirst du deine Meinung über sie vielleicht ändern.«

»Auf jeden Fall schaue ich sie mir an«, warnte Ingrid fast. »Dessen kannst du sicher sein.«

11

Wie war der Flug?« Zum ersten Mal holte Marie Sarah am Flughafen ab und reihte sich in die Schlange derjenigen ein, denen man genau ansehen konnte, ob sie abflogen oder ankamen. Bei denen, die abgeholt wurden, lag meist ein strahlendes Lächeln auf dem Gesicht. Im Gegenzug wirkten die, die zur Arbeit mussten, eher verkniffen.

»Wie üblich«, sagte Sarah. »Ich habe dir ja ein paar Fotos geschickt.«

»Im Flieger machst du aber keine Fotos«, lächelte Marie und wuchtete Sarahs Koffer in den Wagen. »Da muss ich wohl selbst mal mitfliegen, wenn du Dienst hast, damit ich dich bei der Arbeit bewundern kann.«

Sarah lachte. »Ich bin viel in der Küche. Macht mir am meisten Spaß.«

»Warum wundert mich das jetzt nicht?«, schmunzelte Marie.

In diesem Moment bog ein Porsche in die *Kiss & Fly*-Spur ein und hielt mit quietschenden Reifen. Eine Frau in Stewardessen-Uniform stieg aus, aber der Mann im Wagen bemühte sich noch nicht einmal, ihr mit dem schweren Koffer zu helfen, den sie selbst aus dem Kofferraum heben musste.

Gerade mal, dass er die Hand hob, um ihr zuzuwinken, hing er schon am Handy und telefonierte eifrig.

»Arme Christine.« Sarah schaute ihrer Kollegin hinterher, als sie ihren Koffer durch das Drehkreuz schob, und machte ein bedauerndes Gesicht. »Sie ist verheiratet, aber was hat sie davon?« Sie warf einen Blick auf den Mann im Wagen. »Wahrscheinlich macht er seiner Geliebten gerade klar, dass er die nächsten vier Tage sturmfrei hat.«

»Vielleicht telefoniert er ja beruflich«, meinte Marie, aber ehrlich gesagt sah der Mann nicht so aus, wenn sie sein Gesicht so durch das Seitenfenster betrachtete.

»Das wäre ein Wunder.« Sarah lachte abschätzig auf. »Obwohl es sicher schlimm für sie wäre, hoffe ich, dass sie irgendwann einmal überraschend aus der Tour aussteigt und ihren untreuen Gatten inflagranti erwischt. Sie lässt sich das schon viel zu lange bieten.«

Marie dachte heimlich, dass Sarah sich ziemlich lange auch einiges hatte bieten lassen, aber sie sagte es nicht. »Und was würde dann passieren?«, fragte sie.

»Oh, sie hat ein ganz schönes Temperament!« Sarah schmunzelte ein wenig. »Die Szene kann ich mir deutlich ausmalen und auch die anschließende Scheidung. Dann muss er blechen. Er fährt nicht umsonst einen Porsche.«

»Geht es vielen deiner Kolleginnen so?«, fragte Marie, nachdem sie eingestiegen waren und sie nach hinten schaute, um aus der Schlange auszuscheren.

»Dass sie reiche Männer haben?«, fragte Sarah. »Das kommt öfter vor. Die Männer fliegen mit uns und finden uns eben ... attraktiv in den Uniformen, oft sind sie vielbeschäftige Geschäftsleute und verbringen viel Zeit im Flieger, da ergibt sich dann so einiges.«

Marie lächelte sie an. »Außerdem seid ihr nicht nur wegen eurer Uniformen attraktiv. Ich habe noch nie eine hässliche Stewardess gesehen.«

»Das gehört zum Job.« Sarah zuckte die Schultern. »Ist aber nicht wichtig.«

»Da könnte man unter Umständen anderer Meinung sein.« Mit einem schnellen Seitenblick musterte Marie Sarah, konzentrierte sich dann aber wieder auf die Straße. »Obwohl ich natürlich nicht den Männern das Wort reden will, die nur auf Äußerlichkeiten stehen.«

»Geht es dir denn um meine inneren Werte?«, fragte Sarah, und ihre Stimme klang irgendwie merkwürdig.

Vor ihrem Abflug hatten sie noch geflirtet über den Chat, und Marie wunderte sich, was Sarahs Stimmungsumschwung verursacht haben konnte. »Bezweifelst du das?«, fragte sie.

»Es ist nur immer wieder –« Sarah schaute zum Seitenfenster hinaus. »Immer wieder dasselbe«, setzte sie fort. »Ich sehe das bei meinen Kolleginnen schon seit Jahren. Es geht nur eine Weile gut. Nach einiger Zeit, oft schon sehr schnell, wenn sie nicht ständig greifbar sind, sucht er sich eine andere. Oder viele andere.«

»Jetzt schlägst du auch noch in die Kerbe«, bemerkte Marie aufseufzend. »Mir reicht es schon, wenn Ingrid das tut.«

»Ingrid? Deine Geschäftspartnerin Ingrid?« Sarah wandte ihr das Gesicht zu. »Oder ist sie mehr als das?«

Marie runzelte die Stirn und fuhr bei der nächsten Gelegenheit an den Straßenrand. Sie hielt an und stellte den Motor ab. »Was ist los, Sarah?«

Sarah blickte wieder zum Seitenfenster hinaus. »Vielleicht hat mich die Szene mit Christines Mann nur daran erinnert, dass ich mir etwas vormache.«

»Zuerst einmal«, setzte Marie an, »Ingrid ist hetero. Sie war verheiratet, ist geschieden, trifft sich nur mit Männern. Das hindert uns aber nicht daran, schon seit fast fünfzehn Jahren Freundinnen zu sein.« An Sarahs Reaktion merkte sie sofort, dass sie das nicht wirklich interessierte. Sie hing weiter ihren Gedanken nach. »Was ist denn?«, fragte Marie leise und beugte sich zu ihr. »Was hast du, mein süßer Engel? Vor deinem Abflug in LA war doch noch alles in Ordnung. Ich habe mich darauf gefreut, dass du zurückkommst, du hast dich darauf gefreut, wieder in Frankfurt zu sein … Wir haben Pläne gemacht.«

Sarah nickte langsam. »Vielleicht war das ein Fehler.«

Marie wurde ganz kalt. »Wie meinst du das: Fehler?«

Auf einmal schaute Sarah sie direkt an. »Es geht alles viel zu schnell. Es sind Dinge passiert, die …«, sie schluckte,

»die ich noch nicht verarbeitet habe. Und ich will dich nicht damit belasten.«

»Du belastest mich doch nicht.« Marie starrte sie erschrocken an. »Ich will dir helfen.«

»Das ist es ja eben«, sagte Sarah. »Du bist viel zu hilfsbereit. Ich habe das Gefühl, dass ich dich ausnutze. Und das will ich nicht.«

Marie wusste nicht mehr, was sie sagen sollte. Sarah wirkte ernst und gefasst, und in ihren blauen Augen stand Distanz, keine Nähe. »Sarah ...«, flüsterte sie. »Was ... was ... was willst du tun?«

Als ob sie sich erst dazu überwinden müsste, etwas zu sagen, blieb Sarah eine ganze Weile stumm. »Saskia hat mir ihre richtige Adresse gegeben«, sagte sie dann. »Ich kann bei ihr übernachten, wenn ich in Frankfurt bin.«

Kalte Finger griffen nach Maries Herzen. Sie hatte das Gefühl, sie wäre gerade in einen Eis-See gefallen.

»Es tut mir leid«, fuhr Sarah fort, »aber ich brauche einfach ein wenig Zeit für mich. Ich muss allein sein. Es war falsch von mir, mich gleich wieder in eine Beziehung zu stürzen, Pläne zu machen. Das ist unfair dir gegenüber, denn ich weiß nicht –«

»Ob ich nur eine Rebound-Freundin bin«, setzte Marie tonlos fort.

Sarah nickte. »Das auch. Und ich will dir nicht zumuten ... ich meine ...« Ihre Stimme wurde weich. »Ich sehe doch, wie du jetzt schon darunter leidest, dass wir keinen Sex haben. Und ich weiß nicht, wann ich – « Sie atmete tief durch. »Du verstehst doch, was ich sagen will?«

»Wir müssen keinen Sex haben«, wisperte Marie. »Das ist nicht so wichtig.«

»Ich finde, schon«, sagte Sarah. »Und ich weiß wirklich nicht, wann ich wieder dazu bereit sein werde. Ich brauche Zeit für mich allein. Ohne Druck. Ohne Ansprüche. Ohne

Erwartungen.« Sie schluckte. »Ohne das Gefühl zu haben, dass ich dir ständig wehtue, dass ich dich ständig enttäusche.«

»Das tust du nicht«, erwiderte Marie. »Bitte, glaub mir das doch. Das ist alles kein Problem. Wir schaffen das. Zusammen.« Sie griff nach Sarahs Hand.

Doch Sarah entzog sie ihr. »Es nützt nichts, wenn du allein das glaubst«, sagte sie. »Ich muss es auch glauben. Und das tue ich nicht. Im Moment.«

»Das heißt, ich kann dich nicht überzeugen?«

Sarah schüttelte den Kopf.

Tief atmete Marie durch. »Und was denkst du, was ich solange tun soll?«, fragte sie leise. »Wenn ich nicht bei dir sein darf, du nicht bei mir bist?«

»Ehrlich?«, fragte Sarah. »Such dir eine andere. Keine Stewardess, die auch noch Altlasten mit sich schleppt. Eine nette Anwältin vielleicht. Die Sex liebt.« Sie schaute Marie ernst an. »Der Sex mit dir war toll. Jede andere Frau wird das genauso schön finden wie ich es gefunden habe.«

Marie lehnte sich erschüttert in den Fahrersitz zurück. »Ich will aber keine andere Frau, Sarah«, sagte sie. »Ich will dich.«

»Ich weiß«, entgegnete Sarah. »Aber ich kann dir im Moment nicht das geben, was du willst.«

»Ich kann warten.« Marie drehte den Kopf zu ihr und schaute sie an. »Das ist wirklich kein Problem für mich, glaub mir. Ich arbeite so viel, und du bist viel unterwegs – wir würden uns auch unter normalen Umständen viel seltener sehen als andere Paare.«

»Es ist aber nicht dasselbe«, sagte Sarah. »Ich werde nach Hamburg fliegen, zu meinen Eltern. Ich werde versuchen, Urlaub zu bekommen, damit ich über alles nachdenken kann.«

Marie hatte das Gefühl, als wäre gerade eine Höhle über ihr zusammengebrochen, in der sie sich sicher geglaubt hatte. Die Felsbrocken hatten sie unter sich begraben und schnürten ihr die Luft ab. Sie konnte kaum mehr atmen.

»Du willst also jetzt gleich nach Hamburg weiterfliegen?«, fragte sie heiser.

Sarah nickte kaum sichtbar. »Ich glaube, das wäre das Beste.«

Marie dachte, sie könnte sich nicht rühren, nicht fahren, aber endlich schaffte sie es doch, ihre Arme zu bewegen, den Wagen zu starten und umzudrehen, um zum Flughafen zurückzukehren.

Es war fast wie ein Déjà-vu, als Sarah mit ihrem Koffer wieder dahin verschwand, woher sie gekommen war. Diesmal drehte sie sich jedoch nicht um, um zu winken.

Verzweifelt versuchte Marie, ihre Gestalt so weit wie möglich zu verfolgen, aber nach kurzer Zeit hatte sie sie bereits auf dem Betriebsgelände aus den Augen verloren.

12

Na, wann lerne ich denn Sarah nun endlich mal kennen?«, begrüßte Ingrid sie später im Büro. »Oder willst du sie vor mir verstecken?« Sie lachte etwas. »Wir haben doch demnächst dieses Kanzleipicknick –«

»Sie wird nicht da sein«, unterbrach Marie sie brummend und ließ sie einfach stehen. »Sie ist in Hamburg.«

»Ach du je.« Ingrid tauschte einen bedeutungsvollen Blick mit Terry. »Ich habe mich schon gewundert, dass du schon wieder da bist. Du wolltest heute Nachmittag doch zu Hause bleiben.«

»Hat sich erledigt«, entgegnete Marie knapp.

Wieder tauschten die Beiden einen Blick, und diesmal bekam Marie ihn mit. »Hört auf, mit den Augen zu rollen oder mich aushorchen zu wollen. Habt ihr nichts zu tun?« Sie blitzte Terry an. »Was war mit dieser neuen Mandantin, die mich sprechen wollte?«

»Ähm, Boss, Sie wollten doch nicht –« Terry sah leicht überfordert aus.

»Ich will«, verkündete Marie scharf. »Rufen Sie sie an. Sofort!«

»Okay, Boss, alles klar.« Terry verzog sich zur Telefonanlage.

»Marie.« Ingrid schaute sie strafend an. »Was immer auch passiert ist, Terry kann nichts dafür, und ich auch nicht. Also lass das nicht an uns aus.«

»Ich lasse nichts an niemandem aus«, behauptete Marie abweisend. »Ich will nur meine Arbeit tun.« Sie funkelte Ingrid an. »Ungestört.«

»Darüber reden wir noch«, sagte Ingrid. »Wenn du dich beruhigt hast.« Sie hob die Augenbrauen und ging in ihr Büro.

Marie hatte gedacht, es wäre einfacher, wenn sie zur Arbeit ginge statt zu Hause herumzusitzen und zu brüten, aber als sie sich an ihren Schreibtisch setzte, brach sie innerlich fast zusammen.

Wie konnte das geschehen? fragte sie sich. *Was habe ich falschgemacht?*

Diese Frage hatte sie sich selten gestellt, weil sie gar nicht an einer längeren Beziehung interessiert gewesen war, aber nun drängte sie sich ihr auf.

Dieser blöde Idiot mit dem Porsche! Ihre Lippen pressten sich zusammen. Hätte sie sich doch nur seine Nummer gemerkt. Dann könnte sie jetzt herausfinden, wo er wohnte, hinfahren und ihm den Kiefer brechen. Oder seinen Porsche zertrümmern.

Sie wusste, dass das auch keine Lösung war, aber es hätte ihr erlaubt, die Hilflosigkeit, die sie empfand, zu kanalisieren. Ihre Hände ballten sich zu Fäusten. Warum nur, warum?

Sarah und sie hatten gerade erst angefangen sich kennenzulernen, und nun war es vorbei? Einfach so?

Oder gab es noch Hoffnung? Sie schüttelte abwesend den Kopf. Mandanten konnte sie meistens ganz gut einschätzen. Sie wusste, was sie tun oder was sie nicht tun würden, wie sie sie leiten konnte. Das war jahrelange Erfahrung und auch Menschenkenntnis. Im privaten Bereich hatte dieser Radar jedoch so gut wie immer versagt. Und Sarah – Sarah war ein besonders privater Fall.

Langsam verwandelte ihre Wut sich in Trauer. Sie fühlte sich leer und ausgebrannt. Was sollte sie nur tun? Sie hatte sich so sehr auf Sarah gefreut, dass ihr nun plötzlich der Sinn fehlte. Ihre Umgebung empfand sie wie eine leere, nutzlose Hülle, selbst hier im Büro, wo Sarah nie gewesen war.

Vor dem heutigen Morgen war ihr nicht bewusst gewesen, wie sehr Sarah in der kurzen Zeit zu ihrer Welt geworden war. Sie hatte etwas in ihr ausgefüllt, von dem sie zuvor nicht einmal gewusst hatte, dass es gefüllt werden musste. Sie hatte immer gedacht, ihr Beruf wäre das Wichtigste in ihrem Leben, dass sie nichts anderes brauchte, ein bisschen Sex ab und zu vielleicht. Sie war eigentlich ganz zufrieden gewesen.

Das alles hatte Sarah durcheinandergebracht. Sie hatte es geschafft, dass Marie sich für einen Menschen verantwortlich fühlte, wie sie es zuvor nie getan hatte. Sie hatte sich immer aus dem Leben anderer herausgehalten, so wie sie auch erwartete, dass sie sich aus ihrem heraushielten. Vor Gericht hatte sie einfach schon zu viel gesehen, als dass sie noch an das Gute im Menschen glaubte.

Wohin hatte sie das geführt? In die Einsamkeit? Solange sie nicht darüber nachgedacht hatte, hatte dieses Wort nicht zu ihrem Wortschatz gehört. Auf einmal tat es das.

Es ist verrückt, dachte sie. *Vor gut zwei Wochen wusste ich noch nicht einmal, dass sie existiert.*

Sarah hatte ihr Leben verändert, einfach nur dadurch, dass sie aufgetaucht war. Es war, als hätte die Sonne an einem grauen Tag die Wolken durchstoßen, und plötzlich war alles in helle Farben getaucht. Die Blumen dufteten berauschender, die Vögel zwitscherten fröhlicher, selbst Pflastersteine schienen auf einmal wie Diamanten zu funkeln.

Und nun hatte sich die Wolkendecke wieder zusammengezogen, und die Sonne war verschwunden.

Marie wusste, dass sie immer noch da war, dass sie dort über den Wolken auf eine Gelegenheit wartete, aber sie konnte sie nicht sehen, ihre Wärme nicht spüren, die Farben nicht leuchten lassen.

Vielleicht war Sarah auch nicht für immer verschwunden. Sie hatte gesagt, sie brauchte ein wenig Zeit für sich, und das hieß, irgendwann einmal konnte diese Zeit vorbei sein und sie wieder auftauchen.

Für Marie war es wie ein Weltuntergang gewesen, aber was, wenn es nur wie ein Regenschauer war? Der Regen hatte sie zusammengeführt, er hatte das Glück nicht vertrieben, sondern ihm eine Chance gegeben. Hätte die Sonne geschienen, als Sarah die Wohnung ihrer Kollegin suchte, wäre sie nie mit Marie ins Haus gekommen. Es hätte gar kein Grund dazu bestanden.

Also konnte Regen etwas Gutes sein. Wolken konnten etwas Gutes sein. Sie waren nicht einfach nur grau, sie hatten zwei Seiten. Wenn man mit einem Flugzeug aufstieg, durch sie hindurchflog und dann oben war auf der anderen Seite, waren sie wie ein weißer Watteteppich, und die Sonne blendete in den Augen.

Sie musste Sarah die Zeit geben, die sie brauchte, dann würde sich vielleicht alles wieder einrenken. Langsam zuckten ihre Mundwinkel, weil sie sich heben wollten.

Marie erlaubte es noch nicht, aber der Schock, Sarah verloren zu haben, ließ fühlbar nach. Sie hatte sie verloren, ja, aber nur für den Moment. Sie musste nur Geduld haben.

Doch das – da hatte Ingrid Recht – war nicht ihre große Stärke.

Sie seufzte. Ihre Finger zitterten, weil sie Sarahs Nummer wählen wollte, sie sehen, mit ihr sprechen wollte. Aber sie unterdrückte den Drang.

»Terry!«, rief sie. »Was ist nun mit dieser Mandantin?«

»Ich habe sie noch nicht erreicht.« Terry trat vorsichtig in ihr Büro, als hätte sie das Gefühl, gleich könnte hier eine Bombe explodieren. »Nur ihren Anrufbeantworter. Aber ich habe eine Nachricht hinterlassen.«

»Gut.« Marie nickte. »Vielleicht meldet sie sich.« Sie sah deutlich, wie Terry aufatmete. »Es tut mir leid, Terry«, entschuldigte sie sich. »Es war nicht richtig von mir, wie ich Sie vorhin angefaucht habe.«

Terry lächelte. »Schon gut, Boss. Wir haben alle mal unsere schlechten Tage.«

»Hoffentlich haben Sie Recht«, seufzte Marie, »und es sind nur Tage.« Dabei dachte sie jedoch nicht an Terry, sondern an Sarah. Sie stand auf. »Ich glaube, ich muss mich noch bei jemandem entschuldigen. Bringen Sie mir vielleicht einen Kaffee?«

»Kaffee?« Terry stutzte. »Nicht Tee?«

»Nein, Kaffee«, bestätigte Marie. »Man muss auch mal etwas an seinen Gewohnheiten ändern, sonst rostet man ein.«

»Was Sie nicht sagen, Boss«, grinste Terry. »Sie meinten doch immer, Routine und strukturierte Abläufe erleichterten das Leben.«

»Tun sie auch«, nickte Marie lächelnd. »Aber sie können es auch ziemlich langweilig machen, finden Sie nicht?« Sie ging an der leicht erstaunten Terry vorbei hinaus aus ihrem Büro.

»Ingrid?« Ein paar Sekunden später klopfte sie leicht an den Türrahmen von Ingrids Zimmer. »Kann ich dich sprechen?«

Ingrid blickte auf. »Hast du dich beruhigt?«

»Nicht wirklich«, sagte Marie, ging zu dem Besucherstuhl vor Ingrids Schreibtisch und setzte sich hinein. »Aber doch weit genug, um mich zu entschuldigen. Mein Verhalten war unangemessen. Ich hoffe, du verzeihst mir.«

»Kein Problem«, sagte Ingrid. Sie war kein nachtragender Typ. »Sarah ist also nicht gekommen?« Ihre Augenbrauen hoben sich mitfühlend.

»Doch.« Marie atmete tief durch. »Aber gleich wieder abgeflogen.«

»Habt ihr euch gestritten?«, fragte Ingrid.

Marie schüttelte den Kopf. »Nein. Ich habe sie abgeholt, wir saßen schon im Auto, waren auf dem Weg zu meiner Wohnung, da plötzlich –« Sie unterbrach sich kurz, weil sie schlucken musste. »Da plötzlich«, nahm sie den Faden wieder auf, »fiel ihr ein, dass sie vielleicht etwas Zeit für sich allein braucht.«

Ingrid antwortete nicht sofort, sondern schien zu überlegen. »Das ist doch verständlich, oder nicht?«, sagte sie dann. »Du warst frei wie ein Vogel, als ihr euch kennenlerntet, aber sie ...?«

»Stimmt schon.« Auch wenn es ihr wehtat, darüber nachzudenken, aber Marie wusste, dass sie sich auf Ingrids Freundschaft verlassen und über alles mit ihr reden konnte. Sie würde sie nicht im Stich lassen. »Es ging alles so ... schnell. Das hat sie auch gesagt.«

»Und da kann ich ihr nur zustimmen«, meinte Ingrid. »Für dich sieht das natürlich etwas anders aus, aber objektiv betrachtet –«

»Objektiv betrachtet ist Hals über Kopf nie gut«, seufzte Marie. »Was ich meinen Mandaten auch immer sage, aber in diesem Fall –«

Ingrid lachte verständnisvoll. »In diesem Fall geht es nicht um eine Mandantin.«

»Nein.« Marie blickte nachdenklich zu Boden. »Was denkst du?« Sie hob den Kopf und schaute Ingrid an. »Habe ich mich wie eine Idiotin benommen?«

Ingrid schmunzelte. »Du hast dich wie eine verliebte Frau benommen.« Ihr Schmunzeln wurde noch amüsierter. »Was manchmal nicht so leicht voneinander zu unterscheiden ist.«

»Ich bin Anwältin«, sagte Marie. »Ich wäge Pro und Kontra immer gut gegeneinander ab, berechne die Chancen zu gewinnen oder zu verlieren, versuche so viel zu recherchieren wie möglich, damit ich gut vorbereitet bin. Aber auf alles, was mit Sarah passiert ist, war ich nicht vorbereitet.«

»Weil du dich die letzten Jahre immer darum gedrückt hast, dich damit zu beschäftigen. Dein ganzes Leben lang eigentlich, oder?«

»War vielleicht nicht die schlechteste Entscheidung«, murmelte Marie.

»Glaubst du wirklich?« Ingrid musterte sie mit einem zweifelnden Blick.

Ratlos strich Marie sich mit den Fingern über die Stirn. »Ich weiß es nicht, Ingrid. Ich weiß es einfach nicht. Ich dachte, wenn ich mich aus allem raushalte –«

»Wirst du nicht verletzt«, vollendete Ingrid den Satz nickend. »Aber Gefühle –«

»Lassen sich nicht befehlen.« Marie holte tief Luft. »Sarah ist so plötzlich in mein Leben getreten, dass sie mich quasi völlig überrumpelt hat. Ich konnte mich nicht vorbereiten, ich konnte nur noch reagieren.«

Ingrids Mundwinkel zuckten heftig. »Es gab bestimmt einige Sachen, bei denen du ziemlich gern reagiert hast.«

»Gebe ich zu«, sagte Marie und versuchte die Erinnerungen, die sie gerade wieder fast dazu brachten, rot zu werden, zurückzudrängen. »Es war wunderschön.« Ihre Stimme klang leise und weich.

»Heute war es wohl nicht so schön«, erwiderte Ingrid, »aber wenn Sarah nichts weiter gesagt hat, als dass sie Zeit braucht, dann ist das doch nicht das Ende der Welt. Sie hat schlimme Dinge erlebt, und auch wenn das nicht mit dir war, kann sie nicht einfach so gleich wieder zur Tagesordnung übergehen.«

»Das weiß ich ja.« Marie stöhnte und stützte ihren Kopf in die Hände. »Aber ich möchte so gern bei ihr sein. Ich möchte, dass sie bei mir ist. Ich könnte ihr doch helfen. Ich würde sie in jeder Hinsicht unterstützen.«

»Anscheinend ist das im Moment nicht das, was sie will«, stellte Ingrid fest. »Das musst du respektieren.«

»Natürlich. Das tue ich ja auch.« Marie schaute Ingrid niedergeschlagen an. »Aber reicht das? Wird sie zurückkommen?«

Ingrid zuckte die Schultern. »Das kann dir niemand sagen. Wahrscheinlich noch nicht einmal Sarah. Aber das, was ihr hattet, ist auf jeden Fall nicht verloren. Und es wirkt nach. Bei dir wie bei ihr.«

»Soll mir das jetzt ein Trost sein?« Marie legte den Kopf zurück und atmete tief durch.

»Mehr habe ich leider nicht zu bieten«, sagte Ingrid. »Außer meiner eigenen Erfahrung mit Mark. Manchmal braucht es seine Zeit, aber wir sind jetzt wieder gute Freunde.«

»Gute Freunde!« Marie lachte hoffnungslos auf.

»Ja, ich weiß, das ist nicht das, was du willst«, nickte Ingrid. »Aber ich habe ja auch nicht gesagt, dass es so sein muss. Mark und ich waren jahrelang verheiratet, ihr kennt euch erst ein paar Wochen. Das ist anders.«

»Vielleicht sollte ich mir die Jahre sparen und gleich zu Freundschaft übergehen«, bemerkte Marie schicksalsergeben.

»Warte doch erst mal ab«, schlug Ingrid vor. »Morgen ist auch noch ein Tag. Und übrigens«, fuhr sie fort. »Apropos Mark. Beziehungsweise sein Freund, der Privatdetektiv.«

Marie horchte auf. »Ja?«

»Wusstest du, dass Britt und Linda sich kennen?«

»Wie bitte?« Marie riss erstaunt die Augen auf.

»Genau«, nickte Ingrid. »Die Beiden sind doch immer wieder für eine Überraschung gut. Jede für sich allein, und nun auch noch zusammen.«

»Das heißt also, sie haben das gemeinsam ausgeheckt?«

Ingrid zuckte die Schultern. »Das konnte Thomas noch nicht sagen, aber er bleibt dran.«

»Die Wahrscheinlichkeit ist ziemlich hoch, oder?« Marie knabberte nachdenklich an ihrer Unterlippe.

»Würde ich auch sagen.« Ingrid lächelte sie an. »Siehst du? Es gibt immer wieder einen Silberstreif am Horizont.«

»Na, wenigstens etwas.« Marie stand auf. »Britt stand ja schon immer mit einem Bein im Gefängnis, das macht ihr wahrscheinlich gar nichts aus, aber wenn Linda sich so etwas hat zuschulden kommen lassen, ist ihre Karriere geliefert. Das wäre eine Katastrophe für sie.«

»Deshalb bin ich auch nicht so ganz sicher, ob das überhaupt sein kann«, sagte Ingrid. »Ich kenne sie zwar nicht so gut wie du, aber Karriere war doch immer ihr Ein und Alles. Ob sie das gefährden würde?«

»Vielleicht ist sie sauer, weil sie immer noch nicht Richterin ist«, vermutete Marie. »Wenn sie das nicht sein kann, ist ihr vielleicht alles egal.«

»Zu viele Vielleichts«, sagte Ingrid. »Mit solchen Spekulationen würden wir nie vor Gericht gehen.«

»Linda eventuell schon.« Maries Lippen kräuselten sich skeptisch. »Sie hat sich mehr als einmal blindwütig in irgendwelche unhaltbaren Behauptungen gestürzt. Gegen mich hat sie damit immer verloren.«

»Da sie ansonsten immer eine ziemlich gute Verurteilungsbilanz hatte, könntest du der Grund für dieses irrationale Verhalten gewesen sein. Sie hat sich in den Fällen, in denen sie gegen dich antreten musste, zu etwas hinreißen lassen, das sie sonst nie getan hat. Deinetwegen. Und das …«, Ingrid zögerte, »könnte sie zusätzlich wütend auf dich gemacht haben«, befürchtete sie.

»Könnte«, sagte Marie. »Ich traue ihr jedenfalls eine ganze Menge zu, wenn es darum geht, dass sie etwas unbedingt will und immer wieder daran gehindert wird, es zu bekommen.«

»Na, dann bin ich jetzt ja mal gespannt, was Thomas noch herausfindet«, erwiderte Ingrid etwas grimmig lächelnd. »Linda die Große wird sich vielleicht noch wundern.«

13

In den nächsten Tagen bemühte sich Marie, sich einen Anschein von Normalität zu geben. Die neue Mandantin gab ihr einiges zu tun, und auch wenn es ein Scheidungsfall war, den sie eigentlich gar nicht hatte annehmen wollen, weil sie ihre Mandantin für eine Goldgräberin hielt, die sich einen reichen Mann geangelt hatte, damit sie für den Rest ihres Lebens keinen Finger mehr rühren musste, war sie froh über die Ablenkung.

Das Wochenende nahte und ging vorbei, ohne dass sie etwas von Sarah gehört hatte. Sie hatte versucht, ihre Erwartungen herunterzuschrauben, gar keine Erwartungen zu haben, aber als sie am Sonntag in der Küche saß und den Brotkorb sah, den Sarah gekauft hatte, wären ihr fast die Tränen gekommen.

Sie stellte ihn in den Schrank und aß ihre Brötchen einfach aus der Tüte.

Teilnahmslos räumte sie den Tisch ab, spülte das Geschirr, nahm sich einen neuen Tee und setzte sich auf die Couch. Im Fernsehen kam nichts wirklich Interessantes, so dass sie nach einigem Herumzappen bei einer Krimiserie hängenblieb. Immer wieder fiel ihr Blick auf ihr Handy, doch das blieb weiterhin stumm.

In der Nacht wälzte sie sich hin und her. Sie träumte unzusammenhängendes Zeug, kickte die Bettdecke von sich, nur um sie im nächsten Moment wieder über sich zu ziehen.

Als der Wecker endlich klingelte, stand sie wie gerädert auf, wankte unter die kalte Dusche und versuchte so den Schlaf aus ihren Knochen zu vertreiben.

Auch wenn der Sonntag für sie wie ein Arbeitstag war, spürte sie doch, dass die Wochenenden am schwierigsten sein würden. Es gab praktisch keine Anrufe, keine Mandanten, die sie mit ihren kleineren und größeren Wehwehchen am Laufen hielten, keine Terry und keine Ingrid. Sie war ganz auf sich selbst zurückgeworfen.

Vielleicht sollte sie sich ein Hobby suchen, das sie am Wochenende ausüben konnte. Etwas, das sie so beschäftigte, dass es sie von ihren trüben Gedanken ablenkte.

Nun, da das Wochenende vorbei war, war sie geradezu dankbar für ihre Goldgräber-Mandantin, mit der sie gleich einen Termin haben würde. Der gegnerische Anwalt wollte mit ihrem Mann vorbeikommen, um die Aufteilung der gemeinsamen Güter zu besprechen. Anscheinend ging es dabei auch um ein Ferienhaus, das sie beide haben wollten.

Marie fragte sich immer wieder, wie man so an einem Haus oder einer Wohnung hängen konnte, dass man derartig darum kämpfte. Sie selbst empfand keinerlei Sentimentalität für ihre Wohnung oder für frühere Wohnungen, in denen sie gelebt hatte. Sie hätte sie jederzeit verlassen und keinen Blick mehr zurückgeworfen.

Aber meistens waren diese Art Streitigkeiten ohnehin nur ein Ersatzkriegsschauplatz. Die Menschen, die sich einmal auf die eine oder andere Art nahegewesen waren, wollten sich lediglich gegenseitig verletzen, es dem anderen heimzahlen, was immer er oder sie ihnen auch angetan haben mochte. Selbst wenn sie es sich nur einbildeten.

Immer, wenn Marie diese Auseinandersetzungen mitbekommen hatte, war sie froh gewesen, dass sie weder verheiratet noch fest gebunden war. Man machte sich doch nur etwas vor. Glückliche Beziehungen waren eine Illusion. Meistens hielten sie nur solange an, wie die sexuelle Anziehungskraft bestand. Es gab Untersuchungen dazu, dass diese Art von Anziehungskraft nach einem Jahr erheblich nachließ und nach spätestens zwei Jahren völlig verschwunden war. Dann trennten sich viele Paare, weil sie einfach nichts anderes hatten, was sie verband. Wozu sollte man da also überhaupt heiraten?

Es stimmte, was Marie zu Ingrid gesagt hatte: Sie war nicht der Typ zum Heiraten, nie gewesen. Das schlechteste Vorbild waren ihre Eltern, aber viele andere Paare standen ihnen in nichts nach. Es lohnte sich einfach nicht.

Das einzige, wozu diese Art von falscher Verbindung führte, war genau das, was sie jetzt bei ihrer Mandantin und deren Mann sah: Es war sehr aufwändig und teuer, sich wieder scheiden zu lassen, wenn es vorbei war. Man sollte sich vorher überlegen, ob man sich das nicht ersparen wollte. Ein, zwei Jahre, wenn man Spaß aneinander hatte, und dann auf zu neuen Ufern, ohne Bedauern, ohne zurückzublicken. Auf das Papier konnte man verzichten.

Obwohl das ihre Lebensphilosophie war, die sie lange Zeit nicht in Frage gestellt hatte, wusste sie genau, dass Sarah nicht hineinpasste. Für sie hatte sie ganz andere Gefühle. Sie war selbst überrascht gewesen, als sie das in ihrem Gespräch mit Ingrid erkannte.

Sarah war nicht nur in ihr Leben geregnet, sie hatte es auch verändert. Sie hatte ihm einen Sinn außerhalb der Kanzlei und ihrer Aktenberge gegeben. Sie hatte das Private wieder wahrnehmbar gemacht.

Die Besprechung wegen der Scheidung war genauso unerfreulich, wie sie sich das schon vorgestellt hatte. Ihre Mandantin machte sehr deutlich, dass sie nicht die geringste Absicht hatte, auf auch nur ein Jota von dem zu verzichten, was sie sich – wie Marie es heimlich nannte – erschlafen hatte, und der Mann, der sie offenbar gegen ein jüngeres Modell austauschen wollte, war noch unsympathischer als sie.

Sie kamen zu keinerlei Ergebnis. Eine einvernehmliche Scheidung würde das nicht werden.

»Das war's dann wohl, Frau Kollegin«, sagte der gegnerische Anwalt, nachdem ihre Mandantschaft schon abgerauscht war und er nur noch seine Notizen in seinem Aktenkoffer verstaute. »Da werden wir uns vor Gericht noch ganz schön streiten müssen.«

»Sehe ich auch so, Herr Kollege.« Marie hob die Augenbrauen. »Es sei denn, Sie können Ihren Mandanten doch noch davon überzeugen, das Haus abzugeben.«

»Niemals«, sagte er. »Er weiß genau, dass seine Frau es unbedingt will. Und das wird er ihr nicht gönnen.«

»Es sind doch nur Dinge.« Marie schüttelte den Kopf.

Er lachte. »Es sind Symbole«, sagte er. »Das wissen Sie doch.«

Marie nickte. »Ja, ich weiß.«

Er reichte ihr die Hand. »Dann sehen wir uns vor Gericht.«

Sie drückte seine Hand kurz und ließ sie dann los. »Das ist wohl unvermeidbar.«

»Ach …« Er drehte sich noch einmal um, bevor er den Konferenzraum verließ. »Das Kanzleipicknick ist doch demnächst. Wird es da Kinderbetreuung geben? Meine Frau fragt danach.«

Marie zuckte die Schultern. »Keine Ahnung. Aber meine Assistentin wird das wahrscheinlich wissen. Fragen Sie sie doch einfach.«

»Okay, danke«, sagte er und verabschiedete sich endgültig.

Das Kanzleipicknick betraf nicht nur Ingrids und Maries Kanzlei, sondern es vereinte verschiedene Kanzleien, die sich auf manchen Gebieten die Arbeit teilten. Die einen machten nur Strafrecht, die anderen nur Familienrecht, und wurden Fälle aus dem Fachgebiet der anderen an die Kanzleien herangetragen, vermittelten sie die Mandanten an die entsprechende Fachkanzlei. Einmal im Jahr trafen sie sich und tauschten sich aus.

Es war ein lockeres Beisammensein, und einmal hatte das für Marie sogar in einem One-Night-Stand geendet, den sie heute noch bereute. Deshalb hatte sie sich vorgenommen, das nie wieder zu tun. Man sollte Berufliches und Privates möglichst auseinanderhalten.

Aber selbst wenn man das tat, konnte es schiefgehen. Sarah und sie hatten völlig verschiedene Berufe, und dennoch –

Sie begab sich durchatmend in ihr Büro zurück. Für heute hatte sie genug von Streitereien. Sie würde sich nur noch in ihre Akten versenken.

Das hatte sie für eine ganze Weile getan, als ihr Handy sich meldete. Sie schreckte hoch, weil sie sofort an Sarah dachte, aber die angezeigte Nummer war ihr unbekannt.

Sie überlegte, ob sie überhaupt abnehmen sollte, aber dann tat sie es doch.

»Hallo Marie, hier ist Anna«, meldete sich eine angenehme Stimme.

Marie fühlte sich für einen Sekundenbruchteil unfähig zu antworten, aber dann räusperte sie sich und sagte, während sich ein mulmiges Gefühl in ihren Eingeweiden breitmachte: »Anna? Was kann ich für dich tun?« Zum Abschluss ihres Besuches in Hamburg hatte sie sich mit Sarahs Eltern geduzt, weil sie ihr das angeboten hatten.

»Ich rufe wegen Sarah an«, sagte Anna. »Sie ist hier.«

»Ich weiß«, erwiderte Marie etwas mühsam. »Das hat sie mir gesagt.«

»Hattet ihr …«, Anna zögerte, »hattet ihr Streit?«

Marie schüttelte den Kopf und merkte erst dann, dass Anna das ja nicht sehen konnte. »Nein«, sagte sie. »Sie wollte nur nach Hamburg, um sich zu erholen. Sie ist ziemlich erschöpft.«

»Das habe ich gemerkt«, sagte Anna, »und ich dachte –« Sie brach ab.

»Nein«, sagte Marie. »Mit uns hat das nichts zu tun.« *Oder nur am Rande,* fügte sie in Gedanken hinzu. *Als Folge dessen, was Ellen ihr angetan hat.*

»Warum …« Wieder zögerte Anna. »Warum ist sie dann nicht bei dir?«

»Das musst du sie fragen«, erwiderte Marie abwehrend. »Das war ganz allein Sarahs Entscheidung.«

Anna seufzte tief auf. »Ich dachte, du könntest mir weiterhelfen. Ich weiß wirklich nicht mehr, was ich tun soll. Sie hat Urlaub genommen, und sie verlässt das Haus nicht. Sie sitzt nur in ihrer Wohnung unter dem Dach. So kenne ich sie gar nicht.«

»Was hat sie denn gesagt, als sie gekommen ist?«, fragte Marie.

»Gar nichts. Nur dass sie ihre Ruhe braucht.« Annas Stimme klang besorgt.

Genauso fühlte sich Marie auch. »Dann sollten wir sie vielleicht einfach in Ruhe lassen«, erwiderte sie. »Sie hat so viel gearbeitet und hatte so wenig Urlaub – Sie muss sich mal ausschlafen.«

»Sie ist fünfundzwanzig«, sagte Anna. »In dem Alter ist man ausgeschlafen, wenn man nur mal die Augen zumacht. Und bisher war das auch so bei ihr. Na ja, die letzten beiden Jahre war sie nicht mehr so viel zu Hause«, fügte sie etwas zweifelnd hinzu. »Da hat sie ihre freien Tage nicht mehr bei uns verbracht.«

Maries Besorgnis wuchs. »Ich habe nichts mehr von ihr gehört, seit sie von Frankfurt abgeflogen ist«, sagte sie. »Ich weiß weniger als du.«

Es war kurz still in der Leitung. »Du weißt viel mehr«, sagte Anna dann. »Du weißt zum Beispiel, was wirklich mit Ellen passiert ist.«

Das versetzte Marie einen kleinen Schreck. »Ich kann nicht darüber sprechen, Anna«, erwiderte sie unglücklich. »Das ist ganz allein Sarahs Angelegenheit.«

»Dann ist also tatsächlich etwas passiert«, schloss Anna aus Maries Zurückhaltung. »Ich war mir nicht ganz sicher. Es hätte ja auch sein können, dass sie einfach nur zur Vernunft gekommen ist.«

»Ich habe ihr nur geholfen, ihre Sachen aus …«, Marie wollte den Namen nicht aussprechen, aber sie musste, »Ellens Wohnung zu holen«, entgegnete sie so ausdruckslos wie möglich. »Mehr nicht.«

Auf einmal lachte Anna leise auf. »Da ist viel mehr. Ich habe gesehen, wie sie dich anschaut.«

»Ich … ich …« Marie schluckte. »Ich hatte gehofft, dass sie – Aber ich will sie zu nichts zwingen. Wenn sie Zeit für sich braucht, will ich mich da nicht einmischen.«

»Vielleicht möchte sie, dass du dich einmischst«, sagte Anna. »Vielleicht wartet sie nur darauf.«

»Da bin ich nicht so sicher.« Marie verzog das Gesicht. »Mein Motto ist, mich nie einzumischen, wenn ich nicht darum gebeten werde.«

»Das ist vielleicht ein gutes Motto als Anwältin«, sagte Anna. »Aber privat?« Sie machte eine kleine Pause. »Liebst du meine Tochter?«, fragte sie dann.

Es war, als ob Anna mit einem Hammer gegen eine Glocke geschlagen hätte. In Maries Kopf klang der Schall wider und wider. Sie konnte nicht antworten.

»Schon gut«, sagte Anna. »Entschuldige, dass ich gefragt habe.«

»Ich …« Marie schluckte. »Ich liebe sie.« Ihre Stimme klang dünn. »Aber sie war sich nicht sicher, ob … ob es nicht zu früh ist. Und vielleicht hat sie Recht.«

Das brachte Anna anscheinend für einige Zeit zum Nachdenken. Dann holte sie tief Luft. »Ich denke, sie könnte eine gute Freundin gebrauchen«, sagte sie. »Als ihr hier wart, hatte ich das Gefühl, dass sie sich sehr auf dich verlässt. Wenn du ihr einfach eine Nachricht schreiben würdest ...?«

»Und wenn sie ihr Handy ausgeschaltet hat?«

»Das siehst du ja dann.« Anna seufzte. »Du bist zwar älter als sie, aber ein bisschen seid ihr beide wie Kinder. Eine von euch muss den ersten Schritt machen.«

»Ich will sie nicht bedrängen«, sagte Marie.

»Das spricht sehr für dich.« Anna lachte ein wenig. »Man kann aber auch zu viel des Guten tun. Sich zu sehr zurückhalten. Dann kommt man zu nichts. Aber«, fügte sie hinzu, »ich habe jetzt genug geredet. Nun müsst ihr reden.«

»Danke, Anna«, sagte Marie, »dass du angerufen hast. Ich werde deinen Rat befolgen und ihr eine Nachricht schreiben. Dann kann Sarah sich entscheiden, ob sie antworten will oder nicht.«

»Ist gut«, sagte Anna. »Ich bin auch froh, dass ich angerufen habe, denn nun weiß ich, dass ihr euch nicht gestritten habt. Das hätte ich schade gefunden.«

Marie schluckte. »Ich auch«, sagte sie.

»Dann mach's gut«, verabschiedete Anna sich und legte auf.

Marie hielt das Handy in der Hand und überlegte. Aber bevor sie sich dagegen entscheiden konnte, schrieb sie schnell:

Wie geht es Dir? Ich mache mir ein bisschen Sorgen, weil ich nichts von Dir höre. Fühl Dich bitte nicht gedrängt, aber wenn Du Lust hast, schreib doch zurück.

Sie schickte die Nachricht sofort ab, damit sie nicht in Gefahr geriet, sie doch noch zu löschen.

14

Glücklicherweise hielten ihre Mandanten Marie in den nächsten Tagen ziemlich auf Trab. So konnte sie nicht ständig darüber nachdenken, dass Sarah sich nicht meldete. Ja, es war gut gemeint von ihrer Mutter gewesen, Marie anzurufen, aber offenbar war Sarah nicht derselben Meinung.

Da sie nicht wusste, wie lange Sarah Urlaub haben würde, überwand Marie sich am Wochenende dann, wenn schon nicht Sarah, so doch wenigstens ihre Eltern anzurufen.

»Ach, du bist es«, begrüßte Anna sie merkwürdig zurückhaltend.

»Ja, ich«, bestätigte Marie verunsichert. Hatte Anna es sich anders überlegt? Wollte sie nun doch nicht mehr, dass Marie Sarah kontaktierte? »Ich hatte Sarah eine Nachricht geschrieben, wie du vorgeschlagen hattest, aber ich habe bis heute keine Antwort bekommen«, erklärte sie etwas überhastet. »Geht es ihr gut?«

»Hm, ja«, antwortete Anna. »Es geht ihr gut.«

Das Zögern in Annas Antwort machte Marie misstrauisch. Was hatte sich seit letztem Mal verändert? Bei ihrem letzten Gespräch war Anna so bemüht gewesen, Marie davon zu überzeugen, dass sie Sarah helfen musste, das, worunter sie litt, zu überwinden. Nun schien sie gar nicht mehr daran interessiert.

»Sie verlässt ihre Wohnung also wieder?« Marie schluckte. »Sie hat sich erholt?«

Erneut wirkte Annas Erwiderung zwiespältig. »Sie war schon ein paar Mal in der Stadt«, sagte sie, dann jedoch sprach sie nicht weiter.

Was ist denn da los? dachte Marie irritiert. *Was will sie mir nicht sagen?* »Anna«, begann sie. »Hat Sarah dich angewiesen, nicht mit mir zu sprechen?«

»Nicht direkt.« Anna schien tief Luft zu holen. »Aber ich weiß nicht so recht, was ich sagen soll.«

»Die Wahrheit?«, meinte Marie. *Und wenn sie noch so schmerzlich sein sollte.* Sie bekam langsam ein bisschen Angst. Annas Verhalten erschien ihr sehr seltsam.

»Ehrlich gesagt«, Marie konnte Annas Unbehagen selbst durchs Telefon spüren, »bin ich sehr beunruhigt.«

»Beunruhigt? Ich denke, Sarah geht es besser?«

»Ja.« Anna zögerte erneut. »Vielleicht sogar zu gut.«

»Was soll das heißen?«

Diesmal seufzte Anna richtiggehend auf. »Sie trifft sich mit Ellen.«

Marie fühlte sich, als hätte ihr gerade jemand einen Eisblock ins Herz gestoßen. Sie erstarrte selbst fast zu Eis. »Mit Ellen?«, flüsterte sie dann erschüttert.

»Sie sagt«, Anna schluckte, »sie muss noch einiges mit ihr klären.«

»Hat sie dir erzählt, warum genau sie sich von Ellen getrennt hat?«, fragte Marie.

»Nein.« Die Antwort klang so, als ob Anna von Marie eine weitere Erklärung erwartete.

Ich kann es ihr nicht sagen, das muss Sarah selbst tun, dachte Marie verzweifelt. Was auch immer da gerade geschah, sie konnte Sarahs Vertrauen nicht enttäuschen. Dennoch wäre es besser gewesen, ihre Eltern hätten gewusst, worum es hier wirklich ging.

»Und sie fühlt sich wohl, wenn sie von den Treffen zurückkommt?«, fragte Marie weiter.

»Sie schläft jede Nacht hier bei uns«, erwiderte Anna. »Falls es das ist, was du wissen willst.«

Nachts oder tags, das ist Ellen wahrscheinlich egal, dachte Marie. Dennoch beruhigte es sie in gewisser Weise, dass Sarah immer wieder nach Hause kam. Aber was wollte sie von Ellen? Hatte Marie die ganze Situation falsch eingeschätzt? Wollte Sarah gar nicht weg von dieser Art von Beziehung? Sehnte sie sich danach?

»Mir ging es eigentlich eher darum«, sie räusperte sich, »ob sie ... ob sie ...« Sie wusste einfach nicht, wie sie fragen sollte, ohne Sarahs Geheimnis zu offenbaren. *Ob sie verletzt ist, ob sie blaue Flecken hat, Fesselmale an den Handgelenken* – das wären die Dinge gewesen, nach denen sie hätte fragen wollen. Aber das konnte sie nicht. »Aber du sagtest ja, es geht ihr gut«, beendete sie den Satz etwas lahm.

»Du weißt etwas, das ich nicht weiß«, stellte Anna aufgeschreckt fest. Die Instinkte einer Mutter waren eben doch nicht so leicht zu betrügen.

»Sie muss es dir selbst sagen«, versuchte Marie sich herauszuwinden. »Das steht mir nicht zu.«

»Was hat Ellen ihr angetan?«, fragte Anna.

Ich kann doch nicht – Marie fühlte sich wie in einem Schraubstock gefangen. »Offenbar fand Sarah es wohl nicht so schlimm«, entgegnete sie. »Sonst würde sie sich ja nicht jetzt wieder mit Ellen treffen. Wahrscheinlich mache ich aus einer Mücke einen Elefanten.« Sie probierte ein scherzhaftes Lachen, aber es blieb ihr im Hals stecken.

»Vielleicht«, sagte Anna. »Ich werde sie auf jeden Fall fragen, was das soll. Ich dachte, sie wäre jetzt mit dir zusammen. Und ich war froh darüber. Die Geschichte mit Ellen habe ich nie verstanden. Sie war ja nicht Sarahs einzige Freundin, aber bei weitem die unangenehmste.«

Obwohl das in diesem Moment höchst unangemessen war, hätte Marie am liebsten gefragt: Wie viele waren es denn? Aber dazu hatte gerade sie nun ganz sicher kein Recht. »Das kann ich mir vorstellen«, bemerkte sie stattdessen. »Und gerade deshalb verstehe ich nicht, warum Sarah –« Sie atmete tief durch.

»Ich auch nicht«, sagte Anna. »Aber sie ist erwachsen. Sie kann tun und lassen, was sie will. Die ganze Sache macht mir große Sorgen.« Es war für einen langen Augenblick still. »Kannst du nicht herkommen?«, fragte sie dann. »Mit ihr reden? Vielleicht hört sie eher auf dich als auf ihre alte Mutter.«

Auch wenn es nicht zu diesem ernsten Gespräch gehörte, hätte Marie fast gelacht. »Ich bin nur ein paar Jahre jünger als du«, sagte sie.

»Aber du bist nicht ihre Mutter.« Anna seufzte hörbar besorgt auf. »Ihr habt ein anderes Verhältnis. Und ...«, sie zögerte, »du hast gesagt, du liebst sie.«

Marie schluckte. »Das tue ich«, bestätigte sie leise. »Aber ich kann sie nicht zwingen, mich zu lieben. Oder auf mich zu hören.«

»Und ich kann ihr den Kontakt mit Ellen nicht verbieten.« Anna klang verzweifelt. »So gern ich das tun würde.«

»Ja, sie ist kein kleines Kind mehr.« Marie überlegte. »Ich will mich nicht aufdrängen. Vielleicht fühlt sie sich dann kontrolliert und schickt mich wieder weg.« *Obwohl sie mit Kontrolle ja so ihre Erfahrungen hat,* dachte sie. *Und wenn sie nun zu Ellen zurückgeht –* Sie stoppte ihre Gedanken erschrocken. *Wenn sie zu Ellen zurückgeht ... Oh nein, bitte nicht!*

»Sie muss deine Nachricht gelesen haben«, sagte Anna. »Ihr Handy ist an, und sie bekommt Nachrichten von Ellen. Also nützt es wohl nichts, wenn du ihr nur weitere Nachrichten schickst. Sie wird nicht antworten.«

Das klang gar nicht gut. Bisher hatte Marie sich einbilden können, Sarah ginge es so schlecht, dass sie ihr Handy immer noch abgestellt hatte. Und sie hatte angenommen, dass sie es in erster Linie abgestellt hatte, um keine Nachrichten oder Anrufe mehr von Ellen zu bekommen. Aber es war umgekehrt. Ellens Nachrichten beantwortete sie, Maries nicht.

Ihr Herz schlug laut. »Okay«, sagte sie. »Ich komme.«

Anna atmete erleichtert auf. »Heute noch?«, fragte sie.

»Ja.« Marie nickte. »Heute ist Samstag, bis Montag habe ich keine Termine. Ich hoffe, mehr Zeit brauchen wir nicht.«

»Das hoffe ich auch«, sagte Anna.

»In ein paar Stunden bin ich da«, kündigte Marie an. »Bis dann.«

»Bis dann«, erwiderte Anna.

Marie unterbrach die Verbindung. Eine Minute saß sie wie erschlagen da. *Ich kann sie nicht zwingen, mich zu lieben,* klang es in ihr nach. Sie hatte es so dahingesagt, im Gespräch mit Anna, aber nun kam ihr die Bedeutung dessen, was sie gesagt hatte, so richtig zu Bewusstsein.

Für sie selbst war es schwierig gewesen, zuzugeben, dass sie Sarah liebte, aber für Sarah ... kam es vielleicht gar nicht in Frage. Weil sie immer noch Ellen liebte. Weil sie nur vor ihr geflohen war, weil Ellen eine Grenze überschritten hatte. Aber wenn Ellen ihr nun versicherte, dass das nie wieder geschehen würde? Was dann?

Zwei Jahre gegen ein paar Wochen. Für wen würde Sarah sich entscheiden?

Sie schloss die Augen und sah Sarahs Gesicht vor sich, als sie neben ihr im Wagen gesessen hatte, auf dem Rückweg zum Flugplatz. Stumm und in sich gekehrt. Und sie hatte sich noch nicht einmal umgedreht, bevor sie im Gebäude verschwand. Vielleicht war das ein endgültiger Abschied gewesen.

Marie stöhnte auf. Nein, nein, das durfte nicht sein! Sie riss sich zusammen. Sie musste mit Sarah sprechen. Es von ihr selbst hören. Diese Ungewissheit machte sie verrückt.

Mit einem Ruck stand sie auf und ging ins Schlafzimmer, um ihre Sachen zu packen.

Sie biss sich fast auf die Fingernägel während des Fluges, obwohl er nicht lang dauerte. Das erste Mal, als sie mit Sarah zusammen geflogen war, war er ihr extrem kurz vorgekommen. Diesmal zog sich jede Minute wie ein Tag.

Endlich kamen sie in Hamburg an, und es drängte sie, nicht zu Sarahs Eltern, sondern zu Ellens Wohnung zu fahren. Bestimmt war Sarah dort. Vielleicht lag sie mit Handschellen gefesselt auf der Couch, und Ellen hatte ihren Spaß mit ihr.

Die Bilder ließen sich kaum mehr aus ihrem Kopf vertreiben, sie quälten sie und ließen sie innerlich aufstöhnen. Wenn es so war, wie konnte Sarah das wollen?

Sie schüttelte den Kopf. Warum nicht? Sie hatte es zwei Jahre lang über sich ergehen lassen. Vielleicht war sie nun daran gewöhnt. Vielleicht vermisste sie es. Vielleicht hatte Ellen Recht, und Sarah mochte es, wollte es nur nicht zugeben.

Sie hätte Ellen schon lange verlassen können, aber sie hatte es nicht getan. Das war kein besonders gutes Zeichen.

Sie ging zum Taxistand und zögerte immer noch. Entschlossen zog sie plötzlich ihr Handy heraus und rief Anna an. »Ich bin da«, sagte sie. »Ich bin am Flugplatz. Ist Sarah zu Hause?«

»Ja«, sagte Anna. »Sie ist hier.«

»Ich komme so schnell wie möglich.«

»Gut.« Anna zögerte kurz. »Ich bin froh, dass du da bist«, setzte sie dann hinzu und legte auf.

Annas letzte Bemerkung beunruhigte Marie zutiefst. Es hatte wirklich verzweifelt geklungen. Konnte zwischenzeitlich etwas geschehen sein, von dem Marie noch nichts wusste?

Für den Augenblick konnte sie jedoch nichts tun. Sie nahm sich ein Taxi und gab die Adresse von Sarahs Eltern an.

Als sie vor dem Haus ankam, schwang sie ihre kleine Reisetasche aus dem Wagen und starrte die Haustür an. Wie beim ersten Mal öffnete Anna sie, bevor Marie überhaupt an der Tür war.

»Komm rein«, sagte Anna und hielt die Tür auf.

»Sarah ist doch noch da?« Maries Herzschlag setzte für einen Moment fast aus. Die Taxifahrt war lang genug gewesen, dass Sarah in der Zwischenzeit weggegangen sein konnte.

»Ist sie.« Anna sah nicht sehr glücklich aus.

»Hast du ihr gesagt, dass ich komme?«

Anna nickte. »Musste ich doch. Sonst hätte sie gedacht, wir hätten uns gegen sie verschworen, wenn du plötzlich hier aufgetaucht wärst.«

Marie nickte auch. »Und sie ist trotzdem geblieben?«

»Sie ist in ihrer Wohnung.« Anna wies mit dem Arm auf die Treppe.

Dass Sarah geblieben war, war das ein gutes Zeichen? Marie runzelte die Stirn.

»Geh nur nach oben«, schlug Anna vor. »Ich denke, sie wartet auf dich.«

In Marie kämpften zwei Wünsche miteinander. Einerseits wäre sie am liebsten zwei Stufen auf einmal nehmend nach oben gestürzt, andererseits wollte sie Sarah nicht so überfallen. Sie setzte vorsichtig einen Fuß auf die Treppe.

»Bitte, Marie.« Anna blickte sie flehentlich an.

Marie hielt sich zurück und nahm vorsichtig eine Stufe nach der anderen. Wahrscheinlich hörte Sarah sie schon.

Richtig. Auf einmal öffnete sich die Tür. Sarah schaute von oben auf sie herunter. Dann drehte sie sich ohne ein Wort um und ging in ihre Wohnung hinein.

In Marie zog sich alles zusammen. Ihr Herz hörte fast auf zu schlagen. Das sah nicht gut aus. Sie folgte Sarah in die Wohnung und schloss die Tür hinter sich.

»Du hast mit meiner Mutter gesprochen«, setzte Sarah ohne eine weitere Begrüßung an.

»Ja.« Marie nickte. »Sie hat mich angerufen.«

»Ich weiß.« Sarah verschränkte die Arme vor der Brust und schaute Marie kühl an.

»Wir machen uns Sorgen«, versuchte Marie zu erklären.

»Sorgen um was? Dass ich mein eigenes Leben lebe?« Sarahs Stimme klang abweisend.

»Dagegen hat niemand etwas.« Mit einem warmen Blick versuchte Marie Sarah zu umfassen, doch Sarah drehte sich um und kehrte ihr den Rücken zu.

»Ach nein? Warum bist du dann hier?«

»Weil ich«, Marie schluckte, »weil ich dich liebe, Sarah.«

»Das weißt du jetzt schon ganz genau? Nach so kurzer Zeit?« Sarah drehte sich wieder zu ihr um. Ihr Gesichtsausdruck war unergründlich.

»Ich habe noch nie so etwas für eine Frau empfunden wie für dich«, erklärte Marie. »Ich fand Liebe immer … na ja … erschreckend. Und überflüssig. Aber mit dir hat sich das geändert.«

Sarahs Mundwinkel zuckten. »Das klingt ja, als wäre ich ganz etwas Besonderes.«

»Das bist du auch.« Marie schaute sie mit einem zärtlichen Blick an. »Das dachte ich schon, als ich dich das erste Mal gesehen habe.«

»Als ich wie ein begossener Pudel im Regen vor dir stand?« Sarah schüttelte den Kopf. »Du hast wirklich ein merkwürdiges Schönheitsideal.«

»Du *bist* schön«, sagte Marie, »aber damit hat es nichts zu tun.«

»Nein, gar nicht. Damit hat es nie etwas zu tun.« Erneut machte Sarah eine skeptische Bewegung. »Schöne Worte.«

»Sarah …« Marie trat einen Schritt auf sie zu. »Ich will doch nur mit dir reden. Deine Mutter macht sich Sorgen.«

»Nicht nur meine Mutter, wie es scheint.«

»Natürlich. Ich auch.« Marie runzelte verzweifelt die Stirn.

»Du bist eifersüchtig auf Ellen«, stellte Sarah ungerührt fest. »Weil meine Mutter dir erzählt hat, dass ich mich mit ihr getroffen habe.«

»Warum tust du das?«, brach es aus Marie heraus. »Nach allem, was sie dir angetan hat?«

»Das ist meine Sache.« Sarahs Gesicht verschloss sich noch mehr. »Das geht niemanden etwas an außer mir.«

»Und Ellen?«, fragte Marie. »Was hat sie gesagt? Was hat sie getan, um dich davon zu überzeugen, dass du wieder mit ihr sprichst? Ich hätte gedacht, du wolltest nie wieder etwas mit ihr zu tun haben.«

»Es waren zwei Jahre, Marie«, erinnerte Sarah sie. »Das ist nicht einfach so in einer Minute abgetan.«

Marie fühlte, dass sie Sarah am liebsten geschüttelt hätte. Warum tat sie sich selbst das an? Wahrscheinlich erzählte Ellen ihr irgendwelche Lügen oder wies ihr die Schuld an dem zu, was geschehen war. Hatte Sarah nicht schon immer gesagt, dass sie ihr Vorwürfe machte, weil sie zu viel unterwegs war? Und das hielt Ellen für eine Rechtfertigung für ihr Verhalten.

Aber Sarah? Sarah konnte es doch nicht dafür halten.

Maries Gesichtsausdruck musste einiges von dem zeigen, was sie dachte, denn Sarah sagte: »Du verstehst es nicht. Meine Eltern verstehen es auch nicht. Aber ihr müsst es nicht verstehen.« Sie musterte Marie mit einem fremden Blick. »Es ist meine Angelegenheit, und ich muss es weder erklären noch mich dafür rechtfertigen.«

»Nein, musst du nicht.« Marie atmete tief durch. »Das verlangt ja auch niemand von dir. Wir wollen nur, dass du vorsichtig bist.«

»Ist das Leben dazu da? Um vorsichtig zu sein?« Sarah atmete tief durch. »Ich steige jeden Tag in ein Flugzeug, das abstürzen könnte. Ich glaube das nicht, es kommt nicht oft vor, Fliegen ist die sicherste Art zu reisen und so weiter, aber es gibt Abstürze. Wie könnte ich meinen Beruf ausüben, wenn ich mich davon abhalten ließe?«

»Da hast du natürlich Recht«, stimmte Marie zu, »aber der Beruf ist das eine, und persönliche Beziehungen sind etwas anderes. Findest du nicht auch, dass ein Flugzeug weit berechenbarer ist als ein Mensch?«

Sarah lachte auf. »Das allerdings. Dass du jetzt herkommst, um mich zur Ordnung zu rufen … das hätte ich nie berechnet.«

»Dich zur Ordnung rufen?« Marie riss weit die Augen auf. »Aber nein, so ist das nicht gemeint. Ich will nur, dass du weißt«, sie machte eine lange Pause, »dass ich für dich da bin, wenn du mich brauchst.«

»Und wenn ich dich nicht brauche?«, fragte Sarah. »Wenn ich dich nie mehr brauche?« Sie starrte Marie mit zusammengezogenen Augenbrauen an. »Vor ein paar Wochen kannten wir uns noch gar nicht.«

»Ich weiß«, sagte Marie. Sarahs abweisende Haltung trieb ihr fast die Tränen in die Augen. Sie wollte sie berühren, sie in den Arm nehmen und küssen, sie spüren, ihr nah sein. Und sie wollte ebenso, dass Sarah ihre Nähe suchte, dieselben Bedürfnisse hatte. Doch das Gegenteil war der Fall. »Aber hat sich in diesen paar Wochen nicht sehr viel geändert?«

»Ich bin nicht sicher«, erwiderte Sarah nachdenklich, »ob sich überhaupt etwas geändert hat. Wir haben ein paar Mal miteinander geschlafen, meinst du das?«

Marie konnte es nicht glauben. War das wirklich Sarah, die da sprach? Ihre geliebte Sarah, die sie im Arm gehalten hatte, die sie getröstet hatte, ohne die sie sich ein Leben fast nicht mehr vorstellen konnte? »Ist das alles«, flüsterte sie, »woran du dich erinnerst?«

»Es ist das Wichtigste, oder?«, entgegnete Sarah kühl. »Es ist das, woran allen am meisten liegt.«

»Das ist es nicht«, entgegnete Marie leise. »Es wäre mir egal, wenn du nie wieder mit mir schlafen würdest. Wenn du nur bei mir wärst.«

Trocken lachte Sarah auf. »Das sagst du jetzt. Aber was ist in einem Monat, in zwei Monaten, in einem Jahr? Dann denkst du ganz sicher anders darüber. Und dann machst du mir Vorwürfe. Dann wirst du es nicht mehr so toll finden, dass ich nur bei dir bin.«

»Sarah, mein süßer Engel –«

»Ich bin kein Engel«, unterbrach Sarah sie brüsk. »Wahrlich nicht. Vielleicht solltest du dich von dieser Vorstellung verabschieden. Dann fällt es dir leichter, mich so zu sehen, wie ich wirklich bin. Ich bin ein Mensch, und ich mache Fehler. Schwere Fehler. Wenn du meinst, ich wäre ein Engel, stellst du unerfüllbare Ansprüche an mich. Niemand auf der Welt kann diese Ansprüche erfüllen. Ich schon gar nicht.«

»Ich stelle keine Ansprüche«, murmelte Marie. »Ich will dir nur helfen.«

»Ich habe dir schon mal gesagt, dass ich das nicht will«, erwiderte Sarah hart. »Dadurch verpflichtest du mich zu einer entsprechenden Gegenleistung.« Sie lachte hohl. »Die du jetzt ja auch am liebsten einfordern würdest.«

»Warum siehst du alles so negativ?«, fragte Marie. »Ich biete dir meine Freundschaft an. Und wenn man befreundet ist, hilft man sich, ohne eine Gegenleistung zu erwarten.«

»Wenn man befreundet ist ...«, wiederholte Sarah gedehnt. »Sind wir das?«

Das versetzte Marie einen Schlag. Liebe, das war vielleicht eine zu große Erwartung, aber Freundschaft ... Freundschaft war auch nicht möglich? Noch nicht einmal das? »Ich dachte«, sagte sie leise.

»Vielleicht ist das dein Problem: Du denkst zu viel«, sagte Sarah. »So als Anwältin musst du viel denken, die besten Strategien entwickeln, um einen Fall zu gewinnen. Aber ich bin nicht einer deiner Fälle.«

»So habe ich dich auch nie betrachtet. Wie kommst du darauf?« Marie war völlig überrascht.

»Sogar deine Partnerin weiß über mich Bescheid«, entgegnete Sarah. »Heißt das nicht, du hast mich mit ihr diskutiert wie einen Fall?«

»Aber nein.« Marie schüttelte den Kopf. »Sie ist meine beste Freundin, deshalb –« Sie seufzte. »Das denkst du doch nicht wirklich, oder? Dass du nicht mehr für mich bist als irgendeine Akte. Das *kannst* du nicht denken.«

»Woher willst du wissen, was ich denke? Du kennst mich nicht.« Sarah war entschieden auf Distanz aus.

Für eine Minute herrschte Stille. Es kam Marie so vor, als hätte Sarah Recht, und sie kannte sie wirklich nicht. Sie wirkte so fremd, als hätte eine außerirdische Macht von ihr Besitz ergriffen. Oder vielleicht eine irdische? »Hast du …«, sie räusperte sich, »hast du mit Ellen über mich gesprochen?«

»Sie …« Sarah wandte sich leicht ab. »Sie wollte wissen, wer du bist.«

»Das liegt nahe«, sagte Marie. »Das hätte ich auch wissen wollen an ihrer Stelle. Und was hast du gesagt?« Sie spürte das Pochen ihres Herzens bis in ihre Schläfen hinauf. Die Antwort auf diese Frage machte ihr Angst.

»Was hat es schon für eine Bedeutung, was ich gesagt habe?« Erneut musterte Sarah Marie mit einem undefinierbaren Blick.

»Weil ich gern wüsste«, Marie schluckte, »was ich für dich bin.«

»Du willst es wirklich wissen?«

»Ja.« Marie nickte tapfer, auch wenn sie innerlich zitterte.

»Ich bin Stewardess«, sagte Sarah, als würde sie einen nüchternen Vortrag halten. »Ich lerne eine Menge Menschen kennen auf den Flügen, und manchmal überbrücke ich die Zeit zwischen zwei Flügen mit ihnen. Das hat überhaupt keine Bedeutung.«

Marie hatte das Gefühl, als hätte sich gerade der Boden unter ihr geöffnet und sie befände sich im freien Fall. »Ich war also nur eine … Überbrückung für dich?«

»Nicht die erste«, sagte Sarah, »und ganz sicher auch nicht die letzte.« Ihre blauen Augen glitzerten kalt wie Kristalle.

Völlig erschüttert griff Marie nach der Wand und stützte sich daran ab. Und selbst dann schwankte sie noch.

»Ist es jetzt endlich genug?«, fragte Sarah. »Hast du genug gehört? Dann kannst du ja wieder nach Frankfurt zurückfliegen.«

Marie richtete sich langsam auf. »Ja«, wisperte sie. »Ja, das kann ich wohl.«

»Dann tu das«, sagte Sarah, ging zur Tür und hielt sie für sie auf. »Und am besten bleibst du auch da.«

Als wäre sie eine alte Frau, schleppte Marie sich langsam an ihr vorbei und ging mühsam die Treppe hinunter.

Unten erwartete sie Anna. »Was ist passiert?« Sie schaute Marie erschrocken an.

»Sie … sie sagt … ich soll nach Frankfurt zurückfliegen und da bleiben«, wiederholte Marie matt. »Sie will wohl lieber mit Ellen zusammensein als mit mir.«

»Oh Gott, nein!« Annas weit aufgerissene Augen erinnerten an Sarahs, aber statt Kälte stand Entsetzen in ihnen. »Das hat sie gesagt?«

Marie nickte. »So habe ich es verstanden.«

»Komm, trink einen Kaffee mit mir«, sagte Anna und ergriff fürsorglich ihren Arm. »Du bist ja bleich wie der Tod.«

»Danke, Anna.« Marie versuchte ein Lächeln in ihre Mundwinkel zu zwingen, doch sie schaffte es nicht. »Aber ich glaube, es ist besser, wenn ich jetzt gehe. Wenn Sarah herunterkommt, sollte ich nicht mehr hier sein.«

»Es tut mir so leid«, sagte Anna. »Ich dachte, ihr passt so gut zusammen.«

»Sarah denkt das offenbar nicht.« Marie zuckte die Schultern. Sie senkte den Blick, hob ihn wieder und räusperte sich. »Sag ihr … sag ihr … ich bin ihr nicht böse. Es ist ihr Leben, und ich respektiere das. Ich wünsche ihr alles Gute.«

»Marie …« Anna umarmte sie gefühlvoll. »Ich wünschte, es wäre anders gelaufen.«

»Das wünschte ich auch«, sagte Marie, öffnete die Tür und ging hinaus.

15

Diese Frau ist das größte Unglück in deinem Leben!« Ingrid rastete fast aus. »Ich dachte, schon Britt wäre schlimm gewesen, aber gegen Sarah ist sie direkt harmlos.«

»Das würde ich nicht sagen«, protestierte Marie sofort.

Es war Sonntag, und Ingrid war mit einem Kuchen herübergekommen, weil Marie und sie das manchmal genossen: Kaffee und Kuchen am Sonntagnachmittag auf Maries Balkon. Die Sonne hatte sich herausgetraut, und es war ein schöner Tag.

»Würdest du nicht?« Ingrids Augen blitzten sie an. »Was brauchst du denn noch, um das zu glauben?«

»Sie ... sie ... sie muss sehr unglücklich sein«, verteidigte Marie Sarah. »Sie hat sich völlig verändert. Ich habe sie überhaupt nicht mehr wiedererkannt.«

»Vielleicht hast du sie überhaupt noch nie gekannt«, schnaubte Ingrid. »Und jetzt hat sie ihr wahres Gesicht gezeigt.«

Marie lehnte den Kopf gegen den Stuhl zurück und schloss die Augen. »Das dachte ich zuerst auch.« Sie öffnete die Augen wieder und sah Ingrid an. »Aber dann hätte sie sich vorher sehr verstellen müssen. Und warum sollte sie das tun?«

»Du willst es einfach nicht wahrhaben.« Ingrid schüttelte den Kopf. »Du siehst die Zeichen, aber du tust so, als wären sie nicht da. Wenn Sarah eine Mandantin wäre, würdest du dann genauso denken?«

»Sie ist kein Fall!«, protestierte Marie laut. Sie dachte daran, was Sarah ihr vorgeworfen hatte, und sie fand es jetzt nicht zutreffender als beim ersten Mal. In der Tat fand sie es jetzt sogar noch lächerlicher.

»Denk darüber nach«, sagte Ingrid. »Du bist nicht schlecht darin, Mandanten zu lesen. Aber bei Sarah scheinst du völlig zu versagen.«

»Ich liebe sie«, flüsterte Marie schwach. »Und dagegen kann ich nichts tun.«

Ingrid atmete tief durch. »Das wäre eine Erklärung«, sagte sie. »Sobald du sie siehst, sind alle deine sonst so gut funktionierenden Sensoren abgeschaltet.« Sie führte ihre Kuchengabel genüsslich zum Mund und schloss kurz die Augen. »Ich bin wirklich gut. Schon lange nicht mehr so guten Kuchen gegessen.«

»Gibt es nicht immer einen Grund dafür, wenn du Kuchen backst?«, fragte Marie. »Ist schon eine Weile her.«

»Ich hatte ... Langeweile«, wich Ingrid aus.

»Langeweile? Du? Niemals.« Fast hätte Marie gelacht, aber die gestrigen Ereignisse wirkten noch zu sehr in ihr nach. »Während du mir hier Vorträge über Sarah hältst, hast du selbst ein Auge auf irgendeinen hübschen Vertreter des anderen Geschlechts geworfen.«

»Du gönnst mir aber auch gar nichts«, sagte Ingrid. »Sollst nur du den ganzen Spaß haben?«

»Im Moment ist es nicht viel Spaß.« Marie seufzte. »Bei dir wahrscheinlich mehr. Zumindest backst du Kuchen.«

»Es ist leider eine ziemlich aussichtslose Sache«, seufzte Ingrid. »Er ist verheiratet.«

»Dann ist das Kuchenbacken mehr so eine Ersatzhandlung?«, fragte Marie. »Statt ...?«

»Ja, statt.« Ingrid stöhnte entsagungsvoll. »Und warum muss das immer passieren? Warum kann ich mich nicht mal in einen Typen vergucken, der frei ist?«

»Weil die Guten alle schon vergeben sind?«

»Wahrscheinlich.« Ingrid verzog schief das Gesicht. »Und ehrlich gesagt hätte ich ja auch gar keine Zeit für so was.«

»So betrachtet ich auch nicht«, erwiderte Marie. »Und trotzdem ist es passiert.«

»Wir sind eben nicht Herrin unserer Hormone.« Ingrid hob die Augenbrauen. »Ob das wohl das Alter ist?«

»Welches Alter?« Marie schüttelte den Kopf. »Gerade eben waren wir noch in den Dreißigern.«

»Und nun sind wir schon kurz vor scheintot?« Ingrid streckte die Beine aus und legte sie auf die Eisenstäbe des Balkongitters. »Geht das so schnell?«

»Nein.« Marie tat es ihr nach und hob ihr Gesicht in die Sonne. »Ich fühle mich keinen Tag älter als mit neununddreißig.« Sie atmete tief durch. »Aber Sarah ist erst fünfundzwanzig.«

»Denkst du, das ist das Problem?«, fragte Ingrid.

»Nein, ich glaube nicht.« Marie verzog verneinend das Gesicht. »Aber ich versuche immer wieder, eine Erklärung zu finden.«

»Klar.« Ingrid nickte. »Das ist schon eine Berufskrankheit bei uns. Wir wollen Erklärungen für alles und sind unzufrieden, wenn wir sie nicht bekommen. Es schwächt unsere Position vor Gericht.«

Marie stand auf. Ihr Blick glitt über die Skyline Frankfurts. Sie konnte den Messeturm sehen, und dahinter formierten sich die Flugzeuge im Landeanflug auf den Rhein-Main-Flughafen. »Sie wird bald wieder in einem davon sitzen«, sagte sie leise. »Das Leben geht weiter, einfach so. Sie wird über mich hinwegfliegen und es gar nicht wissen. Und ich werde hier unten sitzen und mich bei jedem Motorengeräusch aus der Luft fragen, ob sie vielleicht da oben gerade einem Passagier einen Whiskey serviert.«

»Im Landeanflug wohl kaum«, bemerkte Ingrid trocken. Sie musterte Marie ein wenig besorgt. »Du kannst ihr nicht ewig nachtrauern. Sei froh, dass es so schnell vorbei war. Da sind die Wunden nicht so tief.«

Marie nahm einen langen Schluck ihres Kaffees und hoffte, dass er ihre trockene Kehle anfeuchten würde. Sie machte einen Versuch zu sprechen, doch ihre Stimme ließ sie im Stich. Ein krächzender Laut war alles, was herauskam.

Ingrid stand auf und legte ihr einen Arm über die Schulter. »Denk nicht mehr daran«, sagte sie. »Du kannst es doch nicht ändern.«

»Ich will nicht, dass es vorbei ist«, brachte Marie endlich hervor. »Für mich ist es das noch lange nicht.«

»Komm, lass uns einen Spaziergang machen«, schlug Ingrid vor. »Ich glaube, das tut uns beiden jetzt gut. Wir machen das viel zu selten, und meistens«, sie schaute in den Himmel, »lädt das Wetter ja auch nicht dazu ein. Aber heute ist so ein schöner Tag.«

»Ein schöner Tag«, murmelte Marie. »Warum ist das Wetter immer so unzuverlässig? Es müsste regnen, donnern, blitzen, stürmen. Dann würde es passen.«

»Dir fehlt eindeutig ein positiver Ausblick«, erwiderte Ingrid. »Bei so schönem Wetter liegen bestimmt irgendwo ein paar spärlich bekleidete Mädels auf der Wiese. Die solltest du dir ansehen.«

Zuerst wollte Marie empört widersprechen, aber dann schlich sich doch ein Schmunzeln in ihre Augenwinkel. »Gib's zu: Du willst die spärlich bekleideten Jungs betrachten.«

»Ein unschuldiges Vergnügen, oder?«, fragte Ingrid mit einem eindeutigen Funkeln in den Augen. »Wenn man sonst schon nichts hat ...«

Marie hob die Schultern und atmete tief aus. »Ich habe ja sowieso nichts Besseres zu tun. Also lass uns gehen.«

»Und dein Handy bleibt hier«, befahl Ingrid. »Ich will nicht, dass du alle fünf Sekunden draufguckst, ob eine Nachricht gekommen ist.« Sie grinste leicht. »Ich verlange deine volle Aufmerksamkeit.«

»Die hast du.« Marie lächelte sie an. »Ich will alles über diesen verheirateten Mann hören. Ich habe das Gefühl, da ist noch mehr, als du mir erzählt hast.«

»Die Früchte aus Nachbars Garten.« Ingrid seufzte. »Vielleicht ist es nur das. Wenn jemand vergeben ist, erscheint er umso begehrenswerter.«

»Hattest du nicht mal den Grundsatz, dass du nie in eine bestehende Beziehung eindringen wolltest?«, fragte Marie, während sie die Wohnung verließen.

»Den habe ich noch immer«, entgegnete Ingrid, »aber träumen darf man ja wohl noch.«

Sie gingen die Treppe hinunter. Heute war kein Fahrstuhltag. »Träumen ...«, sinnierte Marie leise, »ist vielleicht das einzige, das bleibt.«

Nach dem Spaziergang mit Ingrid kehrte Marie recht erholt in ihre Wohnung zurück. Es war eine gute Idee gewesen. Wäre Ingrid nicht gekommen, hätte sie vielleicht den ganzen Tag gebrütet und sich immer mehr in den Verlust hineingesteigert. Obwohl sie daran nichts ändern konnte.

Dennoch war der Schmerz immer noch da. Ingrid hatte sie auf jede attraktive Frau aufmerksam gemacht, der sie begegneten, aber sie alle konnten Sarah nicht ersetzen.

Als sie die Tassen vom Balkon in die Küche räumte, bemerkte sie, dass ihr Handy, das immer noch auf dem Wohnzimmertisch lag, blinkte. Wie hypnotisiert stellte sie prompt die Tassen auf den Tisch und nahm es auf, aktivierte den Bildschirm.

Sarah. Sarah hatte sie angerufen. Und das nicht nur einmal. Aber sie hatte keine Nachricht hinterlassen, nicht schriftlich und auch nicht als Voicemail.

Ihr Herz schlug laut, und sie wollte sofort auf Rückruf drücken, aber dann zögerte sie. Was konnte Sarah wollen? Hatte sie nicht gestern alles gesagt, was zu sagen war? Maries Finger schwebte über dem Display, aber sie hatte Angst. Sie legte das Handy wieder hin und setzte ihren Weg in die Küche fort.

Danach kehrte sie zurück und ließ sich im Sessel am Tisch nieder, starrte eine Weile auf das Handy, als wollte sie es durch pure Gedankenkraft zum Sprechen bringen. Schließlich nahm sie es und tippte auf die Meldung mit Sarahs Nummer.

Es klingelte ein paar Mal, und Marie wollte schon wieder auflegen, als Sarah endlich abnahm.

»Marie«, keuchte Sarahs Stimme. »Endlich.«

Obwohl sie sich gestern noch gesprochen hatten, hatte Marie das Gefühl, sie hörte die Stimme zum ersten Mal. Sie hatte sich wohl innerlich zu sehr davon überzeugt, dass sie sie nie wieder hören würde.

»Sarah«, sagte sie und versuchte kühl und beherrscht zu klingen. »Du hast mich angerufen?«

»Ich ... ich ... Es tut mir leid«, flüsterte Sarah atemlos. »Was ich gestern gesagt habe.«

Marie setzte sich überrascht im Sessel zurück. »Du hast gesagt, was du sagen musstest«, erwiderte sie vorsichtig. Das größte Problem dabei war, dass es ihr fast die Stimme verschlug. Ihr ganzer Körper war angespannt, und das Blut pumpte durch ihre Venen, als hätte sie gerade einen Marathonlauf hinter sich.

»Du weißt gar nicht, wie wahr das ist.« Sarah lachte bitter auf. Eine Art Lachen, das einem das Blut in den Adern erstarren lassen konnte.

»Was ist los?«, fragte Marie. »Du klingst nicht gut.«

»Ich wundere mich, dass du überhaupt zurückrufst. Nach allem, was gestern war.«

»Ich habe eine Weile mit mir gekämpft«, gab Marie zu, »weil ich nicht wusste, was mich erwarten würde. Aber«, sie schluckte, »ich habe dir gesagt, was ich für dich empfinde. Und ... und ich konnte einfach nicht anders.«

»Du bist süß.« Sarahs Stimme klang unterdrückt, als müsste sie etwas zurückhalten. »Weißt du das eigentlich? Du bist wahnsinnig süß.«

Obwohl sie immer noch unsicher war, worauf das alles hier hinauslief, musste Marie lachen. »Das hat mir schon lange niemand mehr gesagt.«

»Ich hätte es dir schon lange sagen sollen.« Waren das Tränen, die Sarah da unterdrückte? fragte Marie sich. »Ich hätte dir so vieles sagen sollen. Aber ich hatte Angst –« Sarah brach ab.

»Du kannst mir alles sagen«, entgegnete Marie weich. Langsam hatte sie das Gefühl, dass die Vorfälle gestern nur ein böser Traum gewesen waren. Heute klang Sarah ganz anders. »Ich würde mir sogar wünschen, dass du das tust. Dann wird mir vielleicht einiges klarer. Ich Moment verstehe ich bei vielem nur Bahnhof.«

Sarah atmete tief durch. »Das war ja auch die Absicht.«

Marie hob die Augenbrauen. Sarah hatte sie bewusst irregeführt?

»Ich dachte, ich könnte dich da raushalten«, fuhr Sarah fort. »Ich wollte dich nicht in meine Probleme mit hineinziehen.«

»Probleme?«, fragte Marie.

Noch einmal hörte sie das Geräusch des tiefen Einatmens und danach wieder Ausatmens. »Ich wusste, dass Ellen nicht so leicht aufgeben wurde. Das wusste ich von Anfang an«, sagte Sarah dann. »Ich *wollte* es einfach nur nicht wissen. Ich wollte mir einreden, dass alles damit zu Ende sein würde, dass ich meine Sachen aus ihrer Wohnung hole.«

Diese Aussage trug noch mehr zu Maries Verwirrung bei. »Deshalb hast du dich mit ihr getroffen?«, fragte sie bang.

»Das ist falsch ausgedrückt.« Sarah lachte hohl auf. »Sie hat mich abgefangen.«

»Abgefangen?«, wiederholte Marie verständnislos. »Wo?«

»Sie kennt das Haus meiner Eltern. Sie wusste, wo ich bin.« Sarah seufzte. »Sie brauchte nur zu warten, bis ich herauskomme.«

»Aber … du … deine Mutter sagte –« Marie wusste nicht mehr weiter. In ihr kroch ein sehr ängstliches Gefühl hoch. Ellen hatte Sarah abgefangen, aber ihr anscheinend nichts getan. Oder doch? Ihr wurde auf einmal kalt.

»Ich konnte es meinen Eltern nicht sagen. Ich bin ganz allein schuld an dieser verfahrenen Situation«, erklärte Sarah. »Sie haben nichts damit zu tun. Sie haben mich oft genug vor Ellen gewarnt. Sie hätten sich noch größere Sorgen gemacht, wenn sie gewusst hätten, was wirklich los ist. Mein Vater hätte vielleicht etwas Dummes getan. Deshalb wollte ich erst einmal darüber nachdenken, ob es nicht noch eine andere Lösung gibt.«

»Was …« Marie schluckte und räusperte sich. »Was wollte Ellen von dir?«

»Dass ich zu ihr zurückkomme?«, sagte Sarah. »Dass ich dich …«, sie machte eine kleine Pause, »vergesse.« Ihre Stimme wurde wieder bitter. »Sie meinte, dass sie mir vergibt. Dass mein … dass du nur ein Ausrutscher warst, den sie mir nicht übelnehmen wird, wenn … wenn alles wieder so wird wie vorher.«

»*Sie* vergibt *dir*?« Marie lachte verblüfft auf. »Nach allem, was sie dir angetan hat?«

Sarah antwortete nicht.

»Entschuldige«, ergänzte Marie schnell. »Ich wollte dich nicht daran erinnern.«

»Ich erinnere mich jede Sekunde daran«, wisperte Sarah fast unhörbar. »Das hat nichts mit dir zu tun.«

Maries Herz lief vor Mitleid über. Warum war sie jetzt nicht in Hamburg? Warum konnte sie nicht zu Sarah gehen und sie in die Arme nehmen? »Ich nehme den nächsten Flieger«, sagte sie, »und komme zu dir.«

»Nein!« Sarahs Stimme klang entsetzt. »Nein, das darfst du auf keinen Fall tun«, fügte sie dann hastig, geradezu panikerfüllt hinzu. »Bleib, wo du bist. Wenigstens das habe ich erreicht, dass du nicht hier bist.«

Das hörte sich komisch an. »Du willst mich nicht bei dir haben?«, fragte Marie. Dann nickte sie ergeben. »Du willst nicht, dass ich dir helfe. Das sagtest du ja bereits.«

»Nein. Nein, das ist es nicht.« Sarah wirkte durcheinander. »Es ist nur, dass Ellen ...« Es hörte sich so an, als wäre ihr Mund so trocken, dass sie nicht weitersprechen konnte. »Ellen ... sie ... sie hat dich bedroht.«

»Bedroht? Mich?« Marie konnte es nicht glauben. »Jetzt ist sie ja wohl völlig übergeschnappt.«

Einer beunruhigenden Stille in der Leitung folgte ein leises »Ja« von Sarah. »Ich glaube, solange ich allein war ... solange sie wusste, da ist niemand anderer ...«, sie seufzte, »solange war sie relativ beruhigt. Aber jetzt, da sie weiß, dass du da bist ...«

»Die Früchte aus Nachbars Garten.« Marie schüttelte den Kopf. Was Ingrid gesagt hatte, stimmte.

»Wie? Was hast du gesagt?« Sarah war offensichtlich irritiert.

»Ach, nur so eine Bemerkung von Ingrid«, erklärte Marie. »Dass jemand umso begehrenswerter ist, wenn er vergeben ist. Sieht man ja immer wieder. Jetzt auch.«

»Ja, wahrscheinlich ist es das. Nur sieht sie es garantiert andersherum: Ich war an sie vergeben, und du wilderst in ihrem Garten.« Sarah verstummte.

»Das kann sie sehen, wie sie will.« Marie rollte die Augen. »Du hast das Sagen. Wenn du nicht mehr mit ihr zusammensein willst, muss sie das akzeptieren.«

Von Sarah kam ein hohles Geräusch. »Das sag ihr mal.«

»Tu ich gern«, bot Marie an. »Vergiss nicht, dass ich Anwältin bin. Ich kann das ganz offiziell in deinem Auftrag machen. Wäre nicht das erste Mal, dass ich eine Abstandsverfügung erwirke. Dann darf sie sich dir nicht mehr nähern oder dich abfangen. Das ist Stalking. Bei Zuwiderhandlung drohen entweder Geldstrafen oder, wenn es ganz schlimm wird, sogar Gefängnis.«

»Dann wird sie noch wütender auf dich.« Sarah klang besorgt.

»Wäre auch nicht das erste Mal«, sagte Marie. »Die Anwältin wird oft als die Schuldige gesehen, auch wenn der Stalker der Verursacher ist.«

»Ich kann dir das nicht zumuten«, wandte Sarah ein. »Vielleicht wird es dadurch nur noch schlimmer.«

»Ist es jetzt nicht schon schlimm genug?«, fragte Marie. Und sie schauderte selbst ein wenig zusammen, als sie das sagte. »Willst du nicht zu mir nach Frankfurt kommen, damit du aus der Schusslinie bist?« Sie runzelte fragend die Stirn. »Oder ist dein Urlaub jetzt sowieso vorbei?«

»Eigentlich schon«, sagte Sarah. »Montagabend fliege ich nach Johannesburg.«

»Südafrika.« Marie lachte leicht. »Da würde ich ja am liebsten mitfliegen.« Sie überlegte kurz. »Und wann kommst du zurück?«

»Freitagmorgen.«

»Fändest du …«, Marie schluckte, »fändest du es immer noch zu schnell, wenn ich dich dann abholen würde?«

Sarah antwortete nicht sofort, aber Marie hörte, dass sie schwer atmete. »Nein«, sagte sie dann. »Ich würde mich freuen, wenn du mich abholst.«

Marie fiel ein Stein vom Herzen. Noch so ein Desaster wie beim letzten Versuch, Sarah vom Flughafen abzuholen, wollte sie doch lieber vermeiden.

»Dann ist das abgemacht.« Maries Stimme konnte den glücklichen Zustand, in dem sie sich auf einmal befand, nicht verhehlen. »Ich hole dich ab, und dann … reden wir.«

Auch Sarahs Stimme klang viel entspannter, als sie antwortete: »Ich muss jetzt packen. Morgen Vormittag geht es hier von Hamburg nach Frankfurt, und dann steige ich gleich um in den 340.«

»Den Airbus?«, fragte Marie.

»Ja. Ich fliege insgesamt drei Muster.« Sobald man sie etwas über die Fliegerei fragte, war Sarah in ihrem Element. »Die gesamte Airbus Familie. Angefangen bei den Kleinen 319, 320, 321 – mit denen war ich in Europa unterwegs. Dann noch 340, der geht nach Afrika, Nahost und einige Ziele in USA oder Asien. Und den Dicken, den 380.« Sie lachte. »Das ist wirklich ein Erlebnis für die Passagiere. Auf dem großen Flieger gibt es zwei Decks. Oben sind First und Business Class und ein kleiner Teil Economy. Und unten ist alles Eco.«

»Dann weiß ich jetzt schon, in welchem ich mit dir fliegen will«, lächelte Marie. Sarahs Stimme vertrieb alle dunklen Wolken, die sich vor ihr aufgetürmt hatten. »Bis Freitag dann. Guten Flug und gute Rückkehr. Gibt es dafür einen Fliegerspruch?«

»Always happy landings.« Auch Sarah klang so, als schiene jetzt wieder die Sonne.

»Also happy landings dann. Und mach dir keine Sorgen. Wir kriegen das schon hin. Zusammen schaffen wir das.«

»Zusammen«, wiederholte Sarah langsam, als wäre es ein neues Wort für sie. »Darauf freue ich mich.«

Marie wurde ganz warm. Das klang wie ein Versprechen auf viel mehr als nur eine Landung. »Ich auch«, erwiderte sie leise. »Schick mir ein paar Bilder aus Südafrika. Damit ich mir vorstellen kann, wo du bist.«

Sarah lachte. »Ich werde einen dicken Elefanten suchen und mich draufsetzen.«

Marie schmunzelte. »Es kann auch etwas Kleineres sein. Nicht dass du noch runterfällst und dir was brichst.«

»Ich falle nicht runter«, verkündete Sarah fröhlich. »Schließlich bin ich Stewardess. Ich bin die Höhe gewöhnt.«

Marie hätte ihr gern noch so vieles gesagt, aber Sarah erinnerte sie: »Jetzt muss ich aber wirklich packen. Ein paar schöne Kleider für die Wärme da unten.«

»Bring eins für Frankfurt mit«, scherzte Marie. »Bei uns ist es nicht so warm.«

»Mach ich schon«, sagte Sarah, zögerte kurz und legte dann auf.

Hatte sie noch etwas sagen wollen? fragte Marie sich. So etwas wie *Ich liebe dich?* Aber nein, dafür war es noch viel zu früh. Als Marie es ihr in Hamburg sagte, hatte sie ziemlich abwehrend reagiert.

Marie knirschte mit den Zähnen. Wahrscheinlich auch ein Verdienst von Ellen. Zu ihr hatte sie es gesagt, sie hatte Marie ja erzählt, dass sie gedacht hatte, sie würde Ellen lieben, aber jetzt erschien es ihr wahrscheinlich zu gefährlich. Gebranntes Kind …

Sie seufzte. Sie musste Geduld haben und warten, immer noch.

16

Es war eine lange Woche, aber sie wurde Marie durch Bilder aus Südafrika versüßt. Sarah auf einem Kamel war auch dabei. Anscheinend waren die Elefanten nicht so entgegenkommend gewesen.

Wenn Marie diesen blauen Himmel sah, Sarah in einem himmlisch leichten Sommerkleid, und dann aus ihrem Fenster blickte, graue Wolken und Regen, beneidete sie sie schon um ihren Beruf. Sie kam rund um die Welt und wurde noch dafür bezahlt.

Aber ihr war auch klar, dass es harte Arbeit war. Von außen betrachtet sah das alles so rosig aus, aber Stewardessen flogen dauernd vom Sommer in den Winter und zurück, von Ost nach West und West nach Ost, so dass der Jetlag ihr ständiger Begleiter war – das war nicht so beneidenswert.

Dennoch freute sie sich darauf, mit Sarah auch einmal irgendwo hinzufliegen. Sie konnte ihr dann bestimmt viel über Land und Leute erzählen.

Der Donnerstag kam, und Marie bemühte sich, früh ins Bett zu gehen, da Sarah am Freitagmorgen um halb sechs am Frankfurter Flughafen ankommen würde. Am Nachmittag chatteten Sarah und sie noch miteinander, aber da der Flug schon um sieben Uhr abends von Johannesburg abging, mussten sie früh Schluss machen.

Marie hätte also genug Zeit für einen erfrischenden Nachtschlaf gehabt, aber sie konnte und konnte nicht einschlafen. Es war, als ob sie Sarah Jahre nicht gesehen hätte, obwohl sie in diesen wenigen Tagen mehrmals über Skype videofoniert hatten. Ein kleiner Bildschirm konnte die Sehnsucht nicht stillen.

Viel zu früh klingelte am Freitag der Wecker, nachdem Marie irgendwann in der Nacht doch noch eingeschlafen war. Benommen tastete sie nach dem Ausschalter, aber schon in dem Moment, als sie ihn niederdrückte, riss sie mit einem Ruck die Augen auf und war hellwach.

Sie lächelte. Sarah. Bald würde Sarah wieder bei ihr sein. Marie war keine Frühaufsteherin, aber an diesem Morgen fühlte sie sich so. Sie ging pfeifend und singend unter die Dusche, zog sich an, machte sich einen Tee, war aber zu ungeduldig, ihn zuhause zu trinken. Sie füllte ihn in einen Thermobecher um und nahm ihn mit.

Ihr Herz flog Sarah schon entgegen, während sie noch in der Luft war. Auf Höhe des Flughafens donnerten die Flugzeuge über ihr Auto hinweg. Das laute Dröhnen ließ Marie jedes Mal zusammenzucken. Ein Blick nach oben zeigte einen Flieger, der zur Landung ansetzte. Ob Sarah darin saß?

Ein erwartungsvolles Lächeln breitete sich auf Maries Gesicht aus. Sie steuerte den *Kiss & Fly*-Bereich an, hielt, stieg aus dem Wagen aus und lehnte sich gegen die Karosserie. Die nächsten Minuten zogen sich wie Kaugummi und ließen sie unruhig von einem Fuß auf den anderen treten. Ihr Blick wanderte immer wieder zum Drehkreuz hinüber.

Jedes Mal, wenn sich eine Uniform hindurchschob, machte ihr Herz einen kleinen Salto, und als Sarah nicht kam, betrachtete sie nervös die anderen Autos auf dem Parkplatz. Freunde, Männer, die auf ihre Frauen warteten, um sie abzuholen. Genauso viele Kolleginnen von Sarah standen an der Seite und warteten wiederrum auf ihren Abholdienst.

Ein leiser Signalton des Handys riss sie aus ihren Gedanken, und ein glückliches Lächeln überzog ihr Gesicht, als sie die Nummer sah. Mit einem Wisch öffnete sie das Display.

Wir sind gelandet, ich muss aber noch etwas am Computer erledigen. Bist du wirklich da?

Natürlich. Hatte ich doch versprochen. Marie sandte einen Smiley mit.

Ich beeile mich.

Kein Stress, ich warte hier draußen.

Bis gleich.

Fast noch nervöser als zuvor lief Marie neben ihrem Wagen auf und ab, ihr Blick ließ das Drehkreuz gar nicht mehr los.

Endlich sah sie Sarah, die ihren Koffer hindurchschob.

Marie löste sich von ihrem Auto und lief ihr entgegen, um ihr zu helfen. Mit klopfendem Herzen begrüßte sie sie. »Hallo, schöne Frau.«

Sarah lächelte leicht, aber sie sah erschöpft aus. »Mach keine Witze. Ich weiß, wie ich nach einem Nachtflug aussehe.«

»Gib mir deinen Koffer.« Marie streckte die Hand aus.

»Ach, ist das schön, den mal nicht selbst herumwuchten zu müssen«, sagte Sarah. Sie schaute Marie etwas unsicher an. »Und dass du mich abholen kommst. Ich war mir nicht sicher ...« Eine kleine Wolke zog über ihr Gesicht.

»Was ich verspreche, halte ich auch«, lächelte Marie und führte Sarah zum Wagen. Sie lud den Koffer hinein und hielt

Sarah die Beifahrertür auf. »Wenn du willst, kannst du jetzt die Augen zumachen. Dein Dienst ist vorbei.«

Mit einer fließenden Bewegung glitt Sarah auf den Sitz, und Marie schloss die Tür, ging schnell um den Wagen herum und setzte sich neben sie auf die Fahrerseite. »Sollen wir auf dem Weg Brötchen mitnehmen?«

»Wenn du willst.« Sarah schaute sie müde an. »Ich glaube, ich kann jetzt nichts essen, ich muss erst mal schlafen.«

»Dann schlaf.« Mit einem zärtlichen Lächeln ließ Marie den Wagen an. »Ich kümmere mich um alles andere.«

»Danke«, flüsterte Sarah, lehnte sich in den Sitz zurück und schloss die Augen.

Glücklich lag Maries Blick noch kurz auf ihr, dann schaute sie über die Schulter zurück, um den Parkplatz zu verlassen.

In ihrer Wohnung angekommen breitete Marie zuvorkommend die Arme aus. »Fühl dich wie zu Hause. Kaffee oder Tee vielleicht?«

Matt schüttelte Sarah den Kopf. »Nur ein Bett.«

Das Wort Bett ließ Maries Haut kribbeln, insbesondere wenn sie noch die Vorstellung von Sarah im Bett hinzufügte. »Such dir eins aus«, sagte sie. »Schlafzimmer, Gästezimmer …«

Sarah nickte dankbar, zog ihre Uniformjacke aus und legte sie auf den Sessel. Sie trug noch eine Weste, die sie aufzuknöpfen begann, als sie ins Schlafzimmer hinüberging.

Marie hätte ihr gern dabei geholfen – und noch viel mehr, aber sie rief sich selbst zur Ordnung. Sie sollte einfach nur froh sein, dass Sarah da war.

»Brauchst du noch etwas?«, rief sie ins Schlafzimmer hinüber.

Sie bekam keine Antwort.

Vorsichtig warf sie einen Blick durch die Tür. Sarah lag unter der Decke und schlummerte bereits wie ein Baby. Marie lächelte und schloss die Tür leise. Dann ging sie zum Bäcker Brötchen holen.

Nachdem sie zurückgekommen war, versuchte sie in ihrem Arbeitszimmer zu arbeiten, aber es gelang ihr nicht, ihre Gedanken von der Frau im Nebenzimmer abzuwenden. Sie starrte in die Luft und konnte nur an sie denken. Fälle, Mandanten, Gerichtstermine – das alles schien ihr weit, weit weg. Es war erstaunlich, wie sich die ganze Welt nur um eine Sache drehen konnte. Um einen Menschen.

Sie rief Ingrid an und bat sie, einen Termin mit einem Mandanten zu übernehmen, der heute in die Kanzlei kommen wollte. Sie hatte vergessen, den Termin abzusagen, und nun war es zu spät. Der Mandant kam von außerhalb und war bereits unterwegs.

»Bist du krank?«, fragte Ingrid. »Oder hast du einen anderen Termin?«

Marie zögerte. »Könnte man so sagen«, erwiderte sie.

»Oh mein Gott.« Ingrid schnaubte missbilligend. »Den Ton kenne ich. Ist Sarah da?«

»Sie ist vor drei Stunden aus Johannesburg gelandet«, gab Marie zu.

»Wirst du denn nie schlau?« Wahrscheinlich rollte Ingrid nun die Augen.

»Am Sonntag, nachdem wir spazieren waren, hat sie sich gemeldet«, erklärte Marie eilig. »Es ist alles nicht so, wie du denkst. Wir hatten die ganze Woche Kontakt, als sie in Südafrika war.«

»Und du hast keinen Ton gesagt.« Ingrid seufzte tief auf.

»Ich wollte nicht …«, Marie atmete durch, »ich wollte nicht darüber sprechen, bevor wir uns nicht gesehen haben. Es hätte ja sein können –«

»Dass sie dich einfach wieder am Flughafen stehenlässt?«, vollendete Ingrid den Satz. »Vielleicht wäre es besser gewesen, wenn sie das getan hätte. Aber offensichtlich hat sie es nicht getan.«

»Nein.« Marie verzog das Gesicht. »Bitte, Ingrid, ich kann dir das bei Gelegenheit alles erklären, aber jetzt muss ich erst einmal eine einstweilige Verfügung erwirken. Ich warte nur, bis sie wach ist. Sie war sehr müde nach dem Nachtflug und schläft noch.«

»In deinem Bett?«, fragte Ingrid. »Das klappt also auch wieder?«

»Es ist nichts passiert«, stellte Marie sofort richtig. »Sie hat sich nur hingelegt, als wir in die Wohnung kamen.«

»Wofür brauchst du eine einstweilige Verfügung?« Ingrid war eine gute Anwältin. Ihr entging nichts.

»Kontaktverbot«, entgegnete Marie knapp. »Gegen Ellen.«

»Auf einmal?« Ingrid wirkte erstaunt. »In Hamburg waren sie doch noch ein Herz und eine Seele.«

»Ich sagte ja, es ist nicht so, wie du denkst«, wiederholte Marie. »Ellen stalkt sie. Sie will nicht akzeptieren, dass Sarah sich getrennt hat.«

»Hat sie das?«, bemerkte Ingrid zweifelnd. »Für die nächsten fünf Minuten?«

»Du siehst das alles ganz falsch.« Marie seufzte. »Sarah will wirklich nichts mehr mit ihr zu tun haben.«

»Wenn du es sagst …« Ingrid war offensichtlich nicht überzeugt.

»Da sind noch ein paar mehr Dinge, die du nicht weißt«, sagte Marie, »aber das führt jetzt zu weit. Ich erkläre dir aber alles, sobald ich Zeit dazu habe, und vielleicht«, sie lächelte, »lernst du Sarah dann ja auch mal kennen. Ich glaube, dann wirst du anders über sie denken.«

»Vergiss nicht, dass ich nicht auf Frauen stehe und sie nicht durch die rosarote Brille betrachte«, warnte Ingrid. »Aber jetzt muss ich mir erst mal deine Notizen ansehen, damit ich überhaupt weiß, was ich zu deinem Mandanten sagen soll.«

»Versuch ihn davon zu überzeugen, dass das eine Maschendrahtzaun-Geschichte ist«, riet Marie. »Es lohnt den Aufwand nicht. Er soll sich einfach mit seinem Nachbarn einigen.«

»Ich liebe Maschendrahtzaun-Fälle.« Ingrid stöhnte auf. »Aber ich werde tun, was ich kann. Und, Marie …«

»Ja?«

»Pass auf dich auf.«

Ein gerührtes Gefühl überkam Marie. »Tue ich«, antwortete sie leise. »Und glaub mir: Du musst dir wirklich keine Sorgen mehr machen.«

»Na hoffentlich«, sagte Ingrid. »Wann kommst du wieder ins Büro?«

»Weiß ich noch nicht. Ich muss Sarah fragen, wie lange sie in Frankfurt bleibt«, erwiderte Marie. »Dann sage ich dir Bescheid.«

»Gut.« Ingrid lachte leicht. »Vielleicht backe ich schon mal Kuchen.«

»Kannst du«, meinte Marie, »aber den werden wir dann zu dritt essen.«

»Du bist und bleibst verrückt«, schmunzelte Ingrid und legte auf.

Marie lächelte und ging dann in die Küche, um Kaffee zu kochen. Als er fertig war, stellte sie die Kanne auf ein Tablett, eine Tasse und einen kleinen Teller dazu, Besteck, die Brötchen, Butter und Marmelade. Sie betrachtete das Arrangement und legte eine Rose dazu, die sie beim Brötchenholen mitgebracht hatte. Sie hob das Tablett an und ging zur Schlafzimmertür.

Ein bisschen musste sie balancieren, aber es gelang ihr, die Klinke herunterzudrücken. Sie hatte angenommen, dass Sarah noch schlief, und das tat sie auch.

Vorsichtig stellte sie das Tablett neben sie aufs Bett und setzte sich so langsam, dass die Matratze sich kaum bewegte. Sarah schien ganz entspannt. Marie hätte sie stundenlang betrachten können. Sie lächelte.

Auf einmal konnte sie sich nicht mehr zurückhalten und beugte sich über sie, hauchte einen Kuss auf ihre Wange. Die samtweiche Berührung von Sarahs Haut ließ sie fast ohnmächtig werden.

Sarahs Augenlider zuckten, dann hob sie ungezielt eine Hand, als wollte sie sich etwas von der Wange wischen.

Marie nahm die Rose und kitzelte Sarah leicht mit den Blütenblättern.

Endlich schlug Sarah die Augen auf.

»Brötchen? Kaffee? Milch und Zucker?«, fragte Marie neckend.

»Ist das nicht eigentlich mein Text?« Sarah wirkte immer noch verschlafen.

»Heute nicht.« Marie legte die Rose auf das Tablett zurück. »Hier ist hoffentlich alles, was dein Herz begehrt, und wenn du noch etwas anderes willst, brauchst du es nur zu sagen.«

Mit einem schnellen Blick auf das Tablett richtete Sarah sich auf und schlang die Bettdecke um sich, als sie sich gegen das Kopfteil lehnte. »Kaffee ist großartig. Danke.«

Marie goss eine Tasse für sie ein, fügte Milch und Zucker hinzu und reichte sie ihr. »So richtig?«

Ein leichtes Lächeln schlich sich in Sarahs Gesicht. »Du hast es dir genau gemerkt.« Sie setzte sich bequem zurück, griff nach der Tasse und trank einen Schluck.

»Ich merke mir alles, was dich betrifft«, sagte Marie.

Sarahs Augen schimmerten auf einmal feucht. »Und ich habe dich so schlecht behandelt.«

»Aber nein.« Marie schaute sie zärtlich an. »Du hattest keine Wahl. Du konntest nicht anders.«

»Es tut mir furchtbar leid, dass ich mir nicht anders zu helfen wusste«, sagte Sarah leise. »Ich hätte dir von Anfang an die Wahrheit sagen sollen.«

»Du wolltest mich beschützen. Was sehr süß von dir ist.« Marie beugte sich erneut vor und wollte einen Kuss auf Sarahs Wange hauchen, aber Sarah drehte den Kopf, und der Kuss landete auf ihren Lippen.

Sofort zuckte Marie zurück. »Entschuldige«, sagte sie.

Mit weit geöffneten Augen starrte Sarah sie an.

»Ich gehe«, Marie stand auf, »damit du in Ruhe frühstücken kannst.«

»Nein.« Sarah stellte ihre Tasse aufs Tablett zurück. »Komm her.«

Marie zögerte. Sie wusste nicht, was sie tun sollte. Sie sehnte sich nach Sarah, wollte sie berühren, sie küssen, aber sie hatte Angst, dass Sarah etwas anderes wollte als sie und sie sie nur bedrängen würde.

Sarah lächelte leicht. »Wenn du jetzt nicht herkommst, komme ich zu dir.«

Marie musste lachen. »Schon gut.« Sie ließ sich neben Sarah auf das Bett gleiten.

Sarah hob eine Hand und strich mit sanften Fingern über Maries Gesicht. »Ich will dich auch«, flüsterte sie, während ihr Blick tief in Maries Augen versank. »Bitte hilf mir.«

Jeder Zentimeter, den Sarah berührt hatte, sandte kribbelnde Signale in Maries Körper. »Ich tue alles, was du willst«, flüsterte sie zurück.

Sarah beugte sich zu ihr, ihre Lippen berührten Maries, öffneten sich leicht und gewährten Maries Zunge Einlass. Der sanfte Kuss wurde leidenschaftlicher und brachte Maries Blut zum Kochen. Ihre Hände fuhren über Sarahs Körper, der immer noch von der Bettdecke bedeckt war, legten sich mit sanftem Druck über ihre Brüste.

Sarahs Finger krallten sich in Maries Haare, drückten ihren Kopf fester gegen sich.

Schwer atmend lösten sie sich nach einer Weile und sahen sich an. Sarah griff nach der Bettdecke und schob sie zur Seite. Sie war nackt.

Marie schnappte nach Luft. Sie hatte nicht darüber nachgedacht, aber irgendwie hatte sie vermutet, dass Sarah sich nicht vollständig ausgezogen hatte. Ihr nackter Anblick überwältigte sie nun mehr, als sie erwartet hatte. Sie hatte sie schon nackt gesehen, natürlich, aber heute ... heute war es anders.

Sarah glitt tiefer ins Bett. Bislang hatte sie immer noch halb gesessen, nun lag sie flach atmend auf dem Rücken. »Komm ...«, flüsterte sie. »Du hast mir so gefehlt.«

Maries Augen hingen wie hypnotisiert an ihr, dann legte sie sich leicht auf sie und begann sie erneut sanft zu küssen. Ihre Zungen trafen aufeinander, umspielten sich, zogen sich zurück, nur um das Spiel von neuem zu beginnen.

Ihre Finger legten sich vorsichtig über Sarahs Brüste, drückten sanft gegen die festen Hügel, die sich ihr fast entgegendrängten.

Ein leises Stöhnen aus Sarahs Mund ließ sie kurz innehalten, doch es war kein Protest gewesen, und so senkte Marie ihre Lippen auf Sarahs Hals, glitt über ihre Kehle und ihre Schultern hinab.

Ein Zittern lief durch Sarahs Körper, als Marie kurz über den sanften Hügeln verhielt.

»Du bist so wunderschön«, murmelte Marie. Ihre zärtlichen Finger strichen sachte über Sarahs Bauch, glitten über die Seiten nach oben und endeten an ihren kleinen Brüsten. Mit heißen Lippen hauchte sie sanfte Küsse auf die nackte Haut, ließ ihre Zungenspitze einen Weg über die Brustwarzen finden.

Sarahs Körper unter ihr wand sich hin und her. Sie stöhnte leise auf, als Marie an ihren Brustwarzen zu saugen begann.

»Möchtest du, dass ich aufhöre?« Marie konnte ihre eigene Erregung kaum unterdrücken. Doch sie wollte Sarah auf keinen Fall zu etwas drängen, das ihr später vielleicht leid tat.

»Nicht aufhören«, kam es keuchend aus Sarahs Mund zurück.

»Ich wollte nur sichergehen.« Glücklich lächelnd senkte Marie ihre Lippen auf Sarahs weiche Hügel und küsste die festen Nippel.

Ihre Hände glitten erneut über Sarahs Bauch, tasteten sich weiter nach unten. Sie verharrte kurz, doch als keine Reaktion von Sarah kam, verließ sie mit ihren Lippen ihre Brüste und küsste sich einen Weg über ihren schlanken Körper nach unten, zum Quell ihres Duftes, der Marie in den Bann zog.

Sanft küsste sie die Innenseiten ihrer Schenkel. Mit dem Finger strich sie darüber und hauchte einen zärtlichen Kuss auf ihre Scham.

Sarah stöhnte unter ihren Küssen auf. Sie wand sich im Bett hin und her, drückte mit ihren Händen Maries Kopf fester gegen ihre Mitte und hob gleichzeitig ihr Becken an, um ihr noch näher zu kommen.

Marie bettete sich zwischen Sarahs Beine, zog tief den herben Duft ein, der aus ihr herausströmte. Als ihre Lippen den Quell des Duftes berührten, entfuhr Sarah ein kleiner Schrei.

Ihre Finger krallten sich in Maries Haare und drückten sie noch fester gegen sich.

Marie ließ einen Finger auf Wanderschaft gehen. Sie teilte das pulsierende Fleisch vor sich, fuhr sachte an den Schamlippen entlang und ließ den Finger dann in sie hineingleiten. Gleichzeitig stülpte sie ihre Lippen über Sarahs Klit, saugte an dem kleinen Knöpfchen, das sich ihr entgegenstreckte.

Sie spürte, wie ihr Puls raste, ihr eigenes Blut floss wie Lava durch ihre Adern, und alle Flüssigkeiten sammelten sich an einem einzigen Punkt in ihrem Leib.

Mit einem Griff zog sich Marie das T-Shirt über den Kopf und ließ den Rest ihrer Kleidung folgen, glitt wieder zwischen Sarahs Beine zurück und machte da weiter, wo sie kurz unterbrochen hatte.

Sarahs Stöhnen trieb sie immer mehr an. Ihre Fäuste krallten sich in Maries Nacken, drückten ihren Kopf tiefer an ihre brennende Mitte. »Das ist schön. Das ist so schön«, keuchte sie auf. »Nicht aufhören, bitte.« Ihr Stöhnen wurde lauter, und mit einem tiefen Schrei brach sich die letzte Welle ihren Weg nach außen.

Marie spürte die Wellen noch eine ganze Weile, bevor Sarah sie seufzend zu sich nach oben zog. Eine kleine Träne lief ihr über die Wange.

»Aber ... aber ...« Marie küsste die Träne besorgt fort. »War es so schlimm?«

»Es war ...«, Sarah schüttelte den Kopf, »das Gegenteil von schlimm.« Sie lächelte. »Danke.« Glücklich seufzend kuschelte sie sich an Marie.

Ein paar Minuten lagen sie so da, Arm in Arm, und genossen den Augenblick, bevor Sarah sich leicht drehte und ein Bein zwischen Maries Schenkel schob.

»Himmel ...«, stöhnte die leise, als tausend Flammen sich allein bei der Berührung aus ihrem Schoß lösten. »Sarah ...«

»Jetzt bist du dran«, flüsterte Sarah lächelnd. Sie schob ihre brodelnde Mitte über Maries, drückte sich gegen sie und begann sich erst sanft, dann fester gegen sie zu reiben.

Marie stöhnte auf, als Sarah immer schneller wurde und sie mitriss. Es war kaum noch zu ertragen. Marie schloss die Augen und gab sich Sarah ganz hin. »Oh mein Gott ...«, stöhnte sie. »Was tust du mit mir?«

»Dasselbe, was du mit mir getan hast.« Sarah keuchte. »Und immer noch tust.«

Sie stieß heftiger und heftiger, und plötzlich fühlte Marie, wie sich alles in ihr verkrampfte. Gleichzeitig wurde Sarah ganz steif zwischen ihren Beinen. Sie kamen im selben Moment zum Höhepunkt, und Sarah brach auf ihr zusammen.

Ihre Erschöpfung hielt jedoch nicht lange an. Schon kurz darauf richtete sie sich auf und hauchte einen zarten Kuss auf eine von Maries Brustwarzen.

Marie stöhnte auf, als Sarah den Nippel anschwellen ließ und schließlich vorsichtig in den Mund nahm. Mit den Zähnen knabberte sie sanft an dem kleinen Schwellkörper, fühlte nach, wie er größer und härter wurde. Mit der Handfläche rieb sie an der anderen Brust. Nach einiger Zeit wechselte sie die Position und startete ihr Verwöhnprogramm aufs Neue.

Marie wurde es heiß und kalt durch die zarten Berührungen. Sie wünschte sich, sie könnten ewig so weitermachen. Das Gefühl, das sich in Marie breitmachte, ließ sie erneut laut aufstöhnen. Noch nie in all den Jahren hatte sie so etwas empfunden. Ihre Mitte brannte, ihr Blut schoss heiß durch ihre Adern, ihr ganzer Körper stand in Flammen.

Sarah kniete sich zwischen Maries Beine, hauchte zarte Küsse auf das heiße Fleisch und ließ ihre Finger eintauchen in die Nässe, die aus Marie herausquoll. Ihre Zungenspitze suchte und fand das kleine Knöpfchen. Als sie daran zu saugen begann, konnte sich Marie nicht weiter beherrschen.

Mit einem Schrei packte sie Sarah an den Schultern und drückte sie fester gegen ihre brennende Mitte. Mit ihren Hüften kam sie Sarahs Lippen entgegen. Sie spürte die Wellen durch ihren Leib rasen. Um den nächsten Schrei zu unterdrücken, presste sie eine Faust gegen ihren Mund. Welle um Welle tobte durch sie hindurch, fand ihren Höhepunkt, glitt zurück in das tiefe Tal, nur um erneut anzusteigen und sie mit sich fortzutragen.

Mit einem letzten Aufbäumen brach Marie schließlich in den Laken zusammen.

Als Marie aufwachte, wusste sie für einen Moment nicht, wo sie sich befand. Es war ihr Schlafzimmer, doch etwas war anders als sonst.

Ein Geräusch neben ihr ließ sie hinschauen und lächeln.

Sarah streckte sich leicht und drehte sich zu ihr herum. Ein glücklicher Ausdruck lag auf ihrem schönen Gesicht. »Es war kein Traum, oder?«

»Nein.« Marie beugte sich leicht zu ihr und küsste sie sanft auf die Lippen. »Kein Traum.« Sie fühlte, wie die Wärme der Berührung sie ganz durchzog.

»Dann ist ja gut«, murmelte Sarah, kuschelte sich an Maries nackten Körper und seufzte leise.

Marie küsste ihre Schulter und spürte, wie sich unter ihren Lippen eine Gänsehaut bildete.

»Mach das noch mal«, hauchte Sarah.

»Meinst du wirklich?« Maries Hand begab sich auf Wanderschaft zwischen Sarahs Beine. Mit sanftem Druck glitt sie über ihre glattrasierte Scham, fand ihren Weg zwischen die Falten und verschwand in ihrer heißen Mitte.

Seufzend ließ sich Sarah gegen sie sinken. Maries Daumen suchte und fand ihren empfindlichsten Punkt. Langsam massierte sie über das kleine Knöpfchen, ließ es weiter anwachsen.

Sarah stöhnte leise und bewegte ihre Hüften.

Maries Bemühungen zwischen ihren Beinen wurden schneller, und Sarahs Atem wurde zuerst schwerer, dann unregelmäßiger. »Ja«, flüsterte sie. »Ja ...«

Marie presste sich an sie, spürte Sarahs warme Haut an ihrer und dann ihre Erlösung, die ihr einen kleinen Schrei entlockte, bevor sie sich entspannte.

»Das war besser als Frühstück ans Bett«, schmunzelte sie kurz darauf, als sie Marie mit ihren strahlenden blauen Augen ansah.

»Du kannst beides haben«, entgegnete Marie zärtlich. »Immer und immer wieder. So oft du willst.«

Sarah schluckte. »Du bist so gut zu mir.«

»Wenn ich dich ansehe, kommt mir gar nichts anderes in den Sinn.« Marie zog Sarah an sich, spürte ihren Herzschlag, der sich mit ihrem eigenen zu synchronisieren schien, und war einfach nur glücklich.

17

So schnell musst du schon wieder los?« Marie blickte enttäuscht. »Ich dachte, nach einem Langstreckenflug habt ihr länger frei.«

»Kommt drauf an«, sagte Sarah. »Diesmal sind es nur zwei Tage. So eine lange Strecke ist es eben auch nicht. Verglichen mit Australien zum Beispiel.«

»Wen interessiert Australien?«, brummelte Marie. Sie zwang ein Lächeln in ihr Gesicht. »Wann musst du morgen am Flugplatz sein?«

Sarah schien gar nicht antworten zu wollen. Sie sah nicht weniger bekümmert aus als Marie. »Nicht so früh.«

»Das heißt?« Marie hob die Augenbrauen.

»Briefing ist um halb neun.«

»Und wie lange vorher musst du da sein?«

»Ich brauche nur ein paar Minuten, um mir meine Papiere zu ziehen, also acht Uhr würde reichen.«

»Das ist ja geradezu human«, bemerkte Marie ironisch.

»Du musst mich nicht fahren«, sagte Sarah beinah entschuldigend. »Ich kann auch –«

»Nie im Leben.« Marie lächelte sie an. »Ich fahre dich und ich hole dich ab, und wenn es jeden Tag ist.«

»So schnell bin ich nicht wieder da.« Sarahs Mundwinkel zeigten nach unten. »Leider.«

»Ich werde mich schon daran gewöhnen.« Marie nahm ihre Hand und drückte sie beruhigend. »Ist eben alles noch ziemlich neu für mich.«

»Während ich weg bin, kannst du dir ja überlegen, ob du das überhaupt willst.« Sarah blickte auf ihren Teller hinunter und schaute Marie nicht mehr an. »Es tut mir leid –«

Bevor Sarah weiterreden konnte, nahm Marie ihr Gesicht liebevoll in die Hände, zog sie leicht zu sich heran und küsste sie zärtlich auf den Mund. »Es gibt keinen Grund, warum du dich entschuldigen müsstest, ganz im Gegenteil.« Sie strich

Sarah sanft über die Wange und lächelte. »Du bist das größte Geschenk, das ich je bekommen habe. Und das ich ganz sicher gegen nichts anderes eintauschen werde, komme da, was wolle.«

»Denk lieber noch mal darüber nach«, wandte Sarah ein. »Ich würde verstehen, wenn es dir zu viel ist.«

»Nichts, was mit dir zusammenhängt, ist mir zu viel.« Maries Augen streichelten Sarah liebevoll. »Da kannst du ganz sicher sein.«

Sarah atmete tief durch und seufzte. »Wenn ich zurückkomme, müssen wir das mit dem Gericht machen?«

»Ich wäre dafür.« Marie schaute sie ernst an. »Aber es ist natürlich deine Entscheidung.«

»Und wenn ich …«, Sarah schluckte und zögerte, »wenn ich hier in Frankfurt bliebe? Gar nicht mehr nach Hamburg zurückgehen würde?«

Maries Herzschlag setzte fast aus. »Du willst … hierbleiben?«

»Praktischer wäre es«, sagte Sarah. »So zwischen den Flügen.«

Marie lächelte. »Nur praktischer?«

»Du hast mir mal dein Gästezimmer angeboten …«, bemerkte Sarah unsicher.

»Du kannst meine ganze Wohnung haben.« Marie wäre am liebsten vor Freude in die Luft gesprungen. »So oft und so lange du willst. Ich werde immer hiersein und auf dich warten.«

»Bitte nicht«, wehrte Sarah ab. »Das könnte langweilig werden.«

»Langweilig?« Marie lachte. »Mit dir? Das glaube ich kaum.« Sie umarmte Sarah völlig überwältigt und drückte sie an sich. »Willst du wirklich hier bei mir sein? Für immer?«

»Für immer?« Sarah sah überrascht aus.

»Entschuldige.« Marie spürte Sarahs Zurückhaltung und kam ein bisschen wieder herunter. »Ich meinte natürlich nicht ... ich wollte sagen ... wenn du willst ...« Sie ließ Sarah los. »Du kannst jederzeit hier die Zeit zwischen deinen Flügen überbrücken, wollte ich sagen«, schränkte sie schnell ein.

Sarahs Mundwinkel zuckten. »Wie in einem Hotel, meinst du?«

Marie schaute sie verlegen an. »Wenn es das ist, was du willst.«

»Ganz sicher«, sagte Sarah. »Wäre eine nette Abwechslung für mich. Ich bin ja so selten in Hotels.«

Marie hörte eine merkwürdige Betonung aus Sarahs Worten heraus. »Du willst also nicht hier übernachten?« Sie plumpste fast auf ihren Stuhl zurück.

Sarah stand auf, kam zu Marie herüber und setzte sich auf ihren Schoß. »Wenn du da bist, übernachte ich gern hier«, sagte sie leise und küsste Marie ganz sanft auf die Lippen. »Nicht nur zwischen den Flügen.«

Marie brauchte eine Sekunde, um zu begreifen, was sie gesagt hatte, dann begann sie zu lächeln. »Du willst hier einziehen?«

»Das ist ein großes Wort«, sagte Sarah. »Aber ich hatte ja schon mal gefragt, ob ich ein paar Sachen hier unterstellen darf.« Sie zögerte kurz. »Mehr als für eine Hotelübernachtung«, fügte sie dann hinzu.

»Also so eine Art Zwischending.« Marie blickte sie zärtlich an. »Dann hoffe ich auf viele Zwischenstopps in Frankfurt.«

»Freu dich nicht zu früh«, warnte Sarah sie. »Das bedeutet ein ständiges Kommen und Gehen. Deine beschauliche Ruhe wirst du dann nicht mehr haben.«

»Darauf freue ich mich schon«, schmunzelte Marie.

»Okay«, sagte Sarah. »Dann werde ich meine Eltern anrufen und mit ihnen besprechen, wie wir das am besten machen. Vielleicht fliege ich auf dem Rückweg doch gleich weiter nach Hamburg und sortiere die Sachen aus. Das dauert nicht lange, so viele Sachen sind es nicht. Keine Angst.« Sie lächelte wieder auf ihre zauberhafte Art. »Ein paar große Pakete werden es aber schon.«

Marie breitete großzügig die Arme aus. »Ich kaufe eine größere Wohnung, wenn diese nicht reicht. Daran soll es nicht scheitern.«

»Vier Zimmer für zwei Personen sind wohl mehr als genug«, meinte Sarah. »Ich muss ja auch nicht gleich alles von meinen Eltern mitnehmen. Für den Rest ist immer noch Zeit.«

»Während du weg bist, werde ich das Gästezimmer von allem befreien, was dich stören könnte.« Marie lächelte. »Mein Keller ist noch fast leer, da kann ich einiges unterbringen.«

»Ich kann dir helfen, wenn ich zurück bin«, sagte Sarah. »Aber jetzt«, sie beugte sich zu Marie, »sollten wir die Zeit bis morgen noch nutzen.« Ihre Augen funkelten unternehmungslustig. »Wir haben noch die ganze Nacht.«

Marie wurde heiß unter Sarahs Blick, und Sarah glitt von ihrem Schoß und zog sie mit sich auf den Boden hinunter.

18

Sarah ist wieder in Hamburg?«, fragte Ingrid.

Marie nickte. »Sie packt ein paar große Kisten, damit sie bei mir einziehen kann.«

»Bei dir … einziehen?« Ingrid starrte sie entgeistert an. »Warst du nicht immer mehr so der Meinung *My home is my castle*? Ganz allein deins?«

Maries Gesichtsmuskeln ließen sich nicht kontrollieren. Sie konnte sie nicht daran hindern, sich zu einem glücklichen

Lächeln zu verziehen. »Sarah hat viele meiner Ansichten verändert.«

»Und ich habe sie immer noch nicht kennengelernt.« Ingrid seufzte. »Aber jetzt ist es ohnehin zu spät. Für dich ist das alles anscheinend ja schon beschlossene Sache.«

»Kannst du dich nicht ein bisschen für mich freuen?« Marie blickte sie mit einem gekonnten Hundeblick an. »Sarah ist ein Engel, kein Teufel.«

»Engel gibt es nur im Himmel«, entgegnete Ingrid trocken. »Und da sind wir noch nicht. Aber natürlich«, nun lächelte sie, »freue ich mich für dich. Ich sehe doch, wie glücklich du bist. Und das gönne ich dir von Herzen. Ich hoffe nur, dass nichts Schlimmes passiert.«

»Wird es nicht«, sagte Marie. »Wenn Sarah erst einmal hier ist – «

»Boss?« Plötzlich stand Terry mit einem fragenden Gesichtsausdruck in Ingrids Bürotür. »Können Sie mal kommen? Da ist jemand für Sie.«

Mit einem Stirnrunzeln blickte Marie auf die Uhr. »Wird das langsam zur Gewohnheit, dass die Leute einfach so kommen? Ich habe doch jetzt gar keinen Termin.«

»Er hat keinen.« Ziemlich unzufrieden verzog Terry das Gesicht. »Und er hat mir auch nicht gesagt, worum es geht. Aber er meinte, es wäre dringend. Er müsste unbedingt mit Ihnen sprechen. Es wäre in Ihrem eigenen Interesse.«

»In meinem Interesse? Was soll das denn?« Marie schüttelte den Kopf. »So eine Geheimniskrämerei.«

»Maschendrahtzaun«, grinste Ingrid. »Ich wette, so etwas ist es.«

»Ich habe doch gar keinen.« Mit einem Augenrollen verließ Marie hinter Terry Ingrids Büro. Vor ihrem eigenen wurde sie von einem jungen Mann erwartet, der so gar nicht ihrer Vorstellung von einem Maschendrahtzaunfall entsprach. »Guten Morgen«, sagte sie und betrachtete ihn prüfend. »Was kann ich für Sie tun?«

»Sind Sie Marie Petersen?« Er musterte sie mit einem listigen Blick.

Ein unsympathischer Mensch, dachte Marie. *Egal, was für ein Fall es ist, ich lehne ihn ab.* »Ja?«, erwiderte sie vorsichtig.

»Die Marie Petersen, gegen die wegen Kreditkartenbetrugs ermittelt wird?«

Was? Worum geht es hier? »Sind Sie von der Polizei?« Marie bezweifelte das, so, wie er aussah, aber man konnte nie wissen.

»Nein.« Er grinste ziemlich schmierig. »Aber ich könnte mit denen reden.«

Marie setzte ihr Pokerface auf. »Was wollen Sie?«

»Ich bin Reporter«, sagte er. »Investigativer Journalismus, Sie verstehen? Wir decken die schmutzigen kleinen Geheimnisse auf, die alle zu verstecken suchen.«

»Da sind Sie hier an der falschen Adresse.« Marie lachte bewusst harmlos, obwohl ihr langsam mulmig wurde. Dieser Kerl wirkte nicht sehr vertrauenerweckend mit seinem Frettchengesicht. »Wir sind eine ganz normale Anwaltskanzlei.«

»Aber Sie hätten ganz sicher nicht gern einen Artikel in der Zeitung, in dem über Ihre privaten ...«, er zögerte genüsslich, »Spielchen berichtet wird, oder?«

»Das mit der Kreditkarte ist nichts weiter als ein Irrtum«, erwiderte Marie harsch, um ihn in seine Schranken zu weisen, »der demnächst ganz sicher aufgeklärt werden wird.« Sie schaute ihn von oben herab an. »Und jetzt wünsche ich Ihnen einen schönen Tag. Sie finden ja sicher allein hinaus.« Sie ging an ihm vorbei in ihr Büro.

So leicht ließ er sich jedoch nicht abschütteln. Er folgte ihr und schloss die Tür hinter sich. »Eine Anwältin, die süchtig ist, die sich beim Einkaufen nicht beherrschen kann, die Schulden über Schulden macht, sogar Kreditkarten fälscht ... das wird unsere Leser sicher interessieren«, grinste er.

»Ich hatte Sie gebeten zu gehen«, fuhr Marie ihn unfreundlich an. »Wenn Sie das nicht gleich tun, ist das Hausfriedensbruch, und ich rufe die Polizei.«

»Dann gehe ich«, entgegnete er kriecherisch selbstbewusst, »und morgen steht alles in der Zeitung. Daran können mich die Bullen nicht hindern. Die Kreditkarten sind ja nicht das einzige. Glauben Sie, dass Sie noch irgendeinen Mandanten haben, wenn herauskommt, wie Ihr Privatleben abläuft? Wie Sie Ihre Nächte verbringen?«

Marie lachte ungläubig auf. »Das ist doch wohl jetzt nicht Ihr Ernst! Jeder weiß, dass ich lesbisch bin. Das ist keine Neuigkeit und interessiert auch niemanden. Wenn deshalb ein Mandant nicht zu mir kommt, kann ich gut auf den verzichten. Und«, sie beugte sich hinter ihrem Schreibtisch vor, »es gibt Gesetze gegen sexuelle Diskriminierung. Die auch für Ihre Zeitung gelten. Sollte die so einen Schund überhaupt drucken.«

»Das werden sie ... wenn es die Wahrheit ist«, erwiderte er ungerührt. »Und Ihre Kanzlei ist längst den Bach runtergegangen, wenn die Leute wissen, dass Sie nicht nur Straftaten begehen, sondern auch nachts namenlose Fremde auf der Straße aufsammeln, um Ihre perverse Sexlust zu befriedigen. Wissen Sie«, fuhr er fort, setzte sich in Maries Besuchersessel und schlug gemütlich die Beine übereinander, »als Anwältin haben Sie einen Ruf zu verlieren. Und Ihre Zulassung.«

Marie war sprachlos. Sie starrte ihn völlig entgeistert an. Dann jedoch fing sie sich. »Verleumdung ist auch eine Straftat«, entgegnete sie so ruhig, als ob sie das alles nicht berühren würde. »Nichts davon ist wahr. Ich weiß nicht, woher Sie Ihre angeblichen Informationen haben –«

»Das ist völlig unwichtig«, unterbrach er sie. »Sie leben in keiner festen Beziehung, sind aber sexsüchtig. Sie holen sich irgendwelche Frauen, von denen Sie nicht einmal den Namen kennen, von der Straße für eine Nacht oder ein paar

Stunden. Sie übernehmen keinerlei Verantwortung, entziehen sich jeder familiären Verpflichtung und bezahlen irgendwelche Huren mit gefälschten Kreditkarten. Vielleicht haben Sie sich ja auch andere Dinge ... erkauft. Wie klingt das für eine rechtschaffene Anwältin, die die Gesetze vertreten soll?« Sein Gesichtsausdruck wirkte schleimig zufrieden. »Haben Sie sonst noch was gelernt, wenn Sie nicht mehr als Anwältin arbeiten können?«

»Ich wiederhole«, entgegnete Marie in ihrer kühlsten Anwältinnenstimme, »dass keine dieser Behauptungen zutrifft. Und jetzt verlassen Sie bitte mein Büro. Kein seriöses Blatt wird solche aus der Luft gegriffenen Anschuldigungen drucken.«

»Oh doch«, grinste er. »Wenn die Staatsanwaltschaft es bestätigt. Und natürlich ein Interview mit einer gebrochenen Frau, die Sie ruiniert haben und die über all die dreckigen One-Night-Stands berichten kann, die Sie so lieben.«

»Terry?« Marie drückte auf den Knopf ihrer Gegensprechanlage. »Bitte rufen Sie die Polizei. Der ... Herr weigert sich zu gehen.«

»Wollen Sie das wirklich?«, fragte er hinterlistig. »Sehen Sie nicht, dass ich Ihnen ein Angebot mache? Nichts davon muss an die Öffentlichkeit dringen, Sie können Ihre schöne Kanzlei behalten und Ihren guten Ruf, Ihre Zulassung, wenn Sie nur ein bisschen ... entgegenkommend sind.«

»Jetzt kommen wir zum Punkt.« Marie drückte erneut auf den Knopf. »Einen Moment, Terry. Möglicherweise geht er doch.« Sie schaute den Mann an. »Das ist Erpressung«, sagte sie. »Und dafür wandern Sie lange Zeit ins Gefängnis.«

»Haben Sie Beweise?« Er zuckte die Schultern. »Ist Ihr Büro verwanzt oder irgendwas? Hat irgendjemand gehört, was ich hier gesagt habe? Aussage gegen Aussage. Ich habe nicht Jura studiert wie Sie, aber ich glaube, das ist ein Patt vor Gericht. Dafür wird niemand verurteilt.«

»Was wollen Sie?«, fragte Marie.

»Zehntausend Euro. Für den Anfang«, sagte er sofort. »Ich weiß, dass Sie es sich leisten können.«

Marie lachte auf. »Zehntausend Euro? Für den Anfang? Dann habe ich keinerlei Garantie, wie viel Sie mir im Ganzen abknöpfen wollen?«

»Wir werden sehen.« Das Grinsen auf seinem Gesicht wurde zu einer selbstzufriedenen Grimasse. »Sie haben viel zu verlieren. Ich gar nichts.«

»Hmhm.« Marie schürzte die Lippen. »Also muss ich wohl darüber nachdenken.«

»Das sollten Sie«, sagte er und stand auf. »Sie können mich unter dieser Nummer erreichen.« Er schob ihr einen Zettel über den Tisch. »Aber denken Sie nicht zu lange nach. Ich erwarte Ihren Anruf innerhalb der nächsten achtundvierzig Stunden.« Mit einem zufriedenen Gesichtsausdruck schlenkerte er hinaus.

»Was war das denn, Boss?«, fragte Terry, die sofort darauf hereinkam.

Marie blickte grimmig zu ihr auf. »Geben Sie mir die Staatsanwaltschaft«, knurrte sie. »Sie wissen schon, wen.« Sie wartete eine Weile, bis das Signal von Terry kam, dann nahm sie den Hörer ab. »Linda«, sagte sie. »Damit wirst du nicht durchkommen.«

»So, du hast also Dennis kennengelernt?« Lindas Stimme klang amüsiert.

»Dennis heißt er? Er hat sich mir nicht vorgestellt«, erwiderte Marie. »Aber du kennst ihn? Was ist er? Ist er wirklich Reporter oder nur ein Kleinkrimineller, den du angeheuert hast? Vielleicht im Austausch gegen eine mildere Strafe?« Sie lachte trocken. »Das kann er sich abschminken. Und du auch.«

»Dafür bist du ganz schön aufgeregt«, sagte Linda. Nun schnurrte ihre Stimme wie die einer zufriedenen Katze.

»Linda ...« Marie versuchte sich zur Ruhe zu zwingen. »Das bringt doch nichts. Was willst du? Willst du, dass ich sage, es tut mir leid? Dann sage ich es. Es tut mir wirklich leid, wenn ich dich verletzt haben sollte, auch wenn mir das nicht bewusst war.«

»Ist ein bisschen spät, oder?«, schnappte Linda.

»Besser spät als nie«, erwiderte Marie. »Bitte ... Wir sind doch beide Juristinnen. Du weißt genau, dass das völlig unhaltbar ist, was er gesagt hat.«

»Die Kreditkartensache liegt immer noch bei mir«, entgegnete Linda süffisant.

Marie atmete tief durch. »Wer hat das gedeichselt? Britt? Ich weiß ja nicht, wie lange du sie schon kennst, aber aus meiner Erfahrung heraus würde ich sagen, sie hat das nicht getan, um dir einen Gefallen zu tun. Es muss für sie selbst etwas dabei herausspringen.«

Sie hörte einen schnellen Atemzug durchs Telefon. »Ich glaube, sie ist ganz zufrieden«, entgegnete Linda hochmütig.

»Ach, so ist das ...« Marie verzog die Lippen. »Ihr schlaft miteinander.«

»Ich bin nicht du.« Es war fast wie ein scharfes Zischen, als Linda sprach. »Ich hole mir nicht irgendwelche Leute von der Straße, schlafe mit ihnen und werfe sie dann weg. Britt und ich haben eine Beziehung. Wir sind sehr glücklich.«

»Warum genießt ihr euer Glück dann nicht einfach und lasst mich in Ruhe?«, fragte Marie. »Habt ihr beide nichts Besseres zu tun als irgendwelchen Uraltgeschichten nachzuhängen?«

»Ich war schon immer der Meinung, dass die Bösen bestraft werden müssen.« Lindas herablassenden Gesichtsausdruck konnte Marie sich richtig vorstellen. »Du warst auch mal dafür. Aber dann hast du dich entschieden, die Bösen zu verteidigen, weil das mehr Geld einbringt.«

»Geht es darum?«, fragte Marie. »Dass ich mehr Geld verdiene als du?« Sie schüttelte den Kopf. »Du bist eine gute Anwältin, Linda. Du könntest genauso eine Kanzlei eröffnen. Warum tust du es nicht einfach?«

»Weil es ums Prinzip geht«, sagte Linda. »Du hast das Prinzip verraten, aber ich werde das nie tun. Du setzt dich mit Verbrechern auf eine Bank –«

»Also jetzt hör aber auf, Linda!« Langsam wurde Marie wütend. »Ich habe noch nie einen Verbrecher verteidigt, und das würde ich auch nie tun. Wenn ich wüsste, dass jemand ein Verbrechen begangen hat, könnte ich ihn gar nicht verteidigen. Das ginge mir gegen den Strich. Ich habe genauso meine Prinzipien wie du. Wenn aber jemand unschuldig ist –«

»Unschuldig!« Linda schnaubte abschätzig durch die Nase. »Ja, sie sind alle unschuldig wie neugeborene Lämmer, wenn man ihnen zuhört.«

»Komm schon …« Marie versuchte es noch einmal auf die sanfte Tour. »Du denkst doch nicht wirklich, dass ich schuldig bin, oder? Gerade eben hast du mir erzählt, wie viel Geld ich verdiene. Hätte ich da so etwas nötig?«

»Wenn du süchtig bist, kannst du nichts dafür«, erwiderte Linda merkwürdig friedlich. »Dann reicht auch der größte Verdienst nicht. Man kann immer mehr ausgeben, als man hat. Du hast keine Kontrolle darüber. Du könntest eine Therapie machen –«

»Du hast dir tatsächlich eingeredet, dass es so ist, hm?« Marie schüttelte den Kopf. »Oder hat Britt es dir eingeredet?«

»Britt hat nichts damit zu tun«, behauptete Linda. »Sie hat mich nur darauf aufmerksam gemacht, wie viel Geld du ausgibst.«

Marie lachte belustigt auf. »Darin ist eher sie Spezialistin als ich. Sie hat mein Geld mit vollen Händen ausgegeben, als ich noch nicht gemerkt hatte, was los war.« Sie legte leicht den Kopf schief. »Linda, hör mir gut zu. Sie reißt dich da in etwas hinein, das nicht gut für dich ist. Du hast mir vorgeworfen, ich säße mit Verbrechern auf einer Bank, aber du liegst mit ihnen im Bett.«

»Du bist nur eifersüchtig!« Unterdrückt kamen die Worte heraus, als säße da ein Pfropfen auf einem Dampfkessel, der gleich platzen würde. »Britt ist eine wunderbare Frau, und jetzt kannst du es nicht ertragen, dass sie mit mir zusammen ist statt mit dir.«

»Ich hatte Britt seit acht Jahren nicht gesehen«, korrigierte Marie, »bevor sie bei mir in der Kanzlei aufgetaucht ist. Und das war gut so. Ich trauere ihr nicht nach. Sie war wohl auch der Meinung, dass ich zu viel Geld habe. Als sie fort war, hatte ich jedenfalls viel weniger. Aber Schwamm drüber. Ich war dumm genug, das zuzulassen. Habe es nicht rechtzeitig gemerkt. Aber ich mache dich jetzt darauf aufmerksam, damit du nicht denselben Fehler begehst.« Sie überlegte kurz. »Brauchst du Geld? Oder Britt? Dieser Dennis wollte zehntausend Euro von mir, damit er nichts über meine angeblichen Verfehlungen erzählt.«

Einen Moment herrschte tödliche Stille. »Wie bitte?«, fragte Linda dann.

»Du hast ihn nicht dazu angestiftet?«, fragte Marie. »Freut mich zu hören. Vielleicht hat er improvisiert. Fand wohl, dass er eine gute Ausgangslage hatte, um noch ein bisschen was rauszuschlagen. Für sich selbst, für Britt, wer weiß.«

Wieder war es still. Dann hörte Marie schweres Atmen. Endlich sagte Linda: »Das wusste ich nicht.«

»Ich glaube dir«, sagte Marie. »Das wäre überhaupt nicht dein Stil. Es passt nicht zu Recht und Gesetz, und du würdest nie etwas Illegales tun. Also ich muss mir keine Sorgen machen, dass da morgen irgendetwas in irgendeiner Zeitung steht?«, fragte sie nach. »Er ist kein Reporter?«

Anscheinend war Linda so erschüttert, dass es ihr schwerfiel, direkt zu antworten. »Nein«, sagte sie dann. »Er ist ein Freund von Britt. Sie sagte, das würde dich davon überzeugen, in Therapie zu gehen. Sie wollte nur dein Bestes.«

Marie lachte trocken auf. »Das glaube ich sofort! Mein Geld.« Sie schüttelte erneut den Kopf. »Linda, bitte schau dir die Sache mit den Kreditkarten genau an. Da ist irgendetwas faul. Ich habe ein paar Kreditkarten, aber das läuft alles ganz korrekt. Ich habe keinerlei Schulden außer der Hypothek auf meine Wohnung, die ich monatlich abzahle. Und ja, ich gebe es zu, ich verdiene gut, es bleibt jeden Monat noch eine ganze Menge übrig. Aber ich arbeite auch fast ununterbrochen. Ich bekomme das Geld nicht geschenkt.« Sie holte tief Luft. »Wir stehen auf derselben Seite, Linda, auch wenn du das manchmal vor Gericht nicht glauben wolltest. Es tut mir leid, wenn du durch mich einige Prozesse verloren hast, aber ich verteidige nur Leute, die wirklich unschuldig sind. Und für deren Recht auf Freispruch kämpfe ich dann auch. Das ist legitim, oder? Dafür sind Gesetze da.«

Linda sagte eine ganze Weile nichts. Dann kam ein hohles Geräusch von ihr. »Du hast es wieder geschafft«, sagte sie tonlos. »Du hast mich wieder mal fertiggemacht. Das muss dir große Befriedigung verschaffen. Herzlichen Glückwunsch.«

»Nein, Linda –« Aber Linda hatte schon aufgelegt. Marie seufzte und legte ebenfalls auf.

»Alles okay, Boss?« Terry brachte einen Becher Kaffee und stellte ihn vor Marie hin. »Stimmt doch, oder?«, fragte sie. »Kaffee. Oder jetzt wieder Tee?«

Maries Mundwinkel hoben sich gutgelaunt. »Kaffee ist gut«, sagte sie. Sie lehnte sich mit dem Becher zurück, nahm einen Schluck und hätte fast die Füße auf den Tisch gelegt. »Es ist schon komisch, Terry«, sinnierte sie vor sich hin, »wie die Vergangenheit einen verfolgt. Man kann machen, was man will, so gut sein, wie man will, aber es gibt immer jemanden, der sich verletzt fühlt. Und sich rächen will. Auch wenn vielleicht gar nichts war und das gar nichts bringt.«

»Na, das können Sie wohl laut sagen«, bestätigte Terry herzhaft. »Ich denke da nur an meinen Ex-Verlobten.«

»Welchen?«, fragte Marie.

»Alle fünf«, sagte Terry.

Marie schmunzelte. »Warum haben Sie nicht wenigstens einen von ihnen geheiratet?«

»Ach«, entgegnete Terry schulterzuckend, »eigentlich bin ich nicht der Typ zum Heiraten«, und ging vergnügt hinaus.

Ja, das hatten Terry und sie bisher gemeinsam gehabt, dachte Marie, dass sie beide nicht der Typ zum Heiraten waren. Aber jetzt?

Sarahs Gesicht erschien vor ihrem inneren Auge. Dieses wunderschöne Gesicht wollte sie jeden Tag vor sich sehen. Jeden Tag und jede Nacht.

Sie lächelte über sich selbst. Das war nicht möglich. Solange Sarah als Stewardess unterwegs war, würde sie sie nur manchmal jeden Tag sehen können, an ihren freien Tagen, in ihrem Urlaub. Aber allein das Gefühl zu haben, dass sie zu ihr gehörte, ließ eine zärtliche Wärme in ihr aufsteigen.

Sie hatte noch nie einer Frau einen Heiratsantrag gemacht, noch nicht einmal darüber nachgedacht, davon war sie weit entfernt, und trotzdem klangen diese Worte in ihr nach: meine Frau.

Sie hätte es gern gesagt.

Vielleicht nur um auszuprobieren, wie es klang.

»Was war mit Linda?« Ingrids Stimme riss sie aus ihren Gedanken. »Hat sie wieder Stress gemacht?«

Marie nickte. »Sie hat mir sogar einen kleinen Stressmacher hier ins Haus geschickt. Oder vielleicht«, sie runzelte die Stirn, »war das auch eher Britt. Ist wohl ein Freund von ihr.«

»Das wollte ich dir noch sagen.« Ingrid kam herüber und setzte sich mit einer Pobacke auf die Ecke von Maries Schreibtisch. »Thomas – du erinnerst dich doch, Marks Freund, der Privatdetektiv? – hat herausgefunden, dass Britt mittlerweile nicht mehr allein arbeitet. Worauf ja auch dieser Besuch des … Freundes von ihr hinweist.« Sie hob die Augenbrauen. »Sie war nicht nur einfach so die letzten acht

Jahre verschwunden, sie war tatsächlich zeitweise im Gefängnis.«

Marie lachte überrascht auf. »Ob Linda das weiß?«

»Vielleicht will sie es gar nicht wissen«, sagte Ingrid. »Oder Britt hat ihr eine herzzerreißende Geschichte erzählt, dass sie unschuldig war.«

»Das würde bei Linda nicht so gut ankommen«, sagte Marie. »Sie hält alle für schuldig. Aber wie auch immer, vermutlich hat Britt ihre ... Ausbildung im Gefängnis verfeinert.«

»Ja«, nickte Ingrid. »Und ein paar sehr einschlägige Zellengenossen kennengelernt. Eine Frau und einen Mann.«

»Dennis«, vermutete Marie. »Der hier war.«

»Könnte sein.« Ingrid nickte. »Thomas hat keine Namen genannt.«

»Hat Thomas auch etwas über Linda herausgefunden? Hängt sie da mit drin?«, fragte Marie.

Ingrid schüttelte den Kopf. »Nein, sie ist wohl ein armes Opfer, sie weiß es nur noch nicht. Britt durfte sie mit Absicht angemacht haben, was auch immer ihr Plan ist.«

»Ich habe versucht, sie zu warnen«, seufzte Marie. »Aber ich glaube, sie wird nicht auf mich hören.«

»Sie ist einsam«, bemerkte Ingrid verständnisvoll. »Und sie hat nicht gerade das einnehmendste Wesen. Es ist bestimmt schwierig für sie, überhaupt jemanden zu finden, der sie mag.«

»Sie tut mir fast leid«, sagte Marie, »aber ich weiß auch, dass dieses Gefühl an sie verschwendet ist. Sie würde uns sofort in den Boden stampfen, wenn sie könnte. Was sie mit mir ja auch gerade versucht hat. Und ich bin noch nicht mal sicher, ob sie mich jetzt vom Haken lässt. Mal sehen, ob ich noch mal von ihr höre. Oder von dieser Kreditkartengesellschaft.« Sie seufzte. »Wahrscheinlich wird das noch eine Menge Papierkram.«

»Na, darin sind wir ja geübt.« Ingrid lachte und stand auf. »Auf jeden Fall wissen wir jetzt, woran wir sind. Und ich erzähle Linda auch gern von Britts Knastvergangenheit, um sie etwas offener für deine Vorschläge zu machen.« Sie schmunzelte. »Ich glaube, damit ist dann alles, wofür Britt und ihre Kumpane Linda benutzen wollten, vom Tisch.«

Marie nickte. »Ja, sie hat ihre Prinzipien, und davon geht sie nicht ab. Noch nicht mal für ein bisschen weniger Einsamkeit.«

»Irgendwie traurig«, bemerkte Ingrid. Sie ließ ihren Blick über Marie schweifen, und ihre Mundwinkel zuckten. »Mit dir hat das ja jetzt nichts mehr zu tun. In deinen einsamen Stunden kannst du dich auf wilde Nächte mit deiner jungen Geliebten freuen, die schon durch die Lüfte auf dem Weg zu dir ist.«

Marie schaute sie strafend an. »Nicht du jetzt auch noch. Für heute hatte ich genug Gespräche über mein angeblich so außergewöhnliches Liebesleben.«

»Du hast wenigstens eins!« Ingrid lachte. »Ich glaube, ich sollte auch mal wieder auf die Pirsch gehen. Bevor ich zu alt dazu bin.«

»Wenn du willst, können Sarah und ich dich ja mal mit in die Lesbendisco nehmen.« Marie zwinkerte sie an. »So, wie du immer über die Männer schimpfst, solltest du vielleicht mal etwas anderes ausprobieren.«

»Weißt du was?« Ingrid schmunzelte vergnügt. »Vielleicht komme ich auf dein Angebot zurück.«

Und sie schlenderte in gehobener Stimmung aus Maries Büro hinaus.

19

Ich brauche deine Hilfe bei einer ganz wichtigen Entscheidung.« Sarahs blaue Augen strahlten Marie selbst über Skype unwiderstehlich an.

»Jederzeit.« Marie lächelte. »Wie kann ich helfen?«

Mit gerunzelter Stirn erwiderte Sarah: »Ich weiß nicht … Soll ich meine Barbiepuppen mitbringen oder nicht?«

Zuerst starrte Marie sie an, dann prustete sie los. »Bitte was?«

»Ich habe sie im Keller meiner Eltern gefunden«, erklärte Sarah lachend. »Ich wusste gar nicht, dass meine Mutter sie aufgehoben hatte.« Ihr Gesicht verklärte sich ein wenig. »Als ich noch ein Kind war, habe ich gern mit ihnen gespielt. Die ganze Palette. Meine Mutter meinte, sie hätte sie für ihre Enkel aufgehoben.«

»Enkel.« Das Wort schwang in Marie nach.

Anscheinend bemerkte Sarah es gar nicht. »Jetzt natürlich noch nicht. Nicht, solange ich noch fliege«, fuhr sie fort. Sie schaute Marie aus dem Bildschirm an. »Du bist nicht der Typ für Barbiepuppen, oder?« Sinnend legte sie den Kopf schief. »Hattest du überhaupt welche?«

Marie schüttelte den Kopf. »Nein. Meine Mutter hatte nichts dafür übrig. Und ehrlich gesagt hätte ich auch nicht so richtig gewusst, was ich damit anfangen soll.«

»Es gibt auch eine in Anwaltsrobe«, schmunzelte Sarah. »Da hättest du schon mal üben können.« Sie betrachtete Maries Gesicht. »Werde ich dich dann auch mal so sehen?«, fragte sie. »Ich meine, du hast mich schon oft in meiner Uniform gesehen, aber ich dich noch nie in deiner.«

»Die Robe hängt in der Kanzlei«, sagte Marie. »Zu Hause brauche ich die wirklich nicht.« Sie lachte leicht. »Aber wenn du darauf bestehst, ziehe ich sie für dich an.«

»Du trägst sie nur vor Gericht, oder?«

»Ja.« Marie nickte. »Ist ein Überbleibsel aus alter Zeit. Ich mag das überhaupt nicht, aber es ist nun mal vorgeschrieben.«

»Ich würde dich ja gern mal in einer Verhandlung sehen«, sagte Sarah. »Stelle ich mir spannend vor.«

Marie lachte. »Eigentlich nicht. In Deutschland laufen Verhandlungen nicht ab wie in amerikanischen Gerichtsserien. Bei uns geht es eher ruhig zu. Langweilig. Also ich glaube, das lohnt sich nicht.«

»Mal sehen«, schmunzelte Sarah. »Vielleicht überrasche ich dich einfach mal.«

»Dann bin ich von deinem Anblick wahrscheinlich so durcheinander, dass ich kein Wort herausbekomme«, schmunzelte Marie zurück.

»So schlimm ist mein Anblick für dich?« Sarah flirtete sie aus der Entfernung an.

Marie fühlte die Schmetterlinge im Bauch. »Furchtbar«, sagte sie lachend. »Ich bin froh, dass ich bald mehr als deinen Anblick habe. Du kommst morgen?«

»Wie wäre es mit heute?«, fragte Sarah. »Zu früh?«

»Heute schon?« Marie strahlte. »Das wäre herrlich!«

»Ich bin soweit fertig mit Packen«, sagte Sarah lächelnd. »Ich muss die Pakete nur noch losschicken. Dann setze ich mich auf den Flieger.«

So laut, wie Maries Herz schlug, dachte sie, dass Sarah es hören müsste. »Wann bist du dann hier?«

»Jede Stunde geht einer«, sagte Sarah. »Ich denke, ich werde um drei in Frankfurt sein. Sollte das mit den Paketen etwas länger dauern, vielleicht um vier.«

»Schön.« In Maries Kopf drehte sich alles. Heute Nachmittag würde sie Sarah wieder in den Armen halten. »Sag mir dann einfach Bescheid, wann ich dich abholen soll.«

»Mach ich.« Sarah lächelte bezaubernd. »Ich freue mich.« Sie hauchte einen Kuss in die Kamera und unterbrach die Verbindung.

Marie hatte einen Bienenschwarm im Kopf, den sie erst einmal vertreiben musste. Das heute war ein großer Schritt. Sarah kam nicht nur für eine Übernachtung zwischen zwei Flügen, sie kam, um bei Marie zu wohnen. Auch wenn sie oft fort sein würde, aber das war ein ganz anderes Gefühl.

»Ihr Elf-Uhr-Termin«, kündigte Terry von der Tür her an.

Gleich darauf trat eine gutaussehende Frau Ende dreißig in Maries Büro.

Marie stand auf. »Frau Kleinert? Guten Tag.« Sie streckte ihr die Hand hin.

Die dezent geschminkte und in ein Designerkostüm gekleidete Dame nahm die Hand und drückte sie fest. »Guten Tag. Ich denke, ich muss Sie nicht lange belästigen. Eigentlich wollte ich gar nicht kommen.« Sie lächelte charmant. »Aber Frau Hildebrandt meinte, ich sollte unbedingt mit Ihnen sprechen, bevor ich mich scheiden lasse.«

Marie erinnerte sich gut an die Scheidung Hildebrandt. Das passte. Auch Frau Hildebrandt war eine gutaussehende Frau Ende dreißig mit einem wohlhabenden Mann gewesen. Frau Kleinert und sie kauften wahrscheinlich beim selben Designer ein und veranstalteten elegante Gartenpartys mit ihrem gutsituierten Freundeskreis in ihren Vorstadtvillen.

Sie nickte und wies auf ihren Besuchersessel. »Bitte setzen Sie sich doch. Wird es eine einvernehmliche Scheidung?« Sie schaute Frau Kleinert fragend an.

»Oh ja.« Frau Kleinert bestätigte Maries Vermutung offensichtlich erfreut. »Ich bin froh, dass Stefan und ich keine solch hässliche Scheidung haben werden wie viele unserer Bekannten. Das möchte ich nicht.«

»Das ist schön«, sagte Marie. »Es ist also alles klar zwischen Ihnen? Keine Auseinandersetzungen wegen Kindern oder Geld?«

Verena Kleinert schüttelte den Kopf. »Stefan ist sehr großzügig. Geld ist kein Thema. Und die Kinder bleiben sowieso bei mir.« Sie lächelte mütterlich stolz. »Meine Tochter und mein Sohn sollen nicht unter der Scheidung leiden. Ihr Vater hatte zwar wenig Zeit für sie, aber sie lieben ihn.«

»Das hört sich ja sehr unkompliziert an«, bemerkte Marie leicht erstaunt.

Frau Kleinert lächelte. »Sie fragen sich, warum wir uns überhaupt scheiden lassen.«

»Stimmt«, sagte Marie. »Der Gedanke kam mir.«

»Es ist wie bei vielen Ehepaaren«, erläuterte Verena Kleinert etwas resigniert. »Wir haben uns auseinandergelebt. Anfangs habe ich im Betrieb meines Mannes gearbeitet, aber als dann die Kinder kamen, haben wir uns kaum noch gesehen. Mein Mann arbeitet sehr viel. Deshalb hatte er sich schon vor einiger Zeit eine Wohnung in der Stadt genommen, in der Nähe seines Betriebes. Dadurch haben wir uns noch weniger gesehen, und wie es eben so ist ...«, sie seufzte, »ein paar Tage gemeinsamer Urlaub gleichen das nicht aus. Kurz vor Weihnachten ist Stefan dann ganz in seine Stadtwohnung umgezogen.«

Ein Alarmlämpchen ging in Maries Hinterkopf an. »Kurz vor Weihnachten?«, fragte sie nach.

»Ja, am einundzwanzigsten Dezember.« Frau Kleinert nickte.

»Wohnt seine neue Freundin bei ihm?«, fragte Marie.

Frau Kleinert lachte überrascht auf. »So ist es nicht. Er hat keine Freundin. Wir haben uns nur geeinigt, uns zu trennen, das ist alles.«

»Gut, wenn es so ist«, sagte Marie, »aber meiner Erfahrung nach sind Männer sehr bequem. Und sie haben ihre festen Gewohnheiten. Ein Mann versorgt sich ungern allein, und er hat«, sie warf einen vorsichtigen Blick auf Verena Kleinert, »entschuldigen Sie, wenn ich das so sage, nachts gern seinen regelmäßigen Sex. Er würde das alles nicht aufgeben nur für eine Wohnung, die näher an seinem Arbeitsplatz liegt.«

»Sie kennen meinen Mann nicht«, entgegnete Frau Kleinert beleidigt.

»Nein«, gab Marie zu, »aber ich habe schon viele Scheidungen betreut, und leider ist das ein Erfahrungswert. Insbesondere, wenn er sich kurz vor Weihnachten von seiner Familie verabschiedet, liegt die Vermutung nahe, dass er die Feiertage mit jemand anderem verbringen will.«

»So ist Stefan nicht«, behauptete Frau Kleinert wieder. »Er ist oft auch an Feiertagen im Betrieb. Das ist nun mal so, wenn man Unternehmer ist.«

»Dann ist es doch kein Problem, wenn wir das einmal überprüfen«, schlug Marie vor. Sie blätterte in den Unterlagen auf ihrem Tisch. »Ansonsten ist die Scheidungsvereinbarung ja klar. Aber mir scheint sie doch nicht ganz so großzügig zu sein, wie Sie gesagt haben.«

»Es ist genug«, erwiderte Frau Kleinert. »Ich bin keine Goldgräberin. Hauptsache, für die Kinder ist gesorgt.«

»Und Sie wollen wieder arbeiten gehen?«, fragte Marie.

»Denken Sie, das kann ich nicht?« Frau Kleinert wirkte etwas verschnupft.

»Doch, doch, natürlich.« Marie lächelte sie beruhigend an. »Aber ich finde immer, man sollte nicht auf alle Unterhaltsansprüche verzichten. Der Arbeitsmarkt heutzutage –« Sie behielt ihr beruhigendes Lächeln bei. »Nur eine kleine Rückversicherung. Das kann nie schaden.«

»Na gut«, stimmte Frau Kleinert zu. »Es gibt keinen Grund, Stefan zu misstrauen. Sie werden nichts herausfinden.«

»Dann ist doch alles in Ordnung«, sagte Marie. »Bis nächste Woche habe ich die Ergebnisse der Überprüfung, und dann sind wir sicher, dass wir nichts übersehen haben. Wir können jetzt schon einen Termin vereinbaren, an dem wir die endgültige Scheidungsvereinbarung besprechen.«

Verena Kleinert nickte. »Sie werden nichts finden«, bekräftigte sie noch einmal, als sie aufstand und sich von Marie verabschiedete. »Und wenn Frau Hildebrandt nichts gesagt hätte, hätte ich auch gar nicht –« Sie schüttelte den Kopf. »Es gibt viel zu viel Misstrauen in der Welt. Wir sollten von unserem Gegenüber nicht immer das Schlechteste annehmen.«

»Sie sind bestimmt eine gute Mutter«, entgegnete Marie lächelnd. »Wir sehen uns dann nächste Woche.«

Frau Kleinert ging, und Marie schaute zu Ingrid ins Büro. »Hast du mal die Nummer von Thomas?«, fragte sie. »Ich hätte da einen kleinen Auftrag für ihn.«

»Hat Linda wieder angerufen?« Ingrid sah sie von hinter ihrem Schreibtisch neugierig an.

»Nein, nicht wegen Linda«, sagte Marie. »Ich habe da eine Frau, die sich scheiden lassen will, und ich glaube, ihr Mann zieht sie über den Tisch.«

Ingrid schüttelte den Kopf. »Immer wieder dasselbe. Ich bin nur froh, dass Mark und ich schon von vornherein alles aufgeteilt hatten.«

»Weil du Anwältin bist«, sagte Marie. »Aber die meisten Frauen denken über so etwas nicht nach, bevor sie heiraten.«

Ingrid reichte ihr einen Zettel. »Hier«, sagte sie. »Die Nummer. Er ist ein bisschen ein Cowboytyp, aber ich glaube, damit hast du kein Problem.«

»Verheiratet?«, fragte Marie.

»Wieso?« Erst nach einer Weile überzog ein wissendes Lächeln Ingrids Gesicht. »Nein«, sagte sie. »Er ist es nicht. Verheiratet, meine ich«, fügte sie hastig hinzu.

Marie grinste sie ein wenig an.

»Na gut.« Ingrid seufzte. »Du hast schon mit ihm zu tun gehabt. Er hat wegen der Kinderbetreuung beim Kanzleipicknick gefragt.«

»*Der* Kollege?« Marie wunderte sich.

»Ja.« Mit einem schiefen Gesichtsausdruck atmete Ingrid tief durch. »Ich weiß, ich weiß. Aber wir haben beruflich einige Male miteinander zu tun gehabt, und dabei –« Sie schüttelte den Kopf. »Er ist sehr fürsorglich. Seine Frau kann sich wirklich glücklich schätzen.«

»Ihr hattet nichts miteinander? Nur beruflich?«

»Ja, leider.« Ingrid lächelte resigniert. »Er ist einer der seltenen Männer, die treu sind und denen tatsächlich etwas an ihrer Familie liegt. Nicht so wie die meisten. Schade, dass wir uns nicht früher kennengelernt haben.«

»Hättest du damals denn einen fürsorglichen Mann gewollt?«, fragte Marie. »Mark ist ja eher das Gegenteil.«

»Schon wahr.« Ingrid nickte. »Als ich jünger war, habe ich über solche Männer hinweggesehen. Mark war …«, sie lächelte verlegen, »aufregend.«

»Aufregende Männer sind aber meistens keine guten Familienväter«, sagte Marie. »Wenn ich da so die Scheidungsfälle ansehe, die ich bearbeitet habe.«

»Man kann eben nicht alles haben.« Ingrid spitzte die Lippen. »Außer natürlich du. Wenn man dir so zuhört …«

»Sarah kommt heute Nachmittag«, lächelte Marie verträumt.

»Na, dann viel Spaß.« Ingrid verzog schmunzelnd das Gesicht.

Fast wäre Marie rot geworden, denn es war schon klar, was Ingrid meinte. »Sie ist ja dann öfter da«, bemerkte sie etwas unzusammenhängend und floh schnell aus Ingrids Büro.

Der Nachmittag kam, und Marie machte sich fertig, um Sarah abzuholen. Es sollte der Drei-Uhr-Flug sein, und rechtzeitig machte sie sich auf den Weg. Ihr Herz schlug aufgeregt. Es war nur ein paar Tage her, dass sie Sarah gesehen hatte, und doch kam es ihr wie eine Ewigkeit vor.

Sie wartete am *Kiss & Fly*-Parkplatz, aber Sarah kam nicht. Als Marie ihr eine SMS schickte, bekam sie keine Antwort. Vielleicht saß Sarah im nächsten Flieger, der erst um vier Uhr hier ankommen würde, und konnte ihr Handy nicht benutzen.

Aber auch der Vier-Uhr-Flug war schon längst gelandet, die Passagiere alle längst abgeholt worden, als Marie langsam unruhig wurde. Als sie Sarahs Handy erneut nicht erreichte, rief sie bei Anna an.

»Nein«, sagte Anna erstaunt. »Sie ist pünktlich hier los. Sie hätte um drei in Frankfurt sein müssen.«

Nun wuchs Maries Beunruhigung doch sehr. »War noch irgendetwas, was sie noch erledigen wollte?«, fragte sie. »Ist sie vielleicht aufgehalten worden?«

»Keine Ahnung«, erwiderte Anna. »Vielleicht hat sie am Flugplatz Kollegen getroffen. Das kommt öfter vor.«

»Aber dann hätte sie mir doch bestimmt Bescheid gesagt«, murmelte Marie.

»Das denke ich auch«, bestätigte Anna. »Warte mal. Vielleicht versuche ich einfach mal, sie zu erreichen.« Marie hatte auf dem Festnetz angerufen, und so hörte sie, wie Anna auf ihrem Handy wählte. »Komisch«, hörte Marie Anna kurz darauf. »Sie nimmt nicht ab.«

»Sehr komisch.« Maries Herz schien plötzlich unter Rhythmusstörungen zu leiden. Es stockte fast, und dann raste es wieder los. Sie begann heftig zu atmen. »Ich werde einmal bei der Fluggesellschaft nachfragen, ob sie auf einem der beiden Flüge war.«

»Aber das *muss* sie doch gewesen sein.« Auch Annas Stimme bekam leicht panikhafte Züge.

»Es gibt bestimmt eine ganz harmlose Erklärung.« Obwohl Marie nun selbst schon fast in Panik war, versuchte sie Anna zu beruhigen. »Sie ist durch irgendetwas aufgehalten worden, hatte ihr Handy nicht aufgeladen oder hat es vielleicht sogar verloren. Eventuell wurde es ihr gestohlen, und sie musste zur Flughafenpolizei. Vielleicht steht sie gleich wieder bei dir vor der Tür, weil sie etwas vergessen hat. Alles möglich.«

»Ja, alles möglich …«, erwiderte Anna gedehnt.

»Ich rufe dich an, sobald ich etwas weiß.« Marie unterbrach die Verbindung und stützte sich erst einmal an ihrem Wagen ab.

Wo konnte Sarah nur sein? Sie hatte sich zwar schon einmal nicht gemeldet, damals aus Moskau, aber diesmal war es etwas anderes. Sie hatten einen festen Termin. Und Sarah war die Zuverlässigkeit in Person, wenn es Termine betraf.

Ihr kam eine ganz absurde Idee in den Sinn: Sarah war zum Flugplatz gekommen, eine Kollegin war ausgefallen, und Sarah war eingesprungen. Es war oft genug geschehen, das hatte Marie ja mittlerweile mitgekriegt, dass Sarah, obwohl sie eigentlich frei hätte haben sollen, arbeiten musste, weil eine Kollegin ausfiel.

Ja, genau. Sie richtete sich auf, schloss ihren Wagen ab und ging ins Flughafengebäude hinein.

»Nein, Sarah war nicht auf dem Flug«, teilte ihr eine ältere Kollegin von Sarah am Schalter der Fluggesellschaft kurz darauf mit. »Auch nicht auf dem nächsten. Und sie ist auch nicht auf dem, der jetzt noch in der Luft ist.«

»Wo ist sie dann?«

Sarahs Kollegin zuckte die Schultern. »Das kann ich Ihnen nicht sagen. Rufen Sie sie doch an.«

Marie stieß resigniert die Luft aus. »Das habe ich schon x-mal versucht. Sie meldet sich nicht.« Genau in diesem Moment klingelte Maries Handy. Ein schneller Blick aufs Display zeigte ihr Sarahs Namen. Sofort überzog ein strahlendes Lächeln ihr Gesicht. »Vergessen Sie's«, rief sie. »Sie ruft an. Danke!« Erleichtert wandte sie sich vom Schalter ab und nahm das Gespräch an. »Mein Gott, Sarah. Warum meldest du dich nicht? Ich habe mir solche Sorgen gemacht.«

Es war für einen Moment still, als ob Sarah nicht erwartet hätte, Marie zu erreichen, dann kam ein heiseres Lachen aus dem Lautsprecher. »Ach, ist das wieder süß …«, es folgte eine kleine Pause, »Marie.«

Marie gefror das Blut in den Adern. Sie öffnete den Mund, konnte nicht sprechen, schloss ihn wieder. Dann endlich hauchte sie: »Ellen.«

»Das hast du nicht erwartet, hä?« Ellen lachte rau. »Ich muss ja einen Mordseindruck bei dir hinterlassen haben, dass du meine Stimme sofort erkennst.«

»Wo ist Sarah?« Marie fühlte, wie ihre Hand zitterte, die das Telefon hielt. Sie presste es so hart gegen ihr Ohr, dass es wehtat. »Was hast du mit ihr gemacht?«

»Gemacht? Och, gar nichts.« Ellen grinste wahrscheinlich höchst zufrieden, weil sie Maries Angst spürte. »Aber ich konnte sie doch nicht so einfach gehen lassen, weg von Hamburg. Ich wollte mich wenigstens nochmal mit ihr darüber unterhalten.«

»Gib sie mir«, verlangte Marie. »Ich will mit ihr sprechen.«

»Sarah, Kleines ...« Offenbar hielt Ellen das Handy von sich weg in den Raum hinein. »Willst du mit deiner Freundin aus Frankfurt sprechen? Sie ist am Telefon.« Es war, als ob im Hintergrund etwas rauschte, dann kam Ellens Stimme zurück. »Sie will nicht mit dir sprechen. Stimmt doch, Baby, oder?«

Marie biss die Kiefer zusammen. Verzweifelt versuchte sie ruhig zu bleiben, obwohl sie vor Panik schon fast an der Decke hing. »Ich muss ihr etwas sagen. Persönlich«, startete sie einen neuen Versuch. »Sag ihr, ich brauche ...«, in ihrem Gehirn ratterte es, »den Sicherheitscode.«

»Den Sicherheitscode?« Das hatte Ellen offenbar nicht erwartet. »Welchen Sicherheitscode?«

»Sarah weiß es«, antwortete Marie. »Aber sie muss ihn mir persönlich geben. Es gibt einen Trick dabei.«

»Trick?« Ellens Stirn runzelte sich jetzt wahrscheinlich von den Haarwurzeln bis zum Kinn. Dann lachte sie. »Ja, genau das ist es: ein Trick. Du willst mich austricksen. Aber so blöd bin ich nicht.«

»Das ist nicht der Trick«, behauptete Marie. »Ich muss mit Sarah sprechen. Nur sie kennt den Code. Sie hat diese App bei mir installiert, aber sie hat vergessen, mir den Code zu sagen, und den brauche ich jetzt.«

»Was für eine App?«, fragte Ellen verwirrt.

»Eine Verschlüsselungsapp.« Marie bekam Kopfschmerzen. Sich das alles so aus dem Stehgreif auszudenken und dabei nicht zu wissen, was mit Sarah war, brachte sie um den Verstand. »Ich habe Dokumente damit verschlüsselt, die ich jetzt ganz dringend brauche.«

»Was interessieren mich deine Dokumente?« Ellen gab ein abschätziges Geräusch von sich. »Die sind mir sowas von schnurz. Ebenso wie du.«

»Warum hast du mich dann angerufen?« Marie spürte das Blut nun wieder durch ihre Adern rasen, das musste ein Blutdruck von dreihundert sein.

»Ach, ich weiß auch nicht. Mir war gerade danach.« Ellen schien zu überlegen. »Ich wollte einfach nur Bescheid sagen, dass Sarah nicht kommt. Das verlangt schon die Höflichkeit, oder?«

»Ich würde aber gern wissen, warum sie nicht kommt.« Marie brach der Schweiß aus. »Und das möchte ich von ihr selbst hören.«

»Sie will eben lieber hierbleiben, bei mir«, erwiderte Ellen. »Reicht das nicht?«

»Warum?« Marie atmete tief durch, weil sie langsam das Gefühl hatte, sie würde gleich explodieren. »Heute Vormittag hat sie mir noch gesagt, dass sie um drei Uhr in Frankfurt sein würde. Was hat sich seitdem geändert?«

»Sie hatte nicht richtig darüber nachgedacht«, antwortete Ellen großspurig. »Ich musste sie erst darauf aufmerksam machen, dass Frankfurt keine gute Wahl ist.«

»Immer von Hamburg nach Frankfurt zu pendeln und zurück ist ein großer Aufwand«, argumentierte Marie vernünftig. »Deshalb ist Frankfurt für sie praktischer.«

»Sie macht das schon die ganze Zeit. Sie ist daran gewöhnt.« Ellen schnaubte durch die Nase. »Die letzten Jahre hat es sie nicht gestört. Warum sollte es das auf einmal jetzt tun?«

»Das würde ich ja eben gern wissen«, hakte Marie ein. »Und das soll sie mir selbst erklären.«

»Sie kann jetzt nicht.« Diese Antwort von Ellen kam auf einmal sehr abrupt. »Sie ist unter der Dusche.« Die Verbindung wurde abgebrochen.

»Ellen!« Marie schrie in das Telefon hinein, aber es hatte keinen Zweck mehr. »Sarah ...« Sie spürte, wie ihr das Blut aus dem Gesicht wich. »Sarah ...« Ihre Stimme war kaum mehr als ein Hauch. Die Angst schnürte ihr die Kehle zu und nahm ihr die Luft zum Atmen.

Sie wusste, sie hätte jetzt Anna anrufen sollen, die Polizei sogar vielleicht, aber sie konnte nicht. Sie zitterte so sehr, dass sie sich erst einmal auf eine der Bänke im Flughafen setzte.

Als sie das Handy in die Tasche stecken wollte, ertastete sie ein Stück Papier. Thomas' Nummer. Sie zog das Papier heraus und starrte darauf. Auch wenn sie an die Polizei gedacht hatte, aber sie wusste, dass sie ohne einen konkreten Verdacht nichts unternehmen würden. Selbst, wenn sie Sarah vermisst meldete, würden sie mindestens achtundvierzig Stunden warten, weil sie annahmen, dass sie schon wieder nach Hause kommen würde.

Sie wusste nicht, was geschehen war, aber Ellen hatte Sarahs Handy, und das war kein gutes Zeichen. Sarah hatte es ihr bestimmt nicht freiwillig gegeben. Hätte Ellen es Sarah einfach nur gestohlen, hätte Sarah wohl über einen anderen Weg angerufen. Und außerdem wäre sie dann auf jeden Fall nach Frankfurt gekommen. Sie wäre längst hier.

Das hieß, sie war wahrscheinlich noch in Hamburg. Ellen hatte sie abgefangen. Das hatte sie ja schon einmal getan.

Waren sie in Ellens Wohnung, Sarah irgendwo gefesselt und geknebelt? Marie wurde ganz kalt. Ellen hatte alle nötigen Utensilien. Und sie war viel kräftiger als Sarah. Es wäre ihr wohl nicht schwergefallen, sie zu überwältigen.

Warum bin ich nicht mit ihr nach Hamburg gegangen? Am liebsten hätte Marie sich selbst geschüttelt. *Warum habe ich sie nicht beschützt? Ich wusste doch, dass Ellen gefährlich sein könnte.*

Aber Sarah war so ... entspannt gewesen. Und Ellen hatte sich anscheinend auch gar nicht mehr gemeldet. Obwohl ihre Drohungen noch in der Luft schwebten, hatten sowohl Sarah als auch Marie sie einfach vergessen. Oder verdrängt. Aber das Ergebnis war dasselbe: Sie hatten Ellen die Gelegenheit gegeben, sie wahrzumachen.

Sarah hatte nur davon gesprochen, dass Ellen Marie bedroht hatte, aber vielleicht hatte sie nicht erwähnen wollen, dass Ellen auch sie bedrohte. Sie wollte Sarah zurück. Sie wollte nicht, dass sie ging. Sie wollte weiterhin Macht über sie haben. Die Kontrolle, ihr zu sagen, was sie tun sollte. Das fehlte ihr jetzt. Vielleicht waren andere Frauen nicht so entgegenkommend wie Sarah, oder Ellens psychopathisches Gehirn konnte es einfach nicht ertragen, dass eine Frau sie verließ. Weil sie sie als ihren Besitz betrachtete.

Sie gab Thomas' Nummer ein. Schon beim zweiten Klingeln meldete er sich.

»Thomas?«, fragte Marie. »Hier ist Marie Petersen. Ich weiß nicht –«

»Ah, du bist Ingrids Freundin«, unterbrach Thomas sie. »Soll ich noch etwas über diese nette Staatsanwältin herausfinden? Ich habe noch nicht allzu tief gegraben. Hat sie noch mehr Leichen im Keller?«

»Nein, es geht nicht um Linda«, erwiderte Marie ungeduldig. »Es geht um eine andere Sache.«

»Ein neuer Auftrag?« Thomas schien interessiert. »Schieß los. Was soll ich tun?«

»Es geht um ...« Marie schluckte. »Ehrlich gesagt weiß ich gar nicht so genau, um was es geht. Es könnte Kidnapping sein.«

»Kidnapping? Wow.« Thomas' Stimme klang beeindruckt. »So was habe ich nicht oft.«

»Ich auch nicht.« Immer noch wusste Marie nicht so richtig, was sie sagen sollte. »Könntest du zum Flughafen kommen? Ich glaube, wir müssen nach Hamburg fliegen.«

»Das wird ja immer besser.« Er war geradezu begeistert. »Klar komme ich. Jetzt gleich?«

»Ja, jetzt gleich«, nickte Marie. »Ich erkläre dir dann alles auf dem Flug.«

»Alles klar. Dauert so eine Dreiviertelstunde, bis ich da bin«, verabschiedete Thomas sich.

Er war schon nach einer guten halben Stunde da, und sie trafen sich gleich am Abflugschalter. Marie hätte ihn gar nicht übersehen können, denn Ingrids Beschreibung traf genau zu, vom karierten Hemd bis hinunter zu den Cowboystiefeln.

Sie hatte bereits die Tickets besorgt und reichte ihm eins. »Wir können gleich los. Boarding hat schon begonnen.«

»Gut«, sagte er, nahm das Ticket, und sie checkten ein. Schon auf dem Weg zum Flugzeug fragte Thomas: »War das jetzt dein Ernst? Eine Entführung?«

Marie nickte. »Es ist nur eine Vermutung, aber ich fürchte, eine zutreffende. Es geht um ... eine Freundin. Sie wollte heute von Hamburg nach Frankfurt fliegen, ich sollte sie abholen, aber sie ist nicht gekommen. Und dann bekam ich einen Anruf von ...«, sie räusperte sich, »von ihrer Ex-Freundin, ein ziemlich harter Brocken. Das Gespräch war nicht sehr erfreulich. Es war Sarahs Handy, aber Ellen wollte mich nicht mit ihr sprechen lassen.«

»Sarah ist die Frau, von der du meinst, dass sie entführt worden ist?«, fragte Thomas.

Wieder nickte Marie. »Ellen hatte sie ... uns bedroht. Sie hat es nicht akzeptiert, dass Sarah sie verlassen hat.«

»Und jetzt mit dir zusammen ist?«, fragte Thomas nach.

»Ja.« Marie fühlte, wie ihr Mund immer trockener wurde, während sie nun das Flugzeug betraten. Eine hübsche Stewardess empfing sie und zeigte ihnen lächelnd ihre Plätze, und Marie dachte, dass das jetzt genauso gut hätte Sarah sein können. Wenn sie es doch nur gewesen wäre ...

»Gib mir Sarahs Handynummer«, verlangte Thomas. »Ich will sehen, ob ich das Handy orten kann.«

Marie gab sie ihm, und während sie noch am Boden waren, tippte und schob Thomas wild auf seinem Tablet herum. »Es ist aus«, sagte er. »Ich kann es nicht finden.«

»Ich vermute, sie sind in Ellens Wohnung. Aber hundertprozentig weiß ich das natürlich nicht«, sagte Marie. »Wir könnten es aber immerhin dort versuchen.«

»Ein Ansatzpunkt«, nickte Thomas zustimmend. »Vielleicht haben wir ja Glück. Wie es sich anhört, war das keine geplante Entführung, also hat ...«, er schaute Marie fragend an, »Ellen?«, und sprach dann weiter, als Marie nickte, »nichts vorbereiten können. Die meisten Leute tendieren in einem solchen Fall dazu, sich in einer Höhle zu verkriechen, die sie kennen.«

»Ich dachte, du hast keine Entführungen?«, fragte Marie erstaunt.

»Als Privatdetektiv nicht«, erklärte Thomas, »aber früher, als ich noch Polizist war, hatte ich einige. Leider nimmt das zu.«

»Warum tun Leute so etwas?« Marie schüttelte den Kopf. »Man kann doch über alles reden.«

»Das sagst du, weil du Anwältin bist«, entgegnete Thomas. »Du kannst dich ausdrücken, kannst argumentieren, eine Lösung finden. Aber es gibt eine Menge Leute, die das nicht können. Frauen eher weniger«, fuhr er fort, »meistens sind es Männer.« Er grinste ein wenig. »Wir sind nicht so das gesprächige Geschlecht.«

Marie zog einen Mundwinkel schräg nach oben. »In diesem Fall ist es aber kein Mann. Obwohl«, sie seufzte, »Ellen schon ein bisschen was von einem Mann hat. Sie ist groß und athletisch gebaut, nicht der zierliche Typ.«

»Wenn sie keine Kampfausbildung hat, bedeutet das gar nichts«, sagte Thomas. »Und das gilt für Männer wie für Frauen. Schon ein paar kleine Nahkampftricks bringen die meisten zu Fall.«

»Du hast eine Kampfausbildung?«, fragte Marie.

Thomas nickte. »Die von der Polizei und dann noch ein paar Extras. Ich war immer ein Martial-Arts-Fan.«

»Warum bist du nicht mehr bei der Polizei?«

Das war offensichtlich keine Frage, die Thomas beantworten wollte, denn er beschäftigte sich wieder intensiv mit seinem Tablet.

Marie schaute zum Fenster hinaus, und schon wurde ihnen signalisiert, dass sie alle elektronischen Geräte abschalten und sich anschnallen sollten.

Während des Fluges erzählte Marie Thomas alles, was sie über Ellen wusste, was ja aber – in diesem Falle leider – nicht viel war. Die genaue Beschreibung dessen, was zu Sarahs Flucht aus Ellens Wohnung geführt hatte, ließ sie aus. Das trug nichts zur Sache bei. Sie erwähnte jedoch, dass Ellen offensichtlich Vergnügen daran empfand, eine Frau zu unterdrücken und zu kontrollieren.

»Ihr Frauen holt wirklich auf«, bemerkte Thomas dazu trocken. »Früher hat man solche Storys nur von Männern gehört.«

»Das hilft uns jetzt aber auch nicht weiter.« Marie reagierte ungehalten. Für solche Aussagen hatte sie ihn nicht engagiert. »Egal, ob Frau oder Mann, wenn es so ist, wie ich vermute, ist es eine gefährliche Situation.«

»Ist sie bewaffnet?«, fragte Thomas.

»Darüber weiß ich leider nichts.« Marie zuckte bedauernd die Achseln. »Sarah hat nie etwas darüber gesagt.«

Thomas schürzte kopfnickend die Lippen. »Selbst ein Küchenmesser kann in den Händen eines Psychopathen eine gefährliche Waffe sein. Ist ja nicht so, dass nur die Waffen gefährlich sind, für die man einen Waffenschein braucht. Insofern ist es ziemlich nebensächlich. Schusswaffen erfordern allerdings ein anderes Vorgehen, deshalb wäre ich froh, wenn ich wüsste, ob sie eine hat.«

»Kann sein, kann auch nicht sein.« Marie runzelte die Stirn und versuchte sich an alles zu erinnern, was Sarah je über Ellen gesagt hatte, aber eine Waffe kam darin wirklich nicht vor.

»Dann muss ich mich auf den *worst case* einrichten«, sagte Thomas. »Kein Problem.«

»Hast du eine Pistole?«, fragte Marie.

Thomas nickte. »Ich brauche sie allerdings nicht oft.« Er machte ein grimmiges Gesicht. »Für untreue Ehemänner zum Beispiel nicht.«

»Da hätte ich auch noch einen Auftrag für dich«, sagte Marie. »Wenn das hier vorbei ist.«

»Nicht meine bevorzugte Beschäftigung«, bemerkte Thomas, »irgendwelchen alten Böcken hinterherzuschleichen, die schon anfangen zu sabbern, wenn sie nur ein junges Mädchen sehen.«

»Ganz so alt durfte er nicht sein«, sagte Marie. »Wie alt seine Freundin ist – von der seine Frau behauptet, dass sie nicht existiert – weiß ich allerdings nicht.«

»Seine Frau behauptet das?« Thomas' Mundwinkel zuckten. »Frauen werden doch wirklich nie schlau.«

Das Cowboyimage ging wohl weiter als Marie sich vorgestellt hatte. »Kann es sein, dass du ein bisschen ein klischeehaftes Frauenbild hast?«, fragte sie etwas ungehalten.

Er wandte sich im Sitz leicht zu ihr um. »Und warum willst du mir dann diesen Auftrag erteilen? Wenn du der Frau glaubst?«

Marie musste ihm innerlich Recht geben, schließlich hatte erst sie Verena Kleinert dazu überredet, Beweise gegen ihren Mann zu sammeln, sofern es welche geben sollte. »Okay«, gab sie zu. »Meine Erfahrungen mit Ehemännern, die drei Tage vor Weihnachten ausziehen, sind genauso klischeehaft – wenn auch leider wahr.«

»Klischees sind immer wahr«, sagte er. »Den meisten fällt das nur nicht auf.«

»Wir wären alle lieber Individuen, keine Klischees«, erwiderte Marie und ließ ihren Blick über seine Kleidung streifen.

Er verzog die Lippen. »Hast du was gegen Cowboys?«

»Nein, gar nichts«, sagte Marie. »Ich dachte nur immer, die gehören nach Amerika.«

»Ich verbringe viel Zeit dort«, erklärte er. »Am liebsten würde ich dahin auswandern, aber das ist nicht so einfach.«

Der kurze Flug näherte sich zwischenzeitlich seinem Ende. Aus dem Cockpit kam die Durchsage, dass sie gleich landen würden.

Maries Herz begann erneut zu rasen. Nun waren sie nicht mehr weit davon entfernt, zu erfahren, was hier los war. Ihre Angst kehrte zurück.

Thomas sah sie mit seinem John-Wayne-Blick an. »Es wird alles gutgehen«, versicherte er ihr zuversichtlich. »Ich bin ein Profi.«

Auch wenn Marie das glaubte, beruhigte sie diese Aussage nicht wirklich. Selbst ein Profi konnte Fehler machen. Und Menschen wie Ellen waren unberechenbar.

Als sie das Terminal verließen, nahm Marie zögernd ihr Handy, wählte aber nicht.

»Versuch es«, ermutigte Thomas sie. »Vielleicht nimmt sie ab.«

»Das Handy ist aus.« Marie runzelte die Stirn.

Er grinste leicht. »Irgendwann wird sie es wieder einschalten, hundertprozentig. Sie ist neugierig, und sie will dich leiden sehen.«

»Was für eine wunderbare Aussicht!« Marie lachte trocken.

»Es ist eine Chance«, berichtigte er. »Die beste, die wir haben. Wenn du sie zum Sprechen bringst, ist sie abgelenkt, und ich kann sie überwältigen.«

»*Falls* sie in ihrer Wohnung ist«, schränkte Marie ein.

»Die Wahrscheinlichkeit ist groß«, sagte er. »Adresse?«

Während Marie versuchte, Sarahs Handy anzurufen, dabei aber keinen Erfolg hatte, fuhren sie mit einem Taxi zu dem Haus, in dem Ellens Wohnung lag. Thomas orientierte sich, indem er die Fassade mit seinen Augen absuchte, dann das Dach. Als eine Nachbarin aus dem Haus kam, schlüpften sie schnell hinein.

Kurz darauf standen sie vor Ellens Wohnungstür. Wieder versuchte Marie, das Handy anzurufen, und diesmal hörten sie von drinnen einen Klingelton.

Thomas nickte Marie zu. Sein Gesicht sagte: *Siehst du, sie hat es eingeschaltet. Und sie ist hier.*

Es klingelte dreimal, dann nahm Ellen ab. »Die süße Marie«, begrüßte sie Marie hämisch. »Du gibst wohl nie auf, was?«

»Ich will mit Sarah sprechen«, verlangte Marie. »Ich will wissen, dass es ihr gutgeht.«

»Wenn sie bei mir ist, geht es ihr immer gut.« Ellen machte eine kleine Pause. »Nicht, Baby?« Sie sprach offensichtlich zu Sarah, aber von Sarah war kein Laut zu hören.

Marie spürte das Pochen in ihren Schläfen, das von ihrem überstrapazierten Herzmuskel verursacht wurde. »Ellen«, sagte sie mühsam beherrscht. »Gib mir Sarah.«

Mittlerweile hatte Thomas ihr Zeichen gemacht, dass er von außen versuchen würde, Ellens Wohnung zu erreichen, sich aus einem Flurfenster hinausgeschwungen und war verschwunden. Marie blickte ihm erstaunt nach. Ihr war die Fassade ziemlich glatt vorgekommen, aber anscheinend dachte Thomas, dass er daran entlangklettern könnte.

»Ja, das hättest du gern, hä?«, erwiderte Ellen in diesem Moment höhnisch. »Dass ich sie dir gebe. Einfach so. Und goodbye Ellen. Danke für die schöne Zeit.«

»Sie wird dich bestimmt nie vergessen«, entgegnete Marie. »Aber es gibt Abschnitte im Leben –«

»Es gibt keine Abschnitte!« Ellen schrie sie auf einmal an. »Sie gehört mir, und du hast da überhaupt nichts zu sagen! Verschwinde endlich!«

Marie schluckte trocken. Wenn Ellen jetzt überschnappte und Sarah etwas tat ... »Ich bin hier«, sagte sie schnell. »Ich bin in Hamburg.«

Ellens heftiger Atem sprengte fast den Lautsprecher. »Mach, dass du wieder wegkommst«, fauchte sie nach einer langen Weile. »Geh dahin zurück, wo du hingehörst.«

Verzweifelt überlegte Marie, ob Thomas wohl schon an Ellens Fenster war. Sie hatte keine Möglichkeit, das zu überprüfen. »Ich gehöre zu Sarah«, erwiderte sie ruhig. »Und wenn Sarah bei dir ist, bin ich jetzt auch bei ihr. Ich stehe vor deiner Wohnungstür.«

Das machte Ellen anscheinend sprachlos. Aber sie legte nicht auf.

»Lass uns doch in Ruhe darüber sprechen, Ellen«, beschwor Marie sie eindringlich. »Du kannst Sarah nicht ewig festhalten. Sie muss zur Arbeit gehen. Wenn sie das nicht tut, wird die Polizei kommen und nach ihr suchen.«

Ellen sprach immer noch nicht, gab aber ein knurrendes Geräusch von sich wie ein Hund, der in die Enge getrieben wird.

»Ellen, bitte ...«, flehte Marie weiter. »Mach die Tür auf und lass mich rein. Man kann über alles reden. Ich will nur sehen, ob es Sarah gutgeht. Kannst du das denn nicht verstehen? Du liebst sie doch. Du willst ihr nichts antun.«

Auf einmal hörte sie merkwürdige Geräusche. Ein dumpfes Fallen, dann Stöhnen. Wahrscheinlich lag das Handy auf dem Boden, denn die Verbindung brach nicht ab.

Sie fühlte, wie eine Panikattacke sie ergriff, und donnerte mit den Fäusten gegen die Tür. »Ellen! Ellen! Mach auf!« Als keine Reaktion kam, erstarrte sie. Ihre Fäuste lagen nur noch leblos auf der Türfüllung.

Auf einmal stolperte sie nach vorn. Die Tür war geöffnet worden.

»Langsam.« Thomas hielt sie am Arm fest, damit sie nicht hinfiel. »Alles in Ordnung.«

Marie stürzte in die Wohnung hinein. Ellen lag gefesselt am Boden. Sie schien bewusstlos zu sein.

»Wo ist Sarah?«, schrie Marie. »Sarah!«

»Hier nicht«, antwortete Thomas ruhig. »Aber da ist noch ein anderer Raum.«

Marie schaute sich wild um und entdeckte die halboffene Schlafzimmertür. Sie stürmte hindurch und blieb entsetzt stehen.

Sarah lag zusammengekrümmt auf dem großen Bett. Sie war gefesselt und geknebelt, ihre Wangen trugen Zeichen von Schlägen, und Blut war aus einer Wunde an ihrer angeschwollenen Lippe gelaufen.

Ihre Augen waren geschlossen, und die wächserne Hautfarbe ließ nichts Gutes erwarten.

»Sarah …« Flüsternd beugte Marie sich über das Bett und strich sanft über Sarahs Wange. Ihre Haut war warm, ein Umstand, der Marie wieder Hoffnung gab. »Sarah, bitte mach die Augen auf. Bitte, mein Engel, du darfst mich jetzt nicht verlassen. Bitte, oh Sarah, bitte …« Während sie das sagte, entfernte sie gleichzeitig den Knebel und löste die Fesseln.

Das leise Stöhnen, das aus Sarahs Kehle entwich, ließ Marie aufschluchzen. Vorsichtig setzte sie sich neben sie. »Es wird alles gut«, sagte sie leise und strich zart über ihr Haar. »Alles wird gut.«

»Sie muss ins Krankenhaus.« Thomas' Stimme drang nur leise durch die Watte, die sich in Maries Kopf angesammelt hatte. »Ich habe die Polizei benachrichtigt und auch gleich gesagt, dass sie einen Krankenwagen schicken sollen.«

Marie blickte zu ihm auf. »Ich bringe sie um. Ich bringe Ellen um, das schwöre ich.«

Thomas kam zu ihr und legte ihr eine Hand auf die Schulter. »Sie wird schon bestraft werden, keine Sorge. Du musst dir nicht dein Leben versauen, indem du etwas Unüberlegtes tust.«

In diesem Moment hörte man draußen ein Martinshorn, vielleicht waren es auch mehrere. Thomas trat ans Fenster. »Sie kommen schon«, sagte er, warf Marie noch einen beruhigenden Blick zu und ging ins andere Zimmer.

Kurz darauf hörte Marie draußen Stimmen. Thomas erklärte die Situation. Dann hörte sie ein Stöhnen, das war sicherlich Ellen, die von den Beamten abgeführt wurde.

Fast im selben Moment kam eine Notärztin durch die Tür, warf einen Blick aufs Bett, erfasste sofort die Situation und trat näher. »Würden Sie bitte aufstehen?«, sagte sie zu Marie. »Damit ich die Patientin untersuchen kann.«

Marie wollte sich nicht von Sarah trennen, aber die Notärztin schob sie entschieden zur Seite und beugte sich über Sarah, öffnete ihren Koffer, nahm ein Stethoskop heraus und hörte Sarah ab, untersuchte ihr Gesicht und ihren Körper durch schnelles Abtasten. »Nichts gebrochen«, sagte sie, »aber sie sieht sehr blass aus. Ich bin nicht sicher, ob sie innere Blutungen hat.« Sie winkte den beiden Sanitätern, die Trage hereinzubringen.

Sarah wurde vorsichtig auf der Trage verstaut und aus der Wohnung gebracht. Marie stand schweigend daneben, als sie im Aufzug hinunterfuhren.

Im Krankenhaus gab die Notärztin schnell einige Anordnungen, und Sarah wurde aus dem Krankenwagen herausgehoben.

»Wo bringen Sie sie hin?« Marie versuchte sich krampfhaft an der Trage festzuhalten.

Die Notärztin lächelte beruhigend. »Wir werden jetzt einige Untersuchungen machen, damit wir eine schwerwiegende Verletzung ausschließen können.« Sanft löste sie Maries Finger von dem Gestell und drückte sie auf einen Stuhl. Sie prüfte Maries Puls und Blutdruck und nickte halbwegs zufrieden. »Sobald die Untersuchungen beendet sind, dürfen Sie wieder zu ihr.« Nachdenklich sah sie Marie an. »Wie fühlen Sie sich?«

»Taub«, murmelte Marie unter Tränen.

»Das wird schon wieder«, versicherte die Ärztin. »Wir sind ja jetzt im Krankenhaus. Hier bekommt sie die beste Versorgung.« Sie verschwand mit schnellen Schritten hinter einer Tür.

Marie wäre fast auf dem Stuhl zusammengebrochen, da trat Thomas plötzlich zu ihr. »Wie geht es Sarah?«

»Weiß ich noch nicht.« Marie schüttelte langsam den Kopf. »Sie untersuchen sie.«

»Ellen ist bei der Polizei. Sie wird jetzt verhört«, sagte Thomas. »Das wird eine Weile dauern, aber ich denke nicht, dass sie viel abstreiten kann. Vor allem, wenn Sarah dann wieder wach ist und als Zeugin gegen sie aussagt. Ihre Verletzungen sprechen für sich.«

»Oh mein Gott.« Marie warf die Hände vors Gesicht. »Was ist, wenn sie stirbt?«

Thomas setzte sich neben sie. »Sie stirbt nicht«, sagte er ruhig. »Glaub mir, ich habe schon viele Verletzte gesehen, mit Schusswunden, mit Schlägen von Baseballschlägern, mit tiefen Schnitten von Messern. Und selbst die haben überlebt. Gut, nicht alle«, fügte er leiser hinzu und verstummte dann völlig.

»Also stirbt sie doch«, stieß Marie verzweifelt hervor.

»Nein.« Thomas' Stimme klang entschieden. »Sie ist nicht so schwer verletzt. Sie stirbt nicht.«

Stunden später konnte Marie endlich zu Sarah. Sie lag in einem Krankenhausbett, eine Infusion im Arm, und sah immer noch blass aus, aber sie atmete tief und gleichmäßig.

Als Marie zu ihr ans Bett trat, schlug sie die Augen auf. »Marie ...«, flüsterte sie. »Du bist gekommen.«

»Ich habe mir solche Sorgen gemacht.« Marie lächelte sie an und strich leicht über ihren Arm. Sie traute sich nicht, Sarah auf die angeschwollenen Lippen zu küssen, aus Angst, ihr wehzutun. »Geht es dir gut?«

»Ging mir schon mal besser.« Sarah versuchte zu lächeln, aber sie unterließ es sofort, weil ihr grün und blau schimmerndes Gesicht sie davon abhielt.

»Ich könnte Ellen umbringen«, knurrte Marie wütend.

»Das würde doch auch nichts ändern.« Sarah seufzte. »Ich hätte es wissen müssen. Sie hat das Haus meiner Eltern wohl die ganze Zeit beobachtet. Und als ich mich dann auf den Weg zum Flugplatz machen wollte, hat sie mich an der Haltestelle abgefangen.«

»Du bist gar nicht am Flugplatz angekommen?«

»Nein.« Sarah schüttelte nur angedeutet den Kopf. Alles andere tat sicher auch weh. »Sie hat mich in ihren Wagen gezerrt und mich angeschrien. Ich wollte sie beruhigen, aber sie hat einfach auf mich eingeschlagen. Erst mit der Hand ins Gesicht und dann mit einem Gegenstand gegen die Schläfe. Danach wurde alles schwarz, und ich weiß nichts mehr.«

Marie presste die Lippen zusammen. »Und dann hat sie dich in ihre Wohnung gebracht, dich gefesselt und geknebelt und mich dann irgendwann angerufen.«

»Sie hat dich –?« Sarahs Augen öffneten sich ein wenig. Weiter ging es nicht.

»Sie hat es genossen«, seufzte Marie. »Und sie hat die ganze Zeit so getan, als wärst du freiwillig bei ihr und hättest beschlossen, bei ihr zu bleiben.«

»Niemals«, stieß Sarah hervor. »Das hatte ich ihr auch gesagt. Mehrmals. Leider habe ich ihr bei ihrem letzten Anruf auch gesagt, dass ich nach Frankfurt ziehen würde.«

»Das hat sie endgültig über die Grenze gestoßen, denke ich.« Marie lächelte Sarah beruhigend an. »Aber jetzt ist alles vorbei. Sie sitzt im Gefängnis.«

»Das habe ich nicht gewollt.« Sarah flüsterte es entsetzt.

»Sie ist ganz allein selbst dafür verantwortlich«, sagte Marie. »Mach dir keine Vorwürfe. Du konntest nichts dafür.« Sie fühlte, wie ihre Kräfte sie langsam verließen, und setzte sich auf die Bettkante. »Ich bin so froh, dass ich dich gefunden habe. Ich wusste ja nicht, wo du bist. Aber Thomas meinte –«

»Thomas?« Sarah runzelte die Stirn – oder versuchte es, bevor sie den Versuch mit etwas schmerzverzerrtem Gesicht abbrach.

»Ein Privatdetektiv, den ich … beziehungsweise Ingrid … ursprünglich für etwas anderes engagiert hatte«, erklärte Marie. »Er ist von außen durchs Fenster in Ellens Wohnung gesprungen und hat sie überwältigt.«

»Klingt wie ein Krimi aus dem Fernsehen.«

Marie lachte leicht. »Ich habe schon ab und zu mal private Ermittler eingesetzt, aber Thomas ist wirklich ziemlich gut. Er war früher Polizist. Vielleicht nehme ich seine Dienste jetzt öfter in Anspruch.«

»Anwalt und Privatdetektiv«, sagte Sarah. »Wie in *Ein Fall für zwei*.«

»Na, so wird es wohl nicht werden.« Marie beugte sich zu Sarah hinunter und hauchte einen Kuss auf ihre Stirn. »Aber diesmal war ich froh, dass ich ihn dabei hatte.«

»Ich bin auch froh.« Sarahs Augen schlossen sich. »Ich bin so müde. Entschuldige.« Sie schlief ein.

Marie betrachtete sie lächelnd. *Sarah, meine Sarah,* dachte sie. *Endlich habe ich dich wieder.*

20

Ich danke Ihnen, Frau Petersen. Ohne Sie hätte ich einen großen Fehler gemacht.« Verena Kleinert stand auf und drückte Marie die Hand.

»Tut mir leid«, sagte Marie, »dass ich Recht hatte.«

Verena Kleinert schüttelte den Kopf. »Mir tut es gar nicht leid. Soll er sich doch mit seiner kleinen ...«, sie brach kurz ab und setzte dann fort: »... Freundin vergnügen. Jetzt muss er wenigstens dafür bezahlen.«

»Das ist nur recht und billig«, stimmte Marie zu.

»Auf Wiedersehen.« Verena Kleinert nickte ihr verabschiedend zu und ging hinaus.

»Auf Wiedersehen«, erwiderte Marie und setzte sich wieder hinter ihren Schreibtisch.

»Eine attraktive Frau«, kam es da von der Tür.

Maries Kopf zuckte hoch. »Sarah.« Ein glückliches Lächeln überzog ihr Gesicht. »Du bist schon da?«

»Wir waren doch zum Mittagessen verabredet«, sagte Sarah. »Hast du das vergessen?«

»Vergessen? Ein Mittagessen mit dir?« Marie stand auf, kam auf sie zu und küsste sie leicht auf den Mund. »Das würde mir niemals passieren.«

»Auch nicht, wenn so eine Frau in deinem Büro ist?« Sarahs Blick folgte dem Weg, den Frau Kleinert genommen hatte. Sie stand noch am Aufzug.

»Das ist eine Mandantin«, lachte Marie. »Weiter nichts.«

»Wenn ich gewusst hätte, dass du so attraktive Mandantinnen hast ...«, entgegnete Sarah kokett.

»Mandantinnen sind asexuelle Wesen«, behauptete Marie. »Ich sehe nur den Fall und versuche ihnen zu helfen. Mehr interessiert mich daran nicht.«

»Sag die Wahrheit.« Sarah hob streng die Augenbrauen. Das konnte sie jetzt wieder tun, denn ihre Verletzungen waren abgeheilt. »Noch nie was mit einer Mandantin gehabt? Noch nicht mal daran gedacht?« Marie zögerte mit der Antwort, und Sarah stach triumphierend mit einem Finger in die Luft. »Aha!«

»Nur einmal«, sagte Marie, »und das war ein Fehler. Man sollte niemals Beruf und Privatleben mischen.«

»Also ich bin nicht so sicher«, Sarah blickte wieder zum Lift, aber mittlerweile war Verena Kleinert verschwunden, »ob das mit dieser Mandantin nicht eine Versuchung war.«

»Jetzt? Wo ich dich habe?« Marie zog sie in ihre Arme und hielt sie fest an sich gepresst. »Ich liebe dich sehr und werde sicher nichts tun, was das gefährdet.« Sie lächelte Sarah an. »Im Gegenteil. Ich werde alles tun, damit du glücklich bist.«

»Mhm, wirklich alles?« Sarah schmiegte sich eng an Marie und tastete mit der Hand über ihren Po.

»Absolut alles«, flüsterte Marie mit belegter Stimme. Ihr Körper reagierte heftig auf Sarahs Berührung.

»Wir sollten nach Hause gehen«, hauchte Sarah. »Komm.«

»Und das Mittagessen?«, fragte Marie atemlos.

»Vielleicht koche ich was Gutes.« Sarahs Augen glitzerten. »Danach ...«

Schnell waren sie zu Hause, fuhren nach oben und stürzten fast in die Wohnung, während sie schon wie Kletten aneinanderhingen.

Marie stieß die Tür nur mit einem Fuß zu, weil sie keine Hand mehr freihatte. »Endlich habe ich dich für mich allein.« Sie zog Sarah das T-Shirt über den Kopf und befreite ihre

Brüste aus dem feinen BH. Sachte küsste sie ihre weichen Lippen und weiter über ihren Hals zu ihren kleinen Hügeln. »Du bist so wunderschön.« Liebevoll küsste sie die harten Nippel, die sich ihr entgegenstreckten.

Sarah stöhnte auf und presste sich rückwärts gegen die Tür.

Maries Hand glitt über den flachen Bauch, öffnete den Gürtel der Jeans und die Knöpfe und schob sie vorsichtig und mit Sarahs Hilfe über ihre Hüften hinunter.

Von den Knöcheln an begann sie sich ihren Weg nach oben zu küssen. Bedeckte jeden Millimeter Haut mit ihren Lippen. Über die Knie, die schlanken Oberschenkel, bis hin zum Quell ihres herrlichen Duftes. Mit dem Finger schob Marie den dünnen Stoff zur Seite und küsste die weichen Haare auf Sarahs Scham.

»Himmel, ich habe dich vermisst!«, keuchte sie, als ihre Zunge zwischen Sarahs Falten glitt und den heißen Nektar in sich aufsaugte.

»Seit heute Morgen?« Sarah lachte erregt. »Das ist doch noch gar nicht so lange her, und da waren wir zusammen in der Dusche –«

»Das kommt mir wie Ewigkeiten vor.« Maries Zunge drang wieder in Sarah ein.

Sarah stöhnte erneut auf. »Ich kann nicht mehr stehen.« Ihre Knie gaben nach, und sie sank auf den Boden.

Marie zog ihr die Hose endgültig aus und kehrte mit ihrem Mund zwischen ihre Schenkel zurück.

Unter ihr wand Sarah sich hin und her. Mit beiden Händen drückte sie Maries Kopf noch fester gegen sich. Presste ihren Unterleib nach oben, um ihr so nahe wie möglich zu sein. »Bitte nicht aufhören«, flehte sie Marie atemlos an, als die sich kurz von ihr löste.

»Das habe ich nicht vor, ganz im Gegenteil.« Lächelnd beugte Marie sich über Sarah, hauchte einen Kuss auf ihre Lippen und entkleidete sich selbst geschwind.

Sarah ließ sie dabei keinen Moment aus den Augen.

»Darf ich?« Die kurze Frage wurde mit einem verklärten Lächeln beantwortet. Mehr brauchte Marie nicht.

Langsam legte sie sich neben Sarah und drehte sich vorsichtig um, platzierte ihren Kopf über Sarahs Scham und offenbarte ihr wiederrum ihre eigene.

Gemeinsam begannen sie sich zu küssen, ihre Zungen fanden einen Weg zwischen die pulsierenden Falten, und sie trugen sich von Welle zu Welle. Ließen die Orgasmen durch ihre Leiber peitschen, bis sie nur noch erschöpft keuchend dalagen.

Marie drehte sich vorsichtig um und zog Sarah in ihre Arme. »Du bist wie ein Traum, weißt du das eigentlich?«

»Findest du? Dafür ist das alles hier aber sehr real.« Sarahs Hand verschwand geschickt zwischen Maries Beinen.

Stöhnend streckte sich Marie auf dem Rücken aus. Sarahs Hand brachte sie einmal mehr an den Rand des Wahnsinns.

Das war aber nur der Beginn eines heißen Nachmittags, der dann nahtlos in die Nacht überging.

Am Morgen wachte Marie zuerst auf. Sanft löste sie sich von Sarah, schnappte sich frische Wäsche und ging ins Bad. Sie nahm eine lauwarme Dusche, wickelte sich in ihren Bademantel und ging in die Küche, um den Kaffee aufzusetzen.

Mit einem kleinen Tablett brachte sie die Tassen mit dem dampfenden Gebräu und ein paar Scheiben Toast ins Schlafzimmer, wo Sarah noch immer friedlich schlummerte.

»Guten Morgen, Schlafmütze.« Sie hielt ihr die Tasse unter die Nase, so dass das Aroma des Kaffees sie wecken würde.

Und wirklich, es dauerte nur wenige Sekunden, bis ihre Augenlider zu flattern begannen, die Nase gerümpft wurde und die Augen sich einen Spalt öffneten.

»Mhm, so möchte ich immer geweckt werden.« Sarah richtete sich auf ihrem Ellbogen auf, nahm die Tasse aus Maries Hand und trank den heißen Kaffee.

Ihr Blick glitt dabei von der Tasse in ihrer Hand zu Maries Bademantel, der leicht offenstand und ihre vollen Brüste mehr offenbarte als verdeckte. »Ja, genau so möchte ich jeden Morgen geweckt werden.«

Mit einem schelmischen Grinsen schob sie die Tasse aus dem Weg, zog Marie neben sich aufs Bett und öffnete den Bademantel vollständig. Mit dem Finger fuhr sie langsam die Kurven an Maries Körper entlang und entlockte Marie damit ein leichtes Stöhnen.

Ihre Haut stand in Flammen, wo auch immer Sarah sie berührte. Die feinen Härchen auf ihren Armen richteten sich auf, und sie konnte spüren, wie ihr Blut ihr durch die Adern schoss. »Was machst du nur mit mir?«, flüsterte sie heiser.

»Dich lieben«, kam es genauso heiser zurück.

»Du bist wundervoll.« Marie keuchte leise auf, als Sarah sich über ihren Körper beugte und ihr Haar über ihre Brüste streichen ließ. Den Bauch entlang, über ihre Scham und wieder nach oben

»Gefällt dir das?« Sarahs belegte Stimme zeugte von ihrem eigenen Grad der Erregung.

»Ja, und wie.«

»Möchtest du, dass ich weitermache oder aufhöre?«

»Nicht aufhören, bitte nicht …«

»So soll es sein.« Mit einem Mal legte sich Sarah zwischen Maries Beine und drückte ihre Schenkel auseinander.

Stöhnend wand sich Marie unter den zärtlichen Liebkosungen, was Sarah nur weiter antrieb.

Es brauchte nicht mehr viel, um Marie an den Rand der Ohnmacht zu bringen. Mit einem lauten Schrei drückte sie Sarah von sich fort, nur um sie kurz darauf in ihre Arme zu ziehen.

Sarah schmiegte sich an sie und lachte leise. »So sehr hast du dich nach mir gesehnt?«

»Unsagbar.« Glücklich lächelte Marie sie an. »Ich habe mich noch nie so sehr nach einer Frau gesehnt wie nach dir.

Immer und überall. Jede Minute des Tages, ob wir zusammen sind oder nicht, ob wir schlafen oder wach sind.«

Sarah kuschelte sich noch enger an sie heran, schob ein Bein über Maries und drückte sich leicht gegen sie. »Dich zu spüren, dich küssen zu dürfen, einfach mit dir zusammen zu sein, das ist mein ganzes Glück. Das hätte ich niemals für möglich gehalten.«

Marie spürte die Nässe, die aus Sarah heraustroff und sich mit ihrer eigenen vermischte. Sie öffnete ihre Beine ein klein wenig mehr, zog Sarah genau über sich und drückte sie vorsichtig auf sich herunter.

Leise stöhnend begann Sarah sich auf ihr zu bewegen. Ließ ihre Hüften kreisen und ihre Säfte sich so noch weiter vermischen.

Marie passte sich ihrem Rhythmus an. Drückte und presste gegen sie, immer schneller, immer härter. »Honey, komm mit mir«, flüsterte sie in Sarahs Ohr. »Komm mit mir, bitte.«

Ein gewaltiger Schauer tobte durch Maries Leib, ließ sie auffahren, Sarah noch fester an sich pressen, und gemeinsam erreichten sie eine ganz besondere Form des Himmels. »Oh mein Engel, das war unglaublich.« Sie strahlte Sarah von unten herauf an.

Sarah lächelte und küsste sie sanft. »Schön, dass es dir gefallen hat. Denn das gibt es immer, wenn du mich mit Frühstück am Bett weckst.«

Marie atmete tief durch und strich ihr zart eine Haarsträhne aus dem Gesicht. »Ich würde alles für dich tun«, sagte sie leise. »Ich dachte, ich hätte dich verloren, und nun, da du mir zurückgegeben wurdest, werde ich dieses Geschenk immer mit äußerster Vorsicht behandeln, damit es nicht kaputtgeht.«

»Du hast für mich gekämpft.« Sarah kuschelte sich an ihre Brust.

»Ich würde mein Leben für dich geben.« Schluckend schloss Marie Sarah fest in die Arme.

»Es ist schön, dich zu spüren.« Sarah küsste sie sanft auf die Schulter. »Dein Herz schlägt genauso schnell wie meins, spürst du das auch?«

Für einen Moment lauschte Marie auf ihren eigenen Herzschlag und auf den von Sarah in ihrem Arm. »Es fühlt sich gut an, im Einklang mit dir zu sein.« Sie zog Sarah noch enger an sich und streichelte zärtlich über ihren Rücken. »Als ich dachte, ich hätte dich verloren, da ist mein Herz stehengeblieben. Ich habe alles ausgeblendet, habe nur noch an dich gedacht und wollte zu dir. Ich war nicht beruhigt, bis ich dich endlich sehen konnte.« Sie drehte den Kopf und schaute Sarah tief in die Augen. »Wenn ich dich verloren hätte, ich weiß nicht, was ich getan hätte.«

»Marie.« Sarahs Lippen brachten sie endlich zum Schweigen und lösten den letzten Rest an Angst in ihr auf.

»Ich gebe dich nie mehr her«, murmelte Marie zwischen zwei Küssen.

»Das will ich dir auch geraten haben.« Seufzend kuschelte sich Sarah enger an sie heran.

So lagen sie noch ein paar Minuten, bis Marie sagte: »Heute kann ich nicht noch mal schwänzen.« Sie seufzte. »Ein Mandant kommt, und ich muss mich um ihn kümmern.«

»Ein Mandant oder eine Mandantin?«, fragte Sarah.

»Ein Mandant.« Marie lachte, schob Sarah widerstrebend von sich und stand auf. »Ich habe nicht nur Mandantinnen.«

»Kaum zu glauben«, sagte Sarah, und ihre Augen blinzelten keck.

»Glaub es ruhig. Du kannst mitkommen, wenn du willst. Heute ist ja auch Ingrid wieder da, und es wird wirklich Zeit, dass ihr euch kennenlernt.«

Sarah verzog das Gesicht. »Ich habe das Gefühl, sie mag mich nicht. Sie hat dir immer wieder gesagt, dass ich ein Unglück für dich bin.«

»Sie kennt dich nicht.« Marie beugte sich zu ihr hinunter und hauchte einen Kuss auf ihre Schulter. »Wenn sie dich kennenlernt, wird sie ihre Meinung ändern.« Sie zog sich schnell einen Jogginganzug an.

»Hat sie nicht irgendwie Recht?«, fragte Sarah, die sich Maries Bademantel überwarf und ihr in die Küche folgte. »Das alles wäre nie passiert, wenn du mich nicht kennengelernt hättest.«

»Und was wäre dann?« Marie griff nach zwei Scheiben Toast und steckte sie in den Toaster. »Ich wäre allein, und du wärst –« Sie brach ab.

»Ja«, sagte Sarah. »Möglicherweise wäre es so. Ich hätte nicht gewusst, wo ich hinsollte, nachdem –« Sie schloss die Augen, und es war, als ob ein Zittern durch ihren Körper liefe.

»Hast du schon mit der Therapeutin gesprochen?«, fragte Marie, setzte sich neben sie und griff besorgt nach ihrer Hand.

Sarah nickte. »Ich habe sie angerufen. Demnächst habe ich einen Termin.«

»Soll ich mitkommen?« Marie suchte fragend ihre Augen.

»Das wäre schön«, sagte Sarah.

Beruhigend lächelte Marie sie an. »Es wird alles wieder gut. Das habe ich dir schon in Hamburg versprochen, und das hat sich nicht geändert.«

»Mit diesen Panikattacken«, Sarah schluckte, »kann ich nicht arbeiten.«

»Dann bist du eben krankgeschrieben. Du hast mehr als genug gearbeitet«, erwiderte Marie, stand auf und nahm das Brot aus dem Toaster.

»Mit dir ... ist alles so ... normal.« Sarah blickte sie fast wie mit Kinderaugen an. »Mit Ellen habe ich nie so ... gefrühstückt.«

»Nützt es was, wenn ich sage: Denk nicht mehr daran?«, fragte Marie und gab Sarah und sich selbst je eine Scheibe Toast.

Sarah schüttelte den Kopf. »Nicht viel. Nur wenn wir ... zusammen sind ... im Bett ... oder so ... kann ich es für eine Weile vergessen.«

Marie umarmte sie fürsorglich. »Ich könnte ja jetzt sagen, dass das schöne Aussichten sind, dass wir unsere ganze Zeit im Bett verbringen werden, aber leider –«, sie verzog entschuldigend das Gesicht, »muss ich auch mal arbeiten.«

»Und ich muss darüber hinwegkommen«, sagte Sarah. »Diese Therapeutin war sehr zuversichtlich. Sie hat wohl schon viele solche Fälle gehabt. Also versuche ich ihr zu glauben, dass sie mir helfen kann.«

»Das wird sie«, sagte Marie. »Wir gehen zusammen hin, und ich werde dir auch helfen, wo ich kann.« Sie schaute auf die Uhr. »Jetzt muss ich aber schnell duschen und in die Kanzlei. Ich lasse Mandanten nicht gern warten.«

»Dann ist es vielleicht doch eine Mandantin.« Sarah lachte wieder. Sie hatte den düsteren Schleier abgestreift.

»Nein«, widersprach Marie entschieden. »Es ist ein Mandant.« Sie schmunzelte Sarah an. »Du kannst jederzeit überraschend vorbeikommen, um das zu überprüfen.«

»Und wo ist jetzt der Traum deiner schlaflosen Nächte?«, fragte Ingrid, als Marie nach dem Termin mit ihrem Mandanten wieder allein im Büro saß. »Ich dachte, ich würde sie endlich mal kennenlernen.«

»Du musstest ja unbedingt einen Fall in Brandenburg vertreten«, erinnerte Marie sie. »Sonst hättest du sie längst kennengelernt.«

»Eine alte Schulfreundin«, sagte Ingrid. »Ich konnte sie doch nicht im Stich lassen.« Sie schaute Marie fragend an. »Wie geht es ihr? Hat sie sich wieder ganz erholt?«

Marie nickte. »So halbwegs. Körperlich ist nichts mehr zu sehen, aber die Wunden auf der Seele –« Sie brach ab und dachte an das Gespräch heute Morgen.

»Ja, das wird wohl noch eine Weile dauern«, sagte Ingrid. »Und währenddessen arbeitet sie nicht?«

»Nein.« Marie schüttelte den Kopf. »Sie ist jeden Tag zu Hause.« Ein Lächeln überzog ihr Gesicht. »Es ist himmlisch.«

Ingrid schmunzelte. »Ich sehe es dir an. So ist ja doch noch etwas Gutes bei der ganzen Sache herausgekommen, auch wenn es zuerst nicht so aussah.«

»Kann man so sagen.« Marie lächelte. »Und den Rest schaffen wir auch noch.«

»Marie?«

Ingrid hatte vor Marie gestanden und die Tür verdeckt, und so schauten sie jetzt beide gleichzeitig dorthin.

»Sarah.« Marie stand lächelnd auf und wandte sich an Ingrid. »Da hast du jetzt aber Glück. Nun lernst du sie endlich kennen.«

Ingrid musterte Sarah ziemlich eindringlich. »Freut mich«, sagte sie dann und streckte die Hand aus. »Ich bin Ingrid.«

»Sarah«, sagte Sarah, obwohl das eigentlich überflüssig war.

Marie schmunzelte. »Kommst du, um mich zu kontrollieren? Tut mir leid, mein Mandant ist schon weg. Aber ich kann ihn anrufen.«

»So ein Quatsch.« Sarah runzelte etwas missbilligend die Stirn. »Ich wollte nur wissen, was du essen willst. Ich gehe einkaufen.«

Ingrid lachte auf. »So eine häusliche Idylle! Wer hätte das gedacht?«

»Hör nicht auf sie«, sagte Marie sofort. »Sie beneidet mich nur.« Sie lächelte Sarah an. »Uns.«

»Willst du mitessen?«, wandte sich Sarah an Ingrid. »Ich kann auch für drei kochen. Ist kein großer Unterschied.«

»Sie kocht hervorragend«, sagte Marie mit einem Blick auf Ingrid. »Du verpasst was, wenn du es ablehnst.«

»Ich esse eigentlich nie zu Mittag«, erwiderte Ingrid, lächelte dann aber und fügte hinzu: »Aber für euch mache ich eine Ausnahme.«

»Schön«, sagte Sarah, aber die Blicke, mit denen sie Ingrid streifte, wirkten etwas scheu. »Um ein Uhr dann?«

»In Ordnung.« Marie und Ingrid nickten fast gleichzeitig. »Dann kommen wir um eins zum Essen nach Hause.« Sie lachte. »Schon ein bisschen ungewohnt.«

»Und für mich erst«, sagte Ingrid. Sie hob eine Hand. »Aber bis dahin habe ich noch was zu tun. Bis später dann, ihr Beiden.«

Als sie hinausging, folgte ihr Sarah mit den Augen.

»Du brauchst keine Angst vor ihr zu haben.« Marie umarmte sie leicht. »Sie ist wirklich nett.«

Sarahs Mundwinkel zuckten. »Auf mich wirkt sie einschüchternd. Sie hat so eine Ausstrahlung …«

»Das ist wichtig vor Gericht«, erklärte Marie. »Und manchmal auch gegenüber Mandanten, damit man ernstgenommen wird. Aber innerlich ist sie weich wie Butter.«

»Wenn du es sagst …« Sarah seufzte. »Vielleicht bin ich nur ein bisschen übervorsichtig geworden bei Frauen, die … die so etwas Bestimmendes haben.«

»Besser so als anders«, sagte Marie.

Sarah hauchte ihr einen Kuss auf die Lippen. »Wenn ich um eins alles fertighaben will, muss ich jetzt aber gehen. Da wir nun zu dritt sind: Gemüseauflauf?«

»Einverstanden«, sagte Marie. »Ingrid muss dann eben mal auf ihre Fleischbeilage verzichten.«

»Ich kann auch –«, setzte Sarah an, aber Marie unterbrach sie gleich.

»Nein, das ist schon okay so.« Sie lachte. »Sie wird kaum etwas anderes erwarten. Sie kennt mich ja.«

»Dann habe ich jetzt eine ganze Menge zu schnippeln«, sagte Sarah, löste sich von Marie und drehte sich zur Tür um. »Seid pünktlich!« Sie lachte und lief hinaus.

Marie folgte ihr durch die Tür und ging dann zu Ingrid hinüber. »Und?«, fragte sie. »Gefällt sie dir?«

»Sie ist sehr hübsch. Und sehr jung«, sagte Ingrid.

»Ja, ich weiß, dass sie jünger ist als ich«, erwiderte Marie etwas ungeduldig. »Aber das ist wirklich nicht wichtig.«

»Hoffentlich bleibt das so.« Ingrid schmunzelte. »Aber ansonsten: Ja, sie gefällt mir. Sie hat so etwas … Unschuldiges. Mit so was haben wir ja eher selten zu tun.«

»Ich glaube, bevor sie Ellen kennengelernt hat, war sie wirklich sehr unschuldig.« Marie atmete tief durch. »Sonst wäre sie wahrscheinlich gar nicht erst auf sie reingefallen.«

»Ja, man fragt sich immer, wie so was kommt. So, wie du Ellen beschrieben hast, hätte ich einen großen Bogen um sie gemacht.«

»Ich auch«, nickte Marie. »Aber Sarah denkt wirklich von niemandem etwas Böses.« Sie verzog schief einen Mundwinkel. »Apropos: Hast du gehört, dass die Sache mit den Kreditkarten erledigt ist? Linda hat persönlich den Fall eingestellt.«

»Das muss sie viel Überwindung gekostet haben«, vermutete Ingrid. »Sie hatte so gehofft, dich damit treffen zu können.«

»Thomas sagt, Britt hat sich in Luft aufgelöst.« Marie rollte die Augen. »Aber das heißt natürlich nicht, dass sie nicht wieder mal auftaucht.«

»Vorläufig hat sie wahrscheinlich genug von Frankfurt«, meinte Ingrid schulterzuckend. »Hier hat sie mittlerweile so viel angerichtet … und dann auch noch mit einer Staatsanwältin … das wird sie sich gut überlegen.«

»Wir werden sehen«, sagte Marie. »Britt war schon immer für eine Überraschung gut.«

»Du und Sarah – das ist auch eine Überraschung.« Ingrid lächelte. »Aber eine schöne.«

»Jetzt müssen wir nur noch einen Mann für dich finden«, lachte Marie. »Einen, der nicht verheiratet ist und dich verwöhnt.«

»Ach ...« Ingrid winkte ab. »Langsam habe ich die Hoffnung schon aufgegeben. Du musst mir nur versprechen, dass du und Sarah für den Rest eures Lebens glücklich sein werdet. Dann freue ich mich daran mit.«

»Ich kann dir auf jeden Fall versprechen, dass ich alles tun werde, um dieses Glück nicht zu gefährden«, sagte Marie. »Für Sarah – «, sie verhielt auf einmal, sprach aber dann schnell weiter, »kann ich natürlich nicht sprechen.«

»Oh-oh.« Ingrid hatte Maries Zögern selbstverständlich sofort bemerkt. »Was ist?«

»Gar nichts«, sagte Marie und wollte gehen.

»Bleib hier«, befahl Ingrid. »Irgendetwas ist doch. Bisher war alles Friede, Freude, Eierkuchen, und nun auf einmal hast du irgendwelche Bedenken?«

»Ich habe keine Bedenken«, sagte Marie.

»Doch.« Ingrid bestand darauf. »Ich kenne dich schon zu lange.«

Marie wand sich etwas. »Ich bin ... na ja ... ich bin nicht gerade dafür berühmt, dass ich mit *Ich liebe dich* um mich werfe, aber ich habe es ihr gesagt und –«

»Und sie nicht?«, setzte Ingrid fort.

Marie schüttelte den Kopf. »Noch kein einziges Mal. Nicht mal in den intimsten Momenten.«

»Das ist erstaunlich«, bemerkte Ingrid stirnrunzelnd. »Sie wirkt nicht gerade wie eine Frau, die Probleme damit hat.«

»Ich glaube«, Marie schluckte, »ich glaube, es ist wegen Ellen. Auch wenn wir das nicht verstehen, aber sie hat sie geliebt.« Sie holte tief Luft. »Vielleicht liebt sie sie immer noch. Trotz allem.«

Ingrid starrte sie an. »Das denkst du doch nicht wirklich?«

»Ich weiß nicht, was ich denken soll.« Marie seufzte. »Sie hat es bestimmt zu ihr gesagt, und jetzt hat sie Angst davor, es zu irgendjemand anderem zu sagen. So lange kennen wir uns noch nicht, und sie will vielleicht einfach nur sicher sein.«

»Das ist eine Möglichkeit«, nickte Ingrid. »Aber andererseits ...« Sie lächelte. »Ich habe den Blick in ihren Augen gesehen, als sie dich angesehen hat. Sie liebt dich. Davon bin ich überzeugt.«

»Warum sagt sie es mir dann nicht?« Auf einmal sah Marie sehr unglücklich aus. »Sie ist die Frau meines Lebens. Ich will niemand anderen. Und ich möchte sie heiraten.«

»Und du willst, dass sie es dir sagt, damit du sicher bist, dass du sie heiraten kannst?« Ingrid machte »Ts, ts« und schüttelte den Kopf. »Du bist immer noch nicht so richtig der Typ zum Heiraten.«

»Ja, ich weiß, das ist dumm«, gab Marie zu. »Aber jedes Mal, wenn ich es ihr sagte, dachte ich, dass sie es mir auch sagen würde. Und jedes Mal hat sie es nicht getan. Sie hat etwas anderes gesagt oder gar nichts. Als ob sie den Worten ausweichen wollte.«

»Dann musst du sie einfach direkt fragen«, schlug Ingrid vor. »Etwas anderes wird dir wohl nicht übrigbleiben.«

»Ich kann doch nicht –« Marie verzog unangenehm berührt das Gesicht. »Nein, so was tut man doch nicht. Wenn eine Frau so etwas mit mir gemacht hätte, wäre ich davongelaufen.«

»Und du hast Angst, dass sie das auch tut?« Ingrid lächelte sie an. »Das glaube ich nicht. Du musst nur einmal in ihre Augen sehen, um zu wissen, was sie fühlt.«

Marie stieß einen angestrengten Stoßseufzer aus. »Warum ist das alles so schwierig? Nach allem, was wir schon hinter uns haben, sollte das doch die leichteste Übung sein.«

»Offenbar ist sie das nicht.« Ingrid stand auf, kam zu ihr und legte ihr beide Hände auf die Schultern, während sie sie aufmerksam musterte. »Hab doch einfach noch ein bisschen Geduld. Oder mach ihr einen Antrag. Dann wirst du sehen, wie sie reagiert.«

»Warum können wir zwei nicht heiraten, Ingrid?«, fragte Marie mit einem Gesicht, das wie das eines traurigen Clowns verzogen war. »Wir verstehen uns so gut.«

Ingrid lachte. »Ich sage aber auch nicht *Ich liebe dich* zu dir. Darauf kannst du lange warten. Also los, gib dir einen Ruck und überleg dir was. Vielleicht wartet sie nur darauf.«

»Du hast nicht übertrieben.« Ingrid saß lächelnd am Tisch und ließ ihren Blick von Marie zu Sarah wandern und wieder zurück. »So gut habe ich schon lange nicht mehr gegessen.«

»Siehst du?« Marie lachte, nahm Sarahs Hand und drückte sie zärtlich, während sie sie ansah. »Trautes Heim, Glück allein hat doch irgendwie was.«

»Na, ich will mal hoffen, dass du das nicht so hundertprozentig ernst meinst mit dem Glück allein. Ich werde glaube ich jetzt öfter mal zum Essen kommen.« Neckend drohte Ingrid mit einem Finger. »Das hast du dir jetzt durch deine Kochkünste eingebrockt, Sarah.«

»Gern.« Sarah lachte. »Wie ich schon sagte: Ob ich für zwei oder für drei koche, das ist kein großer Unterschied.«

»Dann danke ich noch einmal für dieses wunderbare Mittagessen.« Ingrid legte ihre Serviette auf den Tisch und stand auf. »Allerdings ruft mich jetzt wieder die Arbeit. Normalerweise mache ich keine so lange Mittagspause.« Als Marie aufstehen wollte, winkte sie ab. »Bleib nur sitzen. Ich finde schon allein raus.« Sie lächelte beiden noch einmal zu, ging in den Flur, und kurz darauf fiel die Wohnungstür ins Schloss.

»Sie mag dich sehr.« Maries Blick versank in Sarahs Augen. »Aber wer könnte das auch nicht tun?«

Sarah atmete tief durch. »Da bin ich jetzt wirklich froh. Ich hatte schon ein bisschen Angst ... Aber das ist vorbei. Sie ist viel netter, als ich dachte.«

»Ich sagte doch, die raue Schale ist nur Show.« Marie lachte.

Sarah stand auf und stellte die Teller zusammen. »Musst du nicht in die Kanzlei?«, fragte sie.

»Ich ...« Marie schluckte. »Ich wollte dir etwas sagen.«

»Ja?« Sarah nahm die Teller und brachte sie in die Küche.

Marie folgte ihr mit einer Schüssel. »Bist du glücklich?«, fragte sie.

Verblüfft drehte Sarah sich um. »Natürlich. Das weißt du doch.« Sie lächelte. »Ich bin sehr glücklich hier bei dir.« Sie kam mit einem Funkeln in den Augen auf Marie zu. »Soll ich es dir beweisen?«

Marie hielt sie auf, bevor sie sie küssen konnte. »Sex meinte ich nicht. Ich weiß, dass wir uns dabei gut verstehen.« Sie schaute Sarah tief in die Augen. »Aber bist du wirklich glücklich? Ist das, was wir hier haben, das, was du dir wünschst?«

Sarah runzelte die Stirn. »Was sind das denn für komische Fragen?« Auf einmal trat ein erschrockener Ausdruck in ihre Augen. »Willst du ... willst du, dass ich gehe?«

»Aber nein, wie kommst du denn darauf?« Marie zog sie in ihre Arme. »Ich will, dass du bleibst. Für immer.«

Erleichtert atmete Sarah aus. »Jetzt dachte ich schon, das ist der Anfang vom Ende.«

»Ich hoffe, es ist der Anfang vom Anfang«, sagte Marie. Sie schob Sarah leicht von sich und musterte sie mit einem zärtlichen Blick. »Ich liebe dich«, sagte sie leise. »Liebst du mich auch?«

Sarahs Gesichtsausdruck glich einem großen Fragezeichen. »Ist das wirklich die Frage?«

Marie zögerte. »Du hast es mir noch nie gesagt«, erwiderte sie. »Und vielleicht gibt es dafür ja einen Grund.«

Zuerst sah Sarah einfach nur erstaunt aus, dann wirkte ihr Gesicht ausdruckslos, bevor sich ein leichtes Lächeln in ihre Mundwinkel schlich. »Ich dachte, ich hätte es dir gezeigt«, sagte sie.

»Ja. Ja, sicher«, sagte Marie. *Sie tut es schon wieder,* dachte sie. *Sie weicht der Frage aus.* »Ist schon gut«, fuhr sie fort, ließ Sarah sanft los und ging ins Zimmer zurück, um den Rest des Geschirrs zu holen.

Als sie sich über den Tisch beugte, spürte sie plötzlich, wie Sarah von hinten die Arme um sie legte. »Du bist die Liebe meines Lebens«, flüsterte sie Marie ins Ohr. »Du bist mein Sonnenaufgang und mein Sonnenuntergang. Du bist der letzte Gedanke, bevor ich einschlafe, und der erste, nachdem ich aufgewacht bin. Ich bin süchtig nach dir. Ich sehne mich nach dir, bevor du überhaupt gegangen bist.«

Marie richtete sich langsam auf und drehte sich genauso langsam zu Sarah um.

Immer noch hatte Sarah die Arme um sie geschlungen, und nun schaute sie sie so eindringlich an, dass Marie ganz schwindlig wurde. »Ich liebe dich, Marie Petersen«, flüsterte sie, »und wenn du mich jetzt nicht gleich küsst, sterbe ich daran.«

Als Maries Lippen Sarahs berührten, fühlte sie wieder, wie ihre Herzen im gleichen Takt schlugen.

Ja, sie hätte nicht zu fragen brauchen.

Das war wirklich Liebe.

ENDE

Weitere Titel

bei édition el!es

Ruth Gogoll, Claudia Lütje, Haidee Sirtakis u.a.: Heiligabend mit Überraschungen

Weihnachtsgeschichten

Weihnachten zu zweit gemütlich zu Hause? Eine verschwundene Nonne durchkreuzt Rennis und Monikas Pläne gehörig . . .
Die neue Paketbotin bringt nicht nur ein Päckchen in Christinas Bistro, sondern auch Christinas Gefühlsleben völlig durcheinander . . .
Weihnachtseinkäufe sind schon stressig genug, da ist eine unhöfliche Vordränglerin nicht gerade hilfreich; noch schlimmer wird's, wenn sich diese Kundin als neue Kollegin entpuppt . . .
Diese und weitere weihnachtliche Geschichten konnten Sie im Adventskalender 2015 lesen, jetzt sind sie als Buch erhältlich. Und als Bonus gibt es noch die Silvestergeschichte dazu.

Catherine Fox: Manche mögen's weiß

Liebesgeschichte

Kampflesbe trifft auf Zickenblondine – ein (nicht ganz ernst gemeintes) Weihnachtsmärchen
Als Weihnachtsmann verkleidet bricht Romy in Häuser reicher Familien ein, um als moderner Robin Hood die Beute unter den Armen zu verteilen. Eines Nachts wird sie jedoch von Gräfin Sandra Austel überrascht, es kommt zum Handgemenge . . . und Sandra wacht nach einem Knockout in Romys Waldhütte wieder auf. Frau Gräfin passt es zunächst gar nicht, dem Bauerntrampel Romy ausgeliefert zu sein, die Abneigung beruht auf Gegenseitigkeit – allerdings nicht sehr lange . . .

Haidee Sirtakis: Unter Kretas Sternen

Roman

Eleni, deutsche Tierärztin mit griechischen Wurzeln, betreibt auf Kreta eine mobile Tierklinik und besitzt ein wunderschönes Grundstück direkt am Meer, das sie zu einem Tierasyl gemacht hat. In dieses kleine Paradies platzt ein griechischer Hotelier, der Elenis Grundstück kaufen und Luxushotels bauen will. Er beauftragt die auf Kreta lebende deutsche Anwältin Anika, ihm das Grundstück zu beschaffen – mit allen Mitteln. Anika, selbst in einer unglücklichen Beziehung steckend, zerrt Eleni vor Gericht, doch schon bald ist es mit der Professionalität vorbei, denn Anika entwickelt tiefere Gefühle für Eleni, was ihren Beruf und ihre ganze Existenz in Frage stellt . . .

Alexandra Liebert: Die Assistentin

Liebesgeschichte

Ellen, erfolgreiche Autorin, lässt bei ihren vielen Bekanntschaften nichts anbrennen. Allerdings hängt ihre Karriere am seidenen Faden, denn starke Schmerzen in den Händen lassen stundenlanges Tippen nicht mehr zu. Da lernt sie Heike kennen, die anders ist als ihre bisherigen Fans – doch Ellen hat nur ihre ungewisse Zukunft im Kopf. Erst mit ihrer neuen Assistentin Sam blüht sie wieder auf, und während sie anfängt, sich Gedanken über ihre Beziehung zu Sam zu machen, benimmt Heike sich immer seltsamer

Ina Sembt: Die Klarinettistin

Roman

Martina Mauritius betreibt eine Art Erholungsheim für weibliche VIPs in den Niederlanden. Als die Star-Klarinettistin Lena van Langen einen Nervenzusammenbruch erleidet, zieht sie sich auf Martinas Anwesen zurück. Nach anfänglichen Schwierigkeiten miteinander beginnt Martina Gefühle für Lena zu entwickeln, doch ihr Berufsethos verbietet jegliche Annäherung. Zumal in der begleitenden Psychotherapie herauskommt, dass Lena große Probleme mit Sexualität in jeglicher Hinsicht hat. Die Therapie hilft Lena, zu sich zu finden, doch flieht sie zunächst vor den neuen Gefühlen, die auf sie einstürmen . . .

Catherine Fox: Date mit einer Unbekannten

Liebegeschichte

Auf einem Social Network für Lesben lernen Bea und die gehörlose Jeanny sich kennen. Die Chats werden schnell heiß und intim, und so drängt Bea darauf, Jeanny endlich persönlich zu treffen. Doch Jeanny lässt sich darauf nicht ein. Nachdem Bea in Gesprächen mehr über Jeannys Leben herausgefunden hat, setzt sie sich über ihre Wünsche hinweg und taucht auf ihrer Arbeitsstelle auf – wo man nichts von einer Jeanny weiß . . .

Jule Richter: Wolke 8

Roman

Zwei Frauen, die gegensätzlicher nicht sein können, finden mehr oder weniger zufällig zueinander: Maggy, die zurückhaltende Therapeutin, die nach der großen Liebe sucht; Hannah, die coole Verführerin, die nicht im Traum daran denkt, ihre Freiheit als Single aufzugeben. Doch als sie spüren, dass sich zwischen ihnen tiefere Gefühle entwickeln könnten, versuchen die beiden alles, um sich dagegen zu wehren. Das Schicksal hat jedoch einen ganz anderen Plan für Hannah und Maggy . . .

Ruth Gogoll: Verbotene Leidenschaft (Teil 3)

Dritter und letzter Teil der Reihe

Was zum Ende vom zweiten Teil noch offen blieb, bekommt im dritten (und definitiv letzten) Teil seinen Abschluss: Sandra soll nicht länger das Liebesglück zwischen Kim und Sonja wehmütig mitansehen müssen, sondern findet auch ihre große Liebe, und die bösartige Mutter sowie der Ex-Ehemann erhalten endlich ihre gerechte Strafe für das, was sie Sonja über all die Jahre angetan haben.

Nadine C. Felix: Liebe, stärkste Macht auf Erden

Roman

Firmenchefin Valerie fühlt sich zu ihrer Geschäftsführerin Emma hingezogen – und wehrt sich gleichzeitig dagegen, da sie doch eigentlich nicht auf Frauen steht. Zumal sie mit der Liebe nach einigen schweren Schicksalsschlägen sowieso schon abgeschlossen hat. Eine unfreiwillig gemeinsam im Büro verbrachte Nacht und ein schwerer Unfall bringen sie und Emma einander näher. Doch erst die Konfrontation mit ihrer Vergangenheit, bei der Valerie beinahe alles verliert, zeigt ihr endgültig, dass sie Emma und der Macht ihrer Liebe nicht länger widerstehen will.

Sima G. Sturm: Königin auf meiner Bühne

Roman

Als die Journalistin Alexa Porter auf Cora, Leadsängerin einer bekannten Frauenband, trifft, beginnt – nach anfänglichen Schwierigkeiten – ein sexuelles Abenteuer um Lust, Hingabe, Macht und Kontrolle. Was dieser leidenschaftlichen Beziehung fehlt, ist Liebe. Und Cora macht keinen Hehl daraus, dass sie daran auch nicht interessiert ist. Während Alexa versucht, ihre aufkeimenden Gefühle vor Cora zu verstecken, genießt die Sängerin es, Macht über Alexa auszuüben. Wird sie jedoch auf Dauer immun bleiben gegen romantischere Gefühle für Alexa?

Ruth Gogoll: Das Modell

Liebesgeschichte

Als Kunststudentin in notorischer Geldnot nimmt Anna den Job als Aktmodell bei ihrer Professorin an. Von Sitzung zu Sitzung gewöhnt sie sich immer mehr sowohl an die Nacktheit als auch an die raue Kälte, die ihr die schroffe Malerin stets entgegenbringt. Doch eines Tages verlangt die Professorin etwas, das eine Grenze sprengt – aber gleichzeitig den Beginn einer ungewöhnlichen Beziehung markiert . . .

Ruth Gogoll: Eine Frau wie Zuckerwatte

Roman

Es beginnt mit einem Tagebuch in der Vorweihnachtszeit: Einträge voller Sehnsucht, bis plötzlich die Liebe einschlägt wie ein Blitz. Kurz darauf scheint jedoch schon wieder alles vorbei zu sein. Bis sich am Heiligabend ein unerwartetes Geschenk enthüllt . . .

Dieser kurze Anfang des Romans war unter dem Titel »Das Weihnachtstagebuch« bereits als eBook erhältlich, doch das Happy End war ein wenig verfrüht – denn die beginnende Liebe entpuppt sich als ungeahnt problematisch:

Nachdem das äußerst attraktive Geschenk unterm Weihnachtsbaum ausgepackt ist, beginnt eine leidenschaftliche Fernbeziehung mit heißen Nächten in Hotels, denn Kim ist wegen ihrer Arbeit in der Werbeagentur ständig unterwegs. Ihr Traum ist es, einmal selbst die Agentur zu übernehmen. Das einzige Hindernis dabei: Kims Chefin, denn die gibt ihre Firma nur unter einer Bedingung ab. Einer Bedingung, die das Liebesaus bedeuten würde. Doch alles ändert sich, als Kim während eines Fotoshootings auf Mallorca spurlos verschwindet . . .

Lo Jakob: Ganz großes Kino

Roman

Hollywoodstar Vanessa Harris hat eigentlich alles: Erfolg, Geld, Schönheit. Trotzdem ist sie unzufrieden. Irgendetwas fehlt in ihrem Leben. Genau deshalb lässt sie sich auf den Low-Budget-Film einer jungen Filmemacherin ein. Aber Kira Rosenborn ist damit fast ein bisschen überfordert. Wie geht man mit einem Hollywoodstar um? Und noch dazu mit einem, der schamlos mit einem flirtet und keinerlei Widerstand erwartet? Unglücklicherweise sollen das nicht die einzigen Probleme bleiben, mit denen Kira zu kämpfen hat . . .

Hanna Berghoff: Nur bis ans Ende der Nacht

Kurzroman

Christiane hat sich damit abgefunden, dass das ihr Leben ist: Langweilige Büroarbeit von morgens bis abends und keine Freizeit mehr, keine Vergnügungen, nichts, was Spaß macht. Da trifft sie plötzlich eine alte Freundin, die sie mit Katja, der attraktiven Betreiberin einer Frauencomputerschule, bekannt macht – und alles ändert sich.

Toni Lucas: Der Begierde Preis

Roman

Die schillernde Lokalprominente Clarissa von Eckberg ist ermordet worden, und Kriminalhauptkommissarin Juliane Franke findet sich gleich zu Beginn der Ermittlungen in einem bizarren Milieu wieder: Clarissa von Eckberg war eine Frau mit vielen Geliebten und Geldnöten, die zusammen mit ihrer Lebenspartnerin Lebenskunstseminare und Wellnesskurse abgehalten hat, in denen reichlich Champagner floss und die Massagen schnell intim wurden. Die Verdächtigen stapeln sich, die Lokalpresse fordert schnelle Ergebnisse, und die attraktive Leiterin des Kriminallabors möchte auch ab und zu verwöhnt werden . . .

Hanna Berghoff: Nur bis ans Ende der Nacht

Kurzroman

Christiane hat sich damit abgefunden, dass das ihr Leben ist: Langweilige Büroarbeit von morgens bis abends und keine Freizeit mehr, keine Vergnügungen, nichts, was Spaß macht. Da trifft sie plötzlich eine alte Freundin, die sie mit Katja, der attraktiven Betreiberin einer Frauencomputerschule, bekannt macht – und alles ändert sich.

Ruth Gogoll: L wie Liebe (Staffel 6)

Roman

Weiter geht es mit neuen Gesichtern im Sappho: Zunächst bringt die hippe Fotografin Bliss einige Frauen durcheinander, dann finden sich Melly, Rick und Silvia plötzlich in einer Rolle wieder, die ihnen bisher unbekannt war. Die junge Myrna möchte gern ihre allererste Liebesnacht erleben und weiß auch schon, mit wem, aber weiß ihre Angebetete das auch? Und auch Schauspielerin Saskia lernt eine Frau kennen, die ihr gefallen könnte, doch die ist anscheinend noch nicht so ganz bereit dafür, während Julia um ihre Ehe mit Sam kämpft, die von Bliss bedroht wird . . .

Rebecca Berg: Aus Zufall wurde Liebe

Kurzroman

Nach einer Autopanne verirrt sich Lisa in eine Rockkneipe und lernt die Motorradbraut Joe kennen. Eine lockere Beziehung entsteht, doch während sich Lisa verliebt hat, bleibt Joe cool und trifft sich wieder mit ihrer Ex. Lisa erträgt das nicht und flüchtet nach Sardinien. Für wen wird sich Joe jetzt entscheiden?